A GUERRA DOS MUNDOS

A GUERRA DOS MUNDOS

H. G. WELLS

TRADUÇÃO
THELMA MÉDICI NÓBREGA

Copyright © The Literary Executors of the Estate of H. G. Wells

Grafia atualizada segundo o Acordo Ortográfico da Língua Portuguesa de 1990, que entrou em vigor no Brasil em 2009.

Título original
The War of the Worlds

Capa
Claudia Espínola de Carvalho e KAKO

Ilustração de capa
KAKO

Projeto gráfico
Claudia Espínola de Carvalho

Crédito das ilustrações
Henrique Alvim Corrêa/ Mary Evans/ AGB Photo

Preparação
Heloísa Mourão
Leonardo Alves

Revisão
Adriana Bairrada
Carmen T. S. Costa

Dados Internacionais de Catalogação na Publicação (CIP)
(Câmara Brasileira do Livro, SP, Brasil)

Wells, H. G., 1866-1946.
   A guerra dos mundos / H. G. Wells ; tradução Thelma Médici Nóbrega. — 1ª ed. — Rio de Janeiro : Suma de Letras, 2016.

     Título original : The War of the Worlds.
     ISBN 978-85-5651-009-9

    1. Ficção científica inglesa. I. Título.

16-03125   CDD-823.914

Índice para catálogo sistemático:
1. Ficção científica : Literatura inglesa   823.914

7ª reimpressão

Todos os direitos desta edição reservados à
EDITORA SCHWARCZ S.A.
Praça Floriano, 19, sala 3001 — Cinelândia
20031-050 — Rio de Janeiro — RJ
Telefone: (21) 3993-7510
www.companhiadasletras.com.br
www.blogdacompanhia.com.br
facebook.com/sumadeletrasbr
instagram.com/editorasuma
twitter.com/Suma_BR

MAS QUEM VIVERÁ NESSES MUNDOS, SE FOREM HABITADOS?...
SOMOS NÓS OU ELES OS SENHORES DO MUNDO?...
E POR QUE SÃO TODAS AS COISAS FEITAS PARA O HOMEM?

KEPLER (CITADO EM *A ANATOMIA DA MELANCOLIA*)

SUMÁRIO

PREFÁCIO POR BRAULIO TAVARES 9
INTRODUÇÃO POR BRIAN ALDISS 19

LIVRO I   A CHEGADA DOS MARCIANOS 43

1   AS VÉSPERAS DA GUERRA 45
2   A ESTRELA CADENTE 57
3   NO CAMPO DE HORSELL 63
4   O CILINDRO SE ABRE 69
5   O RAIO DE CALOR 75
6   O RAIO DE CALOR NA ESTRADA PARA CHOBHAM 85
7   COMO CHEGUEI EM CASA 91
8   A NOITE DE SEXTA-FEIRA 97
9   A GUERRA COMEÇA 101

10 NA TEMPESTADE 109

11 DA JANELA 119

12 O QUE EU VI DA DESTRUIÇÃO DE WEYBRIDGE E SHEPPERTON 127

13 COMO ENCONTREI O PADRE 143

14 EM LONDRES 151

15 O QUE ACONTECEU EM SURREY 163

16 O ÊXODO DE LONDRES 173

17 O *THUNDER CHILD* 187

LIVRO II A TERRA SOB O DOMÍNIO DOS MARCIANOS 201

1 SOTERRADOS 203

2 O QUE VIMOS A PARTIR DA CASA ARRUINADA 213

3 OS DIAS DE APRISIONAMENTO 227

4 A MORTE DO PADRE 235

5 O SILÊNCIO 243

6 A AÇÃO DE QUINZE DIAS 249

7 O HOMEM DO MONTE PUTNEY 255

8 LONDRES MORTA 275

9 DEVASTAÇÃO 289

10 EPÍLOGO 297

ENTREVISTA 303

PREFÁCIO

A GUERRA DOS MUNDOS (1898) É PROVAVELMENTE A PRIMEIRA HISTÓRIA de invasão da Terra. Até então, existiam histórias em que ela era visitada por seres de outros planetas que vinham meramente no papel de observadores filosóficos, como em *Micrômegas* (1752) de Voltaire. Foi Wells quem teve a ideia de dar a esses habitantes alienígenas uma civilização e uma tecnologia comparáveis às nossas e, em alguns aspectos, superiores; e de colocá-los contra nós na disputa pelo espaço vital de que precisavam, quando viram esgotados os recursos do seu próprio planeta. Além disso, nas longas descrições do segundo capítulo do Livro II do romance, Wells lhes deu um caráter essencial de estranheza. Embora ele enfatize que os habitantes da Terra e os de

Marte estão simplesmente em pontos diferentes da escala evolutiva, o modo como estes últimos são descritos tem a clara intenção de provocar estranhamento e repulsa.

Os marcianos de Wells são o primeiro retrato do alienígena como encarnação do Outro, do Estranho, de tudo que representa o nosso medo diante do desconhecido, e principalmente de um desconhecido que nos provoca repulsa. Nesse sentido, *A guerra dos mundos* trouxe aos leitores da época uma vigorosa e verossímil descrição literária de um Monstro Legião, um monstro que, ao contrário do monstro de Frankenstein, não é uma criatura isolada fabricada no sótão de um cientista imprudente, mas uma espécie inteira, rival da nossa, disputando conosco um território que até então tínhamos imaginado ser exclusivamente nosso.

Este livro surgiu durante o primeiro e o mais literariamente brilhante período da carreira de H. G. Wells (1866-1946), quando ele produziu uma impressionante série de romances misturando informação científica, especulação filosófica e conhecimento jornalístico, além de um domínio seguro da narrativa de ação e aventuras. Em pouco mais de uma década ele publicou *A máquina do tempo* (1895), *A ilha do dr. Moreau* (1896), *O homem invisível* (1897), *A guerra dos mundos* (1898), *When the Sleeper Awakes* (1899), *Os primeiros homens na Lua* (1901), *O alimento dos deuses* (1904), *A Modern Utopia* (1905), além de dezenas de contos extraordinários como "O desabrochar da estranha orquídea" (1894), "A história de Plattner" (1896), "Os invasores do mar" (1896), "O ovo de cristal" (1897), "A estrela" (1899), "O novo acelerador" (1901), "O encouraçado terrestre" (1903) etc.

Toda essa produção, pela sua qualidade e originalidade, chega a parecer a explosão de uma supernova num céu noturno, considerando-

-se ser um escritor tão jovem (publicou *A máquina do tempo* aos vinte e nove anos) e que também escrevia fartamente em outros gêneros. Seus romances mainstream não tiveram uma sobrevida editorial tão longa quanto a sua ficção científica, mas tiveram êxito na época e são bem aceitos por muitos críticos até hoje.

Wells é um desses escritores de talento que têm a sorte de enriquecer muito cedo com seus escritos e usar esse sucesso para tentar mudar o mundo. Viajou muito, discutiu com luminares e estadistas de toda parte. Publicou dezenas de ensaios de história, sociologia especulativa, futurologia. Na história da ficção científica talvez somente Arthur C. Clarke tenha exercido um ativismo em escala internacional como o seu (Isaac Asimov ou Ray Bradbury também poderiam tê-lo feito, se viajassem de avião). Quanto às suas previsões futuristas, são mais ambiciosas do que as de Júlio Verne, até porque foram publicadas sob forma de ensaios para uma futurologia.

Mas Wells não é um cientista que escreve, é um jornalista científico. Um jornalista da pena rápida e verbo fluente, mas com base científica. Não falo de conhecimentos científicos profundos; para um escritor como ele bastava ter um correto entendimento do que é o método científico, do grau de honestidade factual e da boa informação técnica necessários para construir as hipóteses especulativas que a ficção científica requer.

Fenômeno de talento individual, sem dúvida, mas também um fenômeno de época. Os estudiosos de Wells associam o florescimento da literatura popular inglesa do fim daquele século com o chamado Education Act (uma reforma parlamentar de 1870 que impulsionou o ensino público) e com um corte nos impostos sobre o papel. Juntando esses dois novos dados, houve um crescimento no número de leitores e no de publicações. O modelo clássico de publicação da ficção popular se consolidou nessa época, entre Grã-Bretanha, Estados

Unidos e França. A história aparecia primeiro seriada em jornal ou revista, e depois era relançada em livro. Alguns dos principais romances de Wells, inclusive *A guerra dos mundos*, obedeceram a esse padrão.

O florescimento dessa literatura era propício a quem fosse, como ele, capaz de ter uma ideia brilhante, explorá-la com intensidade por um breve tempo, publicá-la, e partir para a próxima. Wells recorda com saudade (ver meu prefácio em *O País dos Cegos e outras histórias*, 2014) a explosão generalizada de talentos contemporâneos seus, todos publicando sem parar: Robert Louis Stevenson, Rudyard Kipling, James M. Barrie, Henry James, Stephen Crane, Joseph Conrad. E é melancólico vê-lo dizer de W. W. Jacobs que "sozinho, parece inesgotável". Hoje, Jacobs é lembrado pelo clássico "A pata do macaco" (1902), e só.

Um dos defeitos do filme *Um século em 43 minutos* [*Time after Time*] (1979), de Nicholas Meyer, aliás um bom filme, é mostrar um Wells (interpretado por Malcolm McDowell) tímido e tatibitate diante das mulheres. Wells teve numerosos casamentos e ligações com mulheres de variados temperamentos, e nas suas memórias escrevia com franqueza e eloquência sobre sua vida amorosa. Gostava de praticar atividades físicas, falava bem em público, era extrovertido e cheio de energia. Sua ficção reflete a disposição problemática para a vida de quem procura conciliar uma mente crítica e um corpo exuberante. Era metido a sedutor, e era certamente um machão vitoriano (qual o britânico que não o era, sob a Rainha Vitória?), mas debateu em alto nível com feministas. Além de socialistas, conservadores, trabalhistas, internacionalistas, populistas, presidentes e reis.

Wells acreditava, mais ou menos como Edgar Allan Poe antes dele, que o conto deveria ser como uma flecha, um feixe intenso e compacto de estímulos verbais para a produção de um efeito extraordinário na mente do leitor. (Sua melhor ficção é assim; quanto mais aberto o foco, menor sua intensidade criativa.) Ele pertencia, com Anthony Boucher, à escola dos autores para quem uma história deve ter não mais do que um efeito notável. De acordo com essa premissa, seria impensável fazer um homem invisível viajar numa máquina do tempo, ou um homem dormir durante milênios para acordar e testemunhar uma invasão marciana. Uma grande ideia é o bastante.

Como narrativa, *A guerra dos mundos* é tão firmemente focada no acontecimento central que seu passo não se altera nem mesmo quando o narrador, que está no campo, precisa contar o que acontece em Londres nessa mesma época e recorre ao testemunho de um irmão. A narração das peripécias muda de ponto de vista, muda de ambiente, mas o foco não se altera, a atenção do narrador não esmorece.

Por outro lado, a formação básica de Wells sobre ciências e seus hábitos de leitor o levam a recorrer a diferentes áreas para construir sua narrativa. Primeiro a Astronomia, que na época em que o livro foi escrito estava cheia de teorias de todo tipo sobre Marte e a possibilidade de vida por lá. O espírito dessa época gerou especulações marcianas em autores como Camille Flammarion, e a descoberta dos supostos canais por Schiaparelli continuava alimentando especulações que os telescópios da época eram incapazes de confirmar ou desmentir.

Em segundo lugar, a biologia. No parágrafo de abertura do livro, numa imagem que lembra os poemas de Augusto dos Anjos (1884--1914), o narrador compara a humanidade às "efêmeras criaturas que fervilham e se multiplicam numa gota d'água". A imagem reflete o grande momento vivido pela bacteriologia naqueles anos, mas é também uma maneira hábil de o autor plantar ali a semente do seu desfecho.

Uma terceira base científica é a Teoria Evolucionista. Nunca é demais reforçar a lembrança unânime de que ele foi aluno de Thomas

H. Huxley, um evolucionista notável da época. No capítulo destinado à análise física dos marcianos, o narrador de Wells afirma:

> Muitas verdades são escritas como brincadeira, e no caso dos marcianos não restam dúvidas de que a inteligência superou o lado animal do organismo. Para mim é perfeitamente plausível que os marcianos tenham descendido de seres parecidos com os humanos, pelo gradual desenvolvimento do cérebro e das mãos (que teriam sido a origem dos dois grupos de tentáculos delicados) à custa do restante do corpo. Sem o corpo, o cérebro tornar-se-ia uma simples inteligência egoísta, sem nada do substrato emocional do ser humano.

Essa opinião, expressa no terço final do romance, joga uma luz inesperada na reação que até então predominava em nós: o horror diante do Outro, do Alienígena, de uma coisa em si que jamais compreenderemos e mal conseguiremos entender por que são hostis.

"Mas são nossos primos", parece sugerir Wells, com a mesma piscadela com que os evolucionistas da época se referiam aos antropoides. Assim como piscava o outro olho em *A máquina do tempo* e dizia, apontando para os monstruosos Morlocks: "São nossos bisnetos". O Outro somos nós mesmos, ou então são algo em que podemos nos tornar, pois o nosso aspecto como espécie não é algo definitivo. Os marcianos podem se alimentar de nós. Nosso sangue não lhes provoca rejeição. O corolário dessa ideia é a impressão de que sejam, como nós, vulneráveis a certas ameaças terrestres.

Como poderia repetir o personagem de *Pogo* (de Walt Kelly): "Saquei quem é o inimigo. É a gente". Os marcianos somos nós, amanhã, quando a atmosfera do nosso planeta finalmente estiver irrespirável, quando tivermos esgotado todos os lençóis de água potável, quando o desequilíbrio entre as espécies animais e vegetais tiver precipitado sua extinção. Será a nossa vez de olhar em torno à procura de um ecossistema habitável. Certamente vamos fazê-lo um dia com os mesmos "intelectos vastos, frios e insensíveis" que Wells nos apresenta na página inicial do romance. E que de certo modo são os mesmos astrônomos marcianos que ele imagina no conto "A estrela" (1897), que observam cataclismos devastando a Terra e no fim consideram que os danos observados foram mínimos.

Os marcianos deste romance também são de algum modo precursores dos Deuses Antigos de Lovecraft, aquelas entidades extraterrestres para quem a humanidade conta tão pouco quanto os ácaros contam para nós. Mesmo assim, numa guerra tecnológica desigual, os humanos ainda conseguem produzir pequenos estragos nas supermáquinas marcianas e matar pelo menos um deles. Seria uma batalha como a das formigas contra os seres humanos. Esta é uma imagem usada pelo narrador deste romance, e uma ideia a que Wells voltaria depois, desde a sociedade de organização insetoide de *Os primeiros homens na Lua* (1901) até a ameaça ecológica de outro Monstro Legião em "O império das formigas" (1905).

Tudo na obra do autor nos adverte do que podemos chamar "a mentalidade marciana". Em suas obras filosóficas e de especulação histórica, Wells tentou imaginar para o futuro uma civilização mais humanista do que a nossa, no sentido de ver cada ser humano não apenas como um animal provido de força de trabalho ou um número numa estatística. Um modo de viver onde se reconheça que o trabalho e o consumo são termos de uma equação mais complexa, e não a fórmula essencial da vida. Wells sempre questionou a Ordem e a Autoridade como meio e fim. Existe algo de wellsiano no modo como Orwell considera os direitos básicos do ser humano em *1984* (privacidade, autonomia de decisões, amor e sexo).

A visão de Wells era limitada? Por certo. Num prefácio a outra edição deste romance (New York, Fawcett, 1968), Isaac Asimov comenta com bom humor o fato de Wells dizer que a Terra foi invadida, mas toda a destruição descrita por ele se restringir a Londres e arredores, ao sul das Ilhas Britânicas. Diz o Doutor:

> A Grã-Bretanha constitui cerca de 1/2300 da superfície da Terra, e no entanto todas as naves alienígenas, depois de disparadas, caem exatamente ali. Quando a população de Londres começa a fugir da cidade, tomada pelo pânico, Wells diz: "Era o começo do fim da civilização, do massacre da humanidade" – embora nenhuma outra nação pareça ter sido afetada. E quando a Grã-Bretanha finalmente se prostra diante dos invasores, a segunda parte do livro se intitula "A Terra sob o domínio dos marcianos".

Mas é deste aparente provincianismo que resulta uma das qualidades da ficção de Wells: sua ligação viva, emotiva, complexa, com o lugar onde estava e as pessoas com quem convivia. Ele nunca foi escritor de gabinete (ou, mais modernamente, de pesquisas virtuais). A região de Woking cuja destruição ele narra na primeira parte do livro era a mesma por onde ele costumava andar a pé ou de bicicleta (já em 1896 ele publicava *The Wheels of Chance*, sobre o hábito de viajar de bicicleta). Ali ele conhecia as estradas, as pontes, as pequenas fazendas, os atalhos, os povoados. Percorria os vilarejos, dormia nas hospedarias, provavelmente bebia nos bares e namorava, conversava com pessoas. Metia-se em todas as situações banais que em princípio nada têm a ver com literatura, mas acabam fornecendo o lastro de verossimilhança humana, de vida real, que falta a muitos escritores mais especulativos, abstratos.

Talvez seja este o grande inimigo, já que o inimigo é a gente. O inimigo é tudo quanto nos faz esquecer que somos gente. Wells sabe que, se os marcianos, com seus intelectos "vastos, frios e insensíveis", ainda não são uma ameaça externa, nem por isso deixam de nos ameaçar de dentro de nós mesmos.

No capítulo 7 do Livro I, o narrador diz:

> Talvez eu seja um homem de temperamento raro. Não sei até que ponto minha experiência é comum. Às vezes sinto-me estranhamente desligado de mim e do mundo ao meu redor; parece que assisto a tudo de fora, de um lugar incrivelmente remoto, fora do tempo, fora do espaço, fora da tensão e da tragédia que nos cercam.

Essa capacidade de distanciamento é o que em alguns momentos nos salva, mas em outros pode nos transformar em monstros pilotando máquinas.

BRAULIO TAVARES

INTRODUÇÃO

Em meados do século XVII, um holandês, filho de um cesteiro, fez uma descoberta alarmante. Seu nome era Antony van Leeuwenhoek. Ele havia polido suas próprias lentes e construído um microscópio. Enquanto Galileu observava as estrelas e Isaac Newton media a órbita da Lua, Van Leeuwenhoek olhava na direção oposta, para o diminuto.

Ao observar uma gota d'água de um lago, ele a descobriu cheia de seres vivos, de "animálculos": "Nestes últimos eu vi duas perninhas próximas à cabeça e duas pequenas barbatanas na parte traseira do corpo [...] E o movimento da maioria desses animálculos na água era tão veloz e tão diverso, para cima, para baixo, em todas as direções, que era maravilhoso de se ver...".

Finalmente, alguém descobrira vida desconhecida!

Muito antes do século XVII, a mente humana fora fartamente povoada por duendes de todos os tipos, e continua sendo. Ali não faltam fantasmas e vampiros. Mas descobrir esses "animálculos" minúsculos, secretos, aparentemente hostis, numa gota d'água era algo novo e perturbador. A água! A água, o símbolo da pureza, infestada por criaturas nunca antes sonhadas! Lá se ia a paz de espírito, e dávamos mais um passo em direção ao nosso neurótico mundo moderno.

O jovem H. G. Wells frequentou o laboratório de biologia daquela que em 1884 se chamava Normal School of Science. Um eco de seu aprendizado ressoa nas primeiras linhas do conto "The Stolen Bacillus" [O bacilo roubado]: "'Isto', disse o bacteriologista, encaixando um vidro sob o microscópio, 'é um preparado do célebre bacilo da cólera — o germe da cólera'".

A ideia da ubiquidade dos "germes" tomou conta da mente de Wells.

Herbert George Wells nasceu em 1866 numa família de classe média baixa. Seus pais tinham uma loja de louças em Bromley, Kent. Aos sete anos, "Bertie" quebrou a perna e passou semanas de cama, período em que recebeu cuidados e livros. "Esse tombo foi uma das maiores felicidades da minha vida", disse ele.

Embora a população de Bromley tivesse saltado de 20 mil para 50 mil habitantes nas décadas de 1860, 1870 e 1880, os novos moradores não pareciam querer comprar louças. A loja teve de fechar em meio a uma expansão urbana que prossegue até hoje.

Durante sua formação, Wells passou por um período de orientação com Thomas Huxley, grande cientista e humanista. Huxley, por sua vigorosa defesa da teoria evolutiva de Darwin, ficou conhecido como o "Buldogue de Darwin". Entre seus netos estão Julian e Aldous Huxley.

Depois de conquistar penosamente sua liberdade, Wells não parou de se desenvolver; ao longo de mais de cem livros, ele debateu questões como a evolução, a superpopulação, a educação e o aperfeiçoamento da humanidade.

Wells foi um dos principais colaboradores da Declaração dos Direitos do Homem de Sankey, que mais tarde integrou o estatuto das Nações Unidas. Quando a Assembleia Geral das Nações Unidas realizou sua primeira sessão em Londres, em janeiro de 1946, Wells estava em seus últimos meses de vida. Morreu serenamente em 13 de agosto do mesmo ano.

Sua energia criativa diminuiu à medida que sua força como polemista crescia. Em seus primeiros livros, esses aspectos estão equilibrados, e nunca de modo tão notável como em *A guerra dos mundos*. O tema eletrizante e assustador do romance pretende minar a arrogância humana. Ao longo da década de 1930, os romances deram lugar a tratados como *The Way to World Peace* (1930) [O caminho para a paz mundial], *The Work, Wealth and Happiness of Mankind* (1932) [O trabalho, a riqueza e a felicidade da humanidade], *World Brain* (1938) [Cérebro mundial], e *The Fate of Homo Sapiens* (1939) [O destino do Homo sapiens].

Parte da genialidade de Wells estava em inventar coisas nunca antes imaginadas. Um personagem de uma peça de Tchékhov diz: "Devemos mostrar a vida não como ela é nem como deveria ser, mas como a vemos em nossos sonhos". É a receita dos surrealistas; no que Wells era muito bom, até começar a querer mudar o mundo — à força, se necessário. Nota-se um prenúncio desse desejo na conclusão do presente volume, quando o narrador diz que os marcianos fizeram muito para "promover o conceito de bem comum da humanidade".

Mas dizer isso é começar pelo final. Vamos começar pelo começo, no magnífico parágrafo que abre *A guerra dos mundos*, que faz menção a alguém "munido de um microscópio", que "examina as efêmeras criaturas que fervilham e se multiplicam numa gota d'água". Essa primeira referência não muito cordial à humanidade como um todo será seguida por muitas outras descrições nada lisonjeiras.

Li o livro pela primeira vez quando era muito novo e já conhecia os romances mais convencionais aos quais o termo "clássico" era aplicado. Entre eles estão *Robinson Crusoé*, *Oliver Twist* e *Jane Eyre*. Mas nenhuma frase exerceu um impacto tão forte sobre mim quanto a que consta do primeiro parágrafo de *A guerra dos mundos*: "No entanto, através do abismo do espaço, mentes que em relação à nossa são como a nossa em relação às dos animais que perecem, intelectos vastos, frios e insensíveis, lançavam sobre este planeta olhares invejosos e, lenta e inexoravelmente, traçavam planos contra nós". Quando antes alguém escrevera tal parágrafo de abertura, labiríntico e ainda sim translúcido? Não há aqui longas palavras, destinadas a impressionar; todas são moderadas e facilmente compreensíveis.

Assim Wells descortina o drama, já plantando as sementes de seu engenhoso desenlace.

O livro foi publicado em um só volume em 1898 depois de aparecer em capítulos numa popular revista de 1897, o ano do segundo jubileu vitoriano e de muita autocongratulação britânica.

Nas últimas décadas do século XIX, cresceu a popularidade dos chamados "romances-sensação", "lidos tanto na sala de estar como na cozinha". Esses romances podiam tratar de adultério ou bigamia — exemplos famosos de ambos são *Lady Audley's Secret* [O segredo de Lady Audley] e *East Lynne* (onde aparece a famosa frase, "Morto... e nunca me chamou de mãe!"). Em parte, o sucesso desses romances foi resultado do projeto de lei de 1871 que estipulava ensino básico público para todos. Era a primeira vez que o Estado assumia responsabilidade direta pela educação do povo. Nascia um novo público leitor, pronto para as maravilhas do sr. H. G. Wells.

Há emoções mais avassaladoras do que o adultério, mais terríveis do que a bigamia. A emoção da guerra e das mudanças sociais que Wells oferecia também emergiu nas últimas décadas do século XIX. Só no ano de 1871 apareceram *The Coming Race* [A corrida futura], de Bulwer Lytton, *Erewhon*, de Samuel Butler, e *The Battle of Dorking* [A batalha de Dorking], do coronel George Chesney. O último descreve uma invasão alemã na Inglaterra, que, despreparada, é derrotada.

A história de Chesney produziu efeito imediato, popular e político. O tema de guerras futuras e invasões súbitas que levam a nação despreparada à derrota inevitável suscitou temores e imitações por toda parte. Como o professor I. F. Clarke escreveu em seu ótimo livro, *Voices Prophesying War 1763-1984* [Vozes profetizando a guerra, 1763-1984]: "Entre 1871 e 1914 é difícil encontrar um único ano sem que alguma história sobre guerra futurista aparecesse em algum país da Europa".

Mas o golpe de mestre de Wells foi fazer com que os invasores chegassem de outro planeta! Nenhuma comunicação, nenhuma trégua é possível. O surgimento dos abomináveis marcianos, com seus maus costumes, aumenta enormemente o interesse e confere ao romance uma força quase mitológica e poética.

A guerra dos mundos começa com presságios no céu de uma pacífica Inglaterra, cujos habitantes despreocupados cuidam de seus afazeres diários. O que alguns acreditam ser um meteoro jaz parcialmente enterrado num fosso do arenoso campo perto de Woking. Alguns vão olhar. Estavam enganados. O suposto meteoro é um cilindro, cujo topo começa lentamente a desatarraxar.

Curiosos cercam o fosso. No capítulo 4, algo emerge do cilindro, algo que "brilhava como couro molhado". Wells nos faz entender como os marcianos são repulsivos, sem entrar em detalhes.

Uma delegação brandindo uma bandeira branca se aproxima do cilindro, disposta a se comunicar com os alienígenas. Os marcianos a fulminam com um raio de calor. Todos morrem. Começamos a entender que eles são impiedosos, desprovidos de emoção ou empatia.

O narrador da história fica assustado no começo, mas, quando chega em casa e se vê diante de uma boa refeição, seu humor melhora. Acha que os marcianos estão apavorados e observa: "Talvez não esperassem encontrar seres vivos, muito menos seres vivos inteligentes".

As pessoas comentam o estranho acontecimento, mas este não causa "a sensação que um ultimato à Alemanha teria provocado". Com toques semelhantes, Wells transmite verossimilhança à sua história.

Um segundo cilindro aterrissa.

Logo a sossegada zona rural inglesa está em chamas. Os marcianos usam o raio de calor e, talvez em alusão à obra *The Battle of Dorking*, os militares demoram a agir. A situação se agrava progressivamente. Torres de igreja desmoronam. Pessoas se escondem em trincheiras e porões. Enquanto compunha a história, Wells percorria a região de bicicleta. "Eu aniquilei Woking completamente, matando meus vizinhos de modos dolorosos e excêntricos", disse com certo prazer sádico.

É um livro repleto de destruição. No entanto, a destruição estava na moda. A população inglesa ainda não tinha na boca o gosto da ruína. Os eduardianos eram filhos de um século que ainda não atingira sua terrível maturidade. Nesse espírito D. H. Lawrence exclama "Três vivas para o homem que inventou o gás venenoso" e "Que todas as escolas fechem agora mesmo", enquanto T.S. Eliot lamenta a disseminação da educação, que "baixa nossos padrões... destrói nossos antigos edifícios...".

Então por que Wells não deu a seu romance o título de *A guerra de Woking*? Porque tinha intenções mais grandiosas do que a mera destruição de Woking, por mais desejável que esta fosse.

O narrador anônimo também testemunha a destruição de Weybridge e Shepperton. Como sempre, as máquinas são um contraste a uma invenção essencialmente inglesa: a paisagem rural. "[Os] marcianos encouraçados apareceram ao longe sobre as arvorezinhas, do outro lado dos prados que se estendem em direção a Chertsey, avançando a grandes passadas para o rio."

E essas máquinas prestam tanta atenção aos seres humanos quanto os segundos prestariam ao "desespero das formigas".

O narrador encontra um padre. Assim como o artilheiro que encontraremos mais tarde, o padre existe apenas para expressar um ponto de vista. Não chegam a ser personagens plenos. Mas, se bem me lembro, o mundo da ficção já foi povoado por inúmeros padres e vigários covardes; eram figuras populares do tipo "Tia Sally" — bonecos que ficavam nos jardins das tabernas com o único propósito de servir de alvo para bolas de madeira.

O padre de Wells existe para exprimir o desamparo da religião institucionalizada quando diante de invasores. "Todo nosso trabalho... todas as escolas dominicais... O que nós fizemos?"... "[O] fim! O terrível e grandioso dia do Senhor!"... "Seja homem! — disse eu".

Ficamos sabendo que o narrador tem um irmão em Londres. Assim, a narrativa pode se transferir para a cidade. Tudo lá está calmo, uma calma que gradualmente dá lugar à agitação e à angústia. Fugitivos começam a chegar vindos de West Surrey. Os marcianos avançam e, na altura do capítulo 16, o pânico e a desordem — como Wells odiava a desordem! — já estão instalados. Ocorre uma "veloz liquefação do organismo social".

Hoje podemos nos perguntar se algo semelhante aconteceria se, por exemplo, a Al-Qaeda lançasse na capital bombas contendo antraz. Eu me perguntei algo parecido quando, ao visitar o quiosque de livros na estação Paddington durante a Segunda Guerra Mundial, deparei-me com uma reimpressão do romance de Wells — a capa mostrava feixes de luz no céu e chamas elevando-se da cidade destruída. Alguns medos continuam sempre atuais.

Os marcianos eram tão impiedosos como a Luftwaffe.

Não é necessário relatar o que acontece depois; podemos tranquilamente deixar isso a cargo do sr. Wells. Mas podemos nos perguntar o que se passava na fértil mente do autor quando ele escreveu sobre essa destruição indiscriminada. A questão do colonialismo emerge — há menção ao tratamento cruel dado aos tasmanianos. Wells não era o único ocupado com essas reflexões. O poema de Rudyard Kipling, "Recessional", foi publicado em 1897 (*"Lo, all our pomp of yesterday/ Is one with Nineveh and Tyre..."*) ["Vejam, toda nossa pompa do passado/ Compara-se à de Nínive e Tiro..."].

Wells estava mais preocupado com a questão da superpopulação — muito antes de o tema se tornar corrente. "Essay on the Principle of Population" [Ensaio sobre o princípio da população], de Thomas Malthus, foi publicado nos últimos anos do século XVIII. Malthus observou que, enquanto a população aumenta em progressão geométrica, a produção de alimentos aumenta em progressão apenas aritmética. Um número cada vez maior de pessoas passará fome. Essa é a lei da natureza. "E a raça humana não pode, por nenhum esforço racional, escapar dela. Entre plantas e animais, seus efeitos são desperdício de sementes, doenças e morte prematura. Entre a humanidade, miséria e corrupção."

Embora essa avaliação severa tenha sido em parte abrandada pelo aumento das safras e o aprimoramento dos métodos agrícolas, a lei de Malthus ainda vale. E, como diz John Ruskin em *Unto this Last* [Até este último]: "Entre todas as áreas do pensamento humano, não conheço nenhuma tão melancólica como as especulações de economistas políticos sobre a questão populacional".

Mais tarde, quando sua espantosa criatividade entrou em declínio, Wells, em seu estilo didático, dedicou livros inteiros à questão da superpopulação. Em *A Modern Utopia* [Uma utopia moderna], "degenerados" são impedidos de procriar. Deficientes mentais, viciados em drogas, bêbados e homens violentos são exilados em várias ilhas e cuidadosamente policiados.

Wells é um dos mais pródigos criadores de utopias. Livro após livro, a sociedade é derrubada para mais tarde dar lugar a um mundo melhor e mais pacífico. Esses temas podem nos parecer menos convincentes hoje em dia, depois dos pavorosos regimes estabelecidos do início a meados do século passado. Em 1910, alguns anos depois da publicação de *A guerra dos mundos*, Wells publicou o encantador romance *As aventuras do sr. Polly*. Incorporando vários aspectos da vida anterior de Wells, em especial a fuga do sr. Polly das lojas de tecidos, o livro também apresenta um sonho comum a muitos homens da época: escapar do cativeiro das lojas para se tornar um trabalhador ocasional numa estalagem no campo, de propriedade de uma mulher agradável e situada às margens de um rio imaculado. É uma forma de utopia individual, em que o sr. Polly finalmente encontra a felicidade.

Uma variante desse quadro aparece em *1984*, em que a modesta utopia de Orwell é ter privacidade e uma mulher para amar. A utopia do sr. Polly tem duração maior do que a de Winston Smith. O mundo se tornara mais sombrio nos anos 1940.

Este é um momento oportuno para comentar os filmes e programas de rádio feitos a partir do livro de Wells. Em outubro de 1938, uma encenação radiofônica baseada em *A guerra dos mundos*, estrelada por Orson Welles, foi transmitida nos Estados Unidos (e retransmitida muito depois pela rádio BBC). Produzida de forma documental, seu cenário foi transposto para a costa leste norte-americana. Muitos ouvintes entraram em pânico, acreditando que a Terra realmente estava sendo invadida por marcianos, e fugiram para as proverbiais montanhas. Hoje é difícil entender como o público pôde ser tão crédulo, mas os acontecimentos daquela noite foram assunto de textos universitários e inspiraram um estúdio de cinema a fazer um filme.

A guerra dos mundos foi filmado por George Pal, da Paramount Productions, e lançado em 1953. A abertura é esplêndida. Sir Cedric Hardwicke, ilustre membro do contingente de atores britânicos residentes em Hollywood, narra boa parte do primeiro parágrafo do romance diante de um céu estrelado.

Em vez da Inglaterra, o sul da Califórnia. Em vez de Woking, Los Angeles. Um ator de queixo quadrado e uma atriz inexpressiva formam o par romântico. Os diálogos se arrastam, mas as máquinas marcianas em forma de bumerangue são atraentes. É um filme barulhento, cheio de destruição.

Como vimos, o clérigo de Wells é um tipo desprezível. O diretor Byron Haskin o transforma numa figura heroica. Avançando de peito aberto em direção aos marcianos, o heroico padre declama, "Ainda que eu caminhe pelo Vale da Morte, não temerei nenhum mal", quando — *pou!* — um raio de calor o fulmina.

Uma série de TV americana baseada no romance de Wells foi ao ar em 1988 e teve 42 episódios.

Esses filmes e outros, como *Kipps* e *The History of Mr Polly*, evidenciam uma diferença entre o temperamento britânico e o norte-americano. Os britânicos gostam — ou certamente gostavam — de uma pitada de melancolia nas histórias, para dar mais sabor. Os norte-americanos preferem o individualismo triunfante, tal como o propagado na ficção científica pelo grupo de escritores formado por Robert Heinlein, Isaac Asimov e John Campbell. Essa preferência ficou ainda mais evidente com a trajetória de *A guerra dos mundos* nos Estados Unidos.

O romance foi publicado clandestinamente em fascículos num jornal dos Estados Unidos. Mas os norte-americanos não se conformaram com a invasão marciana. Um jornalista chamado Garrett P. Serviss escreveu uma espécie de sequência ao romance de Wells intitulada *Edison's Conquest of Mars* [Edison conquista Marte]. Thomas Edison inventa a antigravidade e um raio desintegrador, e parte com uma frota de espaçonaves para pulverizar Marte. Os malignos marcianos são eliminados. Assim como a lição de humildade de Wells.

Havia outras razões além do ensaio de Malthus para que um intelectual do tempo de Wells se tornasse um pouco pessimista. Também havia, por exemplo, a observação de William Thomson, ou Lord Kelvin, sobre a entropia: "Dentro de um período finito de tempo no passado, a Terra deve ter sido, e dentro de um período finito de tempo no futuro a Terra deverá ser, mais uma vez, imprópria para a ocupação humana como atualmente estabelecida".

Wells já havia relatado esse sombrio final da raça humana em *A máquina do tempo*. Agora comentava outras teorias, como a de Laplace e sua hipótese nebular, segundo a qual Marte era mais antigo do que a Terra.

Num artigo para uma revista publicado em 1896, Wells discute a possibilidade de vida inteligente em Marte e declara: "Não há dúvida de que Marte é muito parecido com a Terra". A afirmação era plausível antes que vários voos da Nasa mostrassem que Marte é uma rocha árida e inóspita, destituída de vida e certamente desprovida de qualquer coisa parecida com bípedes inteligentes ou com o público portador de guarda-chuvas dos tempos de Wells.

Wells escrevia sob uma ilusão partilhada por muitos que se interessavam por astronomia na época. Hoje sabemos que Marte não é um planeta senil, apenas inclemente. Mas a visão de Wells sobre a vida marciana está ligada a outra grande descoberta do século XIX que preocupava Wells e outros (e continua nos preocupando neste século) — a teoria da evolução de Darwin.

Wells posterga uma descrição detalhada da anatomia dos marcianos até o Livro II, capítulo 2. Só então ele nos brinda com três páginas de explicações, precedidas pela frase de abertura: "Via agora que eram as criaturas mais extraterrenas que se podia conceber". Quando já estamos tomados por uma total e científica repugnância, ele afirma com frieza: "Para mim é perfeitamente plausível que os marcianos tenham descendido de seres parecidos com os humanos". Afinal, quem sabe o que podemos nos tornar? Como diz Wells: "Nós, homens, [...] estamos apenas no começo da evolução que os marcianos já conquistaram".

Além disso, outro aspecto repulsivo dos invasores marcianos revelado mais adiante no livro talvez derive de uma afirmação de Darwin em *A origem das espécies*. No capítulo intitulado "A luta pela existência", Darwin declara: "A ação do clima parece à primeira vista totalmente independente da luta pela existência; mas, como age principalmente na redução dos alimentos, o clima causa a mais violenta luta entre os indivíduos [...] que dependem do mesmo tipo de alimento para subsistir". Sem dúvida, o clima mais frio do Planeta Vermelho teria intensificado essa luta, como compreendeu Wells.

Podemos ver que *A guerra dos mundos* é um compêndio de muitos interesses do século XIX. É claro que não se limita a isso, pois esses interesses estão urdidos numa trama extraordinária e fascinante. É a pedra fundamental de todas as histórias sobre invasões alienígenas, impressas ou filmadas. Seguindo o exemplo de Wells, surgiriam muitas outras histórias em que o mundo, ou pelo menos a Inglaterra, é devastado. Entre elas estão *A nuvem da morte*, de Conan Doyle, *The Day of the Triffids* [O dia das trífides], de John Wyndham, *The Death of Grass* [A morte do pasto], de John Christopher, *The Wind from Nowhere* [O vento de lugar nenhum], de J. G. Ballard, *O macaco e a essência*, de Aldous Huxley, e *Herdeiros da Terra*, de minha autoria. O perigo e o interesse de escrever sobre esses temas é, ao desafiar o "senso comum", não cair na tolice comum. Wells é hábil nesse aspecto.

Mas, no subgênero catástrofe, são os insensíveis marcianos que levam a coroa de louros.

Costuma-se pensar que romances científicos e de ficção científica estão distantes da experiência do autor. Esse nunca é o caso; o que somos percorre nossas ficções, muitas vezes sem que o percebamos. Aquilo que está oculto na mente revela-se claramente no papel. Como escreveu Mary Shelley em sua introdução a *Frankenstein ou o Prometeu Moderno* (1818): "A inventividade, é preciso admitir humildemente, não consiste em criar do vazio, e sim do caos; a matéria-prima deve, primeiro, estar à disposição: a inventividade pode dar forma a substâncias disformes e obscuras, mas não é capaz de criar substância em si". Era o caso de Wells; ele detinha um amplo estoque de substâncias disformes e obscuras.

Isso se torna claro em dois momentos. Quando o narrador fica aprisionado com o padre na casa em ruínas, descobrimos que se trata de uma armadilha imunda e semissubterrânea. Eles estão confinados à área de serviço da casa parcialmente destruída. Temos aqui uma reconstrução da área de serviço da Casa Atlas onde, na infância de Wells, sua mãe mourejou durante anos. A esqualidez e o desconforto daquele lugar acompanharam Wells por toda a vida. Como Orwell depois dele, Wells sabia que a sujeira tem significado político. Essa área de serviço volta a ser descrita — com pesar — no romance *Os dias do cometa*, na Seção III, capítulo 4.

Ele a retrata em parte como "uma região úmida, repugnante, quase toda subterrânea [...] tornada mais do que tipicamente suja em nosso caso porque o depósito de carvão, uma negra e imunda boca escancarada, dava para o recinto e espalhava pequenas partículas mastigáveis sobre o irregular chão de tijolos". Lá sua mãe, "uma alma abnegada", labutava. "E, enquanto ela lavava a louça, eu saí para vender meu casaco e meu relógio para poder abandoná-la."

Esse lugar triste é empregado em *A guerra dos mundos* como um símbolo, pois é na cozinha que os alimentos são preparados para o consumo. Como descobre o padre.

Os marcianos invadiram a Terra para comer bem. O narrador senta-se para fazer uma boa refeição antes de iniciar seu relato. Wells tinha obsessão por comida — pelo ato de comer e pelo de ser comido. Adaptando um velho ditado, pode-se tirar o homem da cozinha, mas não a cozinha do homem. Peter Kemp escreveu um livro inteiro sobre os apetites de Wells, intitulado *Wells and the Culminating Ape* [Wells e o macaco culminante]. As pessoas em *A guerra dos mundos* são apresentadas como parte da cadeia alimentar. Os moradores de Woking fogem do fogo marciano "tão cegamente como um bando de ovelhas" foge de uma panela!

O segundo momento em que o passado de Wells inspira sua escrita lança uma luz interessante sobre sua atitude em relação à sociedade. Wells, o socialista, seguia uma impecável linhagem radical. Como William Godwin, achava que a humanidade era perfectível; como Percy Bysshe Shelley, acreditava no Amor Livre. No entanto, esse socialista nunca esteve totalmente do lado do homem. Não acreditava muito na imutabilidade da ordem social. O artilheiro, um personagem desagradável, anseia pela derrocada da sociedade. "Não haverá mais belos concertos durante um milhão de anos", diz ele. "Nada de Real Academia de Artes e nem de jantarezinhos saborosos em restaurantes."

Na juventude, Wells conhecera um notável exemplo de mudança social ocorrida de forma pacífica. Sua mãe, Sarah Wells, deixou o pai dele e foi trabalhar como governanta em Uppark, "o casarão" em Sussex. Lady Fetherstonehaugh era a proprietária de Uppark. Começara a vida como leiteira na propriedade, com o nome bastante apropriado de Mary Ann Bullock [Mary Ann "Boi Castrado"]. O senhor das terras se encantou pela moça. Enviou-a para ser educada e refinada em Paris e então se casou com ela. Depois que ele morreu, Lady Fetherstonehaugh governou Uppark em solitário esplendor. Era um exemplo gritante da mobilidade social que o próprio Wells conquistara.

Apesar de frequentemente enfermo, Wells era um sujeito bem-humorado. Pelo menos, simulava bom humor. Enfeitava as cartas para a mãe e amigos com pequenos desenhos cômicos — "picshuas", como os chamava. Mas, quanto ao aspecto intelectual da cultura, os vitorianos pensantes tinham motivos para sentir-se deprimidos. Lord Kelvin declarara que a massa rochosa sobre a qual todos viviam não duraria mais de 20 milhões de anos. Quando ainda não se compreendia a atividade nuclear, pensava-se que a morte do Sol estava desalentadoramente próxima.

Essas questões foram dramatizadas em *A máquina do tempo*, publicado em 1895, três anos antes de *A guerra dos mundos*.

Patrick Parrinder, um grande crítico de Wells, resolveu o mistério relativo ao ano de 802701, tão importante no primeiro livro. "O que falta a *A máquina do tempo* é a retórica narrativa abertamente profética exemplificada em *A guerra dos mundos*, onde [...] temos, sem o benefício de uma máquina do tempo, uma narrativa testemunhal de acontecimentos que se dão 'no começo do século xx' [...]"

Antes era hábito de muitos romancistas ingleses começar a narrativa com as palavras: "Foi no inverno do ano 18..." ou "No começo do reinado do rei Guilherme iv...". Essas datas possivelmente indicavam uma época em que o autor era jovem, e supunha-se que as coisas não haviam mudado muito desde então. No entanto, com o avanço do século xix, as coisas mudaram muito. De forma gradual, os romances avançaram para o presente. Wells, em sua impaciência, dá um salto, começando seu romance no futuro.

Será que essa estranha ideia de ambientar romances no futuro pode ser um fator que contribui para que tais romances sejam excluídos pela elite literária? Certamente não só "as massas" consideram o futuro um domínio apropriado para a imaginação... De qualquer modo, Wells gozou de uma exuberante criatividade nos sete anos entre 1895 e 1901. O melhor de sua ficção científica (embora não o melhor de sua ficção social) foi escrito nessa época, e a maioria das histórias trata de dissolução social, da emergência de incômodos novos mundos, de velhos mundos forçados a se dobrar.

Alguns argumentam que parte desse espírito pode ser atribuída à angústia de *fin de siècle*. Eu prefiro atribuí-la, tal como Wells, a um novo modo de pensar. Em seu brilhante discurso, "The Discovery of the Future" [A descoberta do futuro], proferido na Royal Institution em 1902, ele distingue duas mentalidades divergentes. Abre o discurso dizendo que deseja "contrastar e separar dois tipos divergentes de mente, tipos que devem ser caracterizados principalmente pela atitude em relação ao tempo".

O tipo predominante pensa pouco no futuro. Um tipo bem menos abundante, porém mais moderno, "pensa constante e preferencialmente nas coisas vindouras, e nas coisas presentes sobretudo em relação ao que pode resultar delas". Wells acredita que esse tipo de pessoa "perpetuamente ataca e altera a ordem estabelecida das coisas".

O poderoso elixir tão engenhosamente infundido nas páginas de *A guerra dos mundos* tem como fim recrutar mais mentes para a categoria futurista.

Uma visão mais antiga e equivocada foi expressa por C. K. Shorter em 1897: "A imaginação é tudo, a ciência é nada; mas o fim do século, que compartilha com o sr. Wells o pouco conhecimento de South Kensington, prefere os dois juntos; e eu simpatizo com o fim do século".

Seja como for, a vívida imaginação de Wells venceu. Ele conquistara o sucesso, deixara a pobreza para trás. A destruição de um mundo que se tornou tenebroso talvez tenha sido a maneira de Wells apagar o mundo feio, a sórdida área de serviço de onde ele escapara. Mas ele continuou inquieto. Seu amigo Arnold Bennett o elogiou por escrever para "as massas inteligentes", enquanto os intelectuais se opunham aos jornais, assim como mais tarde se opuseram ao cinema, depois à televisão, em suma, a tudo que fosse popular.

Tais problemas são bem discutidos no livro de John Carey *Os intelectuais e as massas*. Ele contextualiza a época e os problemas de Wells citando brevemente o livro *Marriage* (1912) [Casamento], de Wells, em que Trafford fala de um socialista dispéptico nos seguintes termos:

> Parecia-lhe que, ao conhecer Dowd, ele conhecia toda a vasta nova Inglaterra excluída dos sonhos da classe dominante, aquela multifacetada e ampla Inglaterra, maltratada, doentia, zangada, energética, e que agora se tornava crítica e inteligente; a Inglaterra que a industrialização organizada criara.

O problema de Wells é que ele gostava de associar-se aos grandes; todavia, não podia deixar de continuar um intruso, um lobo da estepe, para sempre descontente. Carey compreendeu bem o dilema de Wells — semelhante ao dos escritores de ficção científica de hoje, em geral excluídos da "Literatura".

Em 1902, Wells publicou o livro de ensaios *Anticipations* [Previsões]. Cada vez mais era visto como uma voz profética. Começou a falar sobre o mundo real — como ele o via — em vez de criar mais fantasias engenhosas. O romance visionário *Os dias do cometa* foi publicado em 1906, mas nunca recebeu a atenção merecida. Contém uma dura condenação do mundo sórdido em que Wells cresceu.

Wells, como Charles Dickens antes dele, tornou-se famoso e bem-sucedido como nenhum autor hoje poderia ser, nenhum Salman Rushdie, nenhum Jeffrey Archer. Ele viajou a Moscou para conversar com Lênin e Gorki, a Washington para confabular com Roosevelt. No entanto, sempre foi um escritor austero, como no presente romance. Hoje a austeridade está fora de moda na literatura popular, o que é uma pena.

O final de *A guerra dos mundos* poderia facilmente ter sido feliz, cheio de júbilo diante da derrota do inimigo estrangeiro. Em vez disso, o capítulo que precede o epílogo chama-se "Devastação". Londres se transformou numa cidade de mendigos. Quatro semanas se passaram desde a chegada dos primeiros cilindros. A visão humana do futuro foi modificada pelos marcianos: "Talvez a eles, e não a nós, o futuro esteja reservado".

O comentário justifica-se. Os humanos não são vencedores, mas sobreviventes. Comparados aos marcianos, os humanos são uma raça inferior. Por mais desagradáveis que sejam, os marcianos são intelectualmente superiores. À diferença dos Morlocks em *A máquina do tempo*, ou dos selenitas em *Os primeiros homens da Lua*, ambos grupos que vivem no subterrâneo, os marcianos vêm de "cima", do reino do superego.

Com efeito, o romance transborda de metáforas sobre a condição inferior da humanidade. Como vimos, o primeiro parágrafo do livro já mostra a humanidade e suas ocupações sendo estudadas tal como um homem munido de um microscópio examina as criaturas que fervilham numa gota d'água.

Logo somos informados de que "a pressão imediata da necessidade aguçou o intelecto, alargou os poderes e endureceu o coração" dos marcianos. Como consequência, nós, os habitantes da Terra, "devemos ser para eles no mínimo tão exóticos e inferiores quanto macacos e lêmures o são para nós".

Na parte do êxodo de Londres, Wells volta a evidenciar seu medo da fragilidade da civilização e sua aversão pelas massas:

> Todas as linhas ferroviárias ao norte do Tâmisa e o pessoal da linha Sudeste, na rua Cannon, haviam sido alertados à meia-noite do domingo, e trens enchiam-se de passageiros. Lutou-se brutalmente por um lugar de pé nos vagões até as duas horas; às três, pessoas eram pisoteadas e esmagadas até na rua Bishopsgate, a cerca de duzentos metros da estação da rua Liverpool; alguns davam tiros, outros, facadas, e os policiais que haviam sido enviados para orientar o trânsito, exaustos e enfurecidos, quebravam a cabeça dos cidadãos que tinham como dever proteger.

Sem dúvida alguma, Wells aguçara seu intelecto, alargara seus poderes e endurecera seu coração. Todavia, sabemos que existe outro Wells, um homem brincalhão que inventou brilhantes jogos para meninos (eu joguei seu "Little Wars" ["Guerrinhas"]), que defendeu os direitos das mulheres, que liderou uma campanha em 1924 para salvar as baleias. Era generoso com outros escritores, relacionou-se com muitas mulheres — que, em geral, permaneceram para sempre suas amigas. Gostava de boa companhia, de bons vinhos. Era um homem sério, mas também divertido. A intelligentsia, a quem faltava brios e visão, nunca reconheceu em Wells uma força literária.

Estou com os outros membros da Sociedade H. G. Wells, por quem ele é admirado e até mesmo amado. Seu filho Anthony West disse: "Além do pequeno círculo dos que o conheciam havia um exército maior, cujo coração foi alimentado pela força e coragem que emanavam de seus escritos e que nos fazem sentir falta da intensidade da luta interna que ele travou com seu demônio".

Wells disse de si mesmo: "Reconheço que oscilo entre um otimismo cauteloso e limitado e minha convicção de que o desastre é inevitável e avança rapidamente". E nós continuamos a lê-lo porque no fundo sabemos que o desastre global continua em andamento.

Se existe um conflito entre seu temperamento como homem e como escritor — um conflito evidente em muitos autores —, podemos apenas dizer que, sentados diante da máquina de escrever (como Wells teria adorado o computador!), estamos certos de que temos, se não a melhor vida, ao menos a melhor vida que poderíamos ter escolhido. E em nossa solidão, o que criamos surpreende até a nós mesmos, como em sessões de psicanálise.

Um caso semelhante é o de Émile Zola. Segundo seu biógrafo F. W. J. Hemmings, quando Zola escrevia, "ele entrava num estado totalmente diferente: terrores íntimos, sonhos extáticos e sensuais, visões abomináveis de aterrorizante intensidade possuíam-no temporariamente".

Não é difícil supor que a destruição de Woking tenha liberado demônios e energias semelhantes em Wells.

O artilheiro, esse macabro otimista, volta a aparecer, anunciando que ele e seus semelhantes sobreviverão. Ele viverá nos esgotos de Londres e degenerará em "uma espécie de rato grande e selvagem". Os trechos que tratam do artilheiro foram inseridos depois que o livro foi publicado em capítulos na revista. Talvez ele desejasse um porta-voz que pronunciasse de modo cabal a morte da civilização, ou talvez, como alguns críticos sugeriram, Wells simpatizasse com esse extremismo. Ele também achava que o mundo tinha pessoas demais, especialmente aquelas que, segundo o artilheiro, eram "inúteis, incômodas e prejudiciais".

Quase todos os que fogem da cidade são tratados por Wells sem a menor compaixão; são comparados a dodôs, ovelhas, macacos e ratos. Os fugitivos lutam, são espezinhados, esmagados, baleados e esfaqueados ou atropelados por locomotivas.

O organismo social desintegrou-se, como um fígado sob o ataque de um câncer. A doença acompanha a desorganização. Wells sempre odiou a doença e a desordem: "Os micro-organismos que causam tantas doenças e sofrimentos na Terra nunca existiram em Marte, ou a ciência sanitária dos marcianos os eliminou há muito tempo.

As centenas de doenças — febres e males contagiosos, tuberculoses, cânceres, tumores — que atormentam a humanidade nunca fizeram parte da vida marciana".

O que faz lembrar o que disse Joseph Conrad, zombando de Wells: "Você não dá a mínima para a humanidade, mas acha que ela precisa melhorar!".

É preciso reconhecer que a humanidade certamente poderia melhorar. E continuamos gratos a H. G. Wells por nos alertar para isso neste brilhante romance de modo tão convincente, tão memorável, tão impiedoso.

BRIAN ALDISS

A GUE
DOS MU

RRA
NDOS

Livre Premier

L'arrivée des Marsiens

LIVRO I

A chegada dos marcianos

1
AS VÉSPERAS DA GUERRA

Ninguém teria acreditado, nos últimos anos do século XIX, que este mundo era atenta e minuciosamente observado por inteligências superiores à do homem e, no entanto, igualmente mortais; que, enquanto os homens se ocupavam de seus vários interesses, eram examinados e estudados, talvez com o mesmo zelo com que alguém munido de um microscópio examina as efêmeras criaturas que fervilham e se multiplicam numa gota d'água. Com infinito comodismo, os homens iam de um lado para outro do globo, cuidando de seus pequenos afazeres, na serena segurança de seu império sobre a matéria. É possível que os infusórios sob o microscópio façam o mesmo. Ninguém cogitava que os planetas mais antigos do espaço pudessem ser fontes de perigo para a humanidade, ou, se eles eram objeto de reflexão, era apenas para descartar, como impossível e improvável, a ideia de vida nesses mundos. É curioso relembrar alguns dos hábitos de pensamento desses tempos distantes. No máximo, os terráqueos fantasiavam que poderia haver outros homens em Marte, talvez inferiores a si próprios e dispostos a acolher uma expedição missionária. No entanto, através do abismo do espaço, mentes que em relação à nossa são como a nossa em relação às dos animais que perecem, intelectos vastos, frios e insensíveis, lançavam sobre este planeta olhares invejosos e, lenta e inexoravelmente, traçavam planos contra nós. E, no início do século XX, veio a grande desilusão.

Como não preciso lembrar o leitor, o planeta Marte gira em torno do Sol a uma distância média de 225 milhões de quilômetros, e a luz e o calor que recebe do astro é apenas metade da recebida por este mundo. Se a hipótese nebular contém alguma verdade, Marte deve ser mais velho do que nosso planeta, e muito antes de a Terra se condensar a vida em sua superfície já devia ter se iniciado. O fato de apresentar cerca de um sétimo do volume da Terra deve ter acelerado seu resfriamento até a temperatura propícia para a vida. Possui ar, água e tudo que é necessário para suprir seres vivos.

Contudo, tão orgulhoso é o homem, tão cego por sua vaidade, que nenhum escritor até o fim do século XIX expressou qualquer suspeita de que vida inteligente poderia ter se desenvolvido no espaço distante, ou mesmo em qualquer lugar além do âmbito terrestre. Tampouco se atinava que, sendo Marte mais velho do que a Terra, com cerca de um quarto de sua superfície e mais distante do Sol, a consequência necessária era que não só estava mais distante do começo da vida como mais próximo de seu final.

O resfriamento secular que um dia há de se abater sobre o nosso planeta já está bastante adiantado em nosso vizinho. Sua condição física ainda é em grande parte um mistério, mas sabemos agora que até em sua zona equatorial a temperatura ao meio-dia é inferior à dos nossos invernos mais rigorosos. Sua atmosfera é muito mais rarefeita do que a nossa, seus oceanos encolheram até cobrir não mais que um terço de sua superfície e, quando suas lentas estações mudam, imensas calotas de neve se formam e derretem em cada polo, inundando periodicamente as zonas temperadas. Esse último estágio de exaustão, que para nós ainda é extremamente remoto, tornou-se um problema urgente para os habitantes de Marte. A pressão imediata da necessidade aguçou o intelecto, alargou os poderes e endureceu o coração dessas criaturas. E, examinando o espaço com instrumentos e inteligência tais como sequer imaginávamos, eles viram, a uma distância de apenas 56 milhões de quilômetros na direção do Sol, uma estrela de esperança, nosso cálido planeta de matas verdes e mares cinzentos, uma atmosfera densa transbordante de fertilidade, e vislumbraram por entre nuvens deslizantes vastas regiões povoadas e mares estreitos e pontilhados de navios.

E nós, homens, os habitantes da Terra, devemos ser para eles no mínimo tão exóticos e inferiores quanto macacos e lêmures o são para nós. O intelecto humano já admite que a vida é uma incessante luta pela existência, e parece ser essa também a crença das mentes marcianas. Enquanto o planeta deles se resfria, o nosso ainda está repleto de vida, mas povoado apenas por seres que eles consideram animais inferiores. Travar a guerra num planeta mais próximo ao Sol é, de fato, a única escapatória para a destruição que, geração após geração, os ameaça.

Mas, antes de os julgarmos com muita severidade, lembremos a destruição cruel e completa que nossa própria espécie impôs não só a animais, como os extintos bisões e dodôs, mas a suas próprias raças menores. Os tasmanianos, apesar da aparência humana, foram inteiramente dizimados numa guerra de extermínio promovida por imigrantes europeus no espaço de cinquenta anos. Será que somos realmente apóstolos da tolerância para nos queixarmos, quando os marcianos nos combateram com a mesma mentalidade?

Os marcianos parecem ter calculado sua chegada com incrível sutileza — evidentemente, seu conhecimento matemático excede em muito o nosso — e realizado os preparativos com unanimidade quase perfeita. Se nossos instrumentos houvessem permitido, teríamos visto o problema tomar forma já nas primeiras décadas do século XIX. Cientistas como Schiaparelli observaram o planeta vermelho — e é curioso, a propósito, que por incontáveis séculos Marte tenha sido o astro da guerra —, mas não conseguiram interpretar as aparições flutuantes dos sinais que mapearam tão bem. Durante todo esse tempo, os marcianos certamente se preparavam.

Durante a oposição de 1894, uma grande luz foi vista na parte iluminada do disco, primeiro no Observatório de Lick, depois por Perrotin de Nice, e depois por outros observadores. Os leitores ingleses ouviram falar do fenômeno pela primeira vez na edição de 2 de agosto da revista *Nature*. Inclino-me a pensar que o clarão foi causado pela fundição da arma enorme no vasto fosso escavado no planeta, de onde seus projéteis foram disparados contra nós. Sinais estranhos, ainda inexplicados, foram vistos perto do local dessa erupção durante as duas oposições seguintes.

Há seis anos a tempestade se abateu sobre nós. Quando Marte entrava em oposição, Lavelle de Java causou palpitações à Central Astronômica com o incrível relato de uma enorme erupção de gás incandescente sobre o planeta. Ocorrera por volta da meia-noite do dia 12, e o espectroscópio, ao qual ele recorreu imediatamente, indicou uma massa de gás flamejante composta sobretudo de hidrogênio e avançando com imensa velocidade em direção à Terra. O jato de fogo tornou-se invisível por volta da meia-noite e quinze. Ele o comparou

a uma colossal nuvem de chamas expelida súbita e violentamente do planeta, "como gases flamejantes disparados por um canhão".

Uma expressão singularmente apropriada, como se viu depois. Contudo, no dia seguinte, nada disso saiu nos jornais, exceto por uma pequena nota no *Daily Telegraph*, e o mundo continuou ignorando um dos maiores perigos que jamais ameaçaram a raça humana. Talvez eu nunca soubesse da erupção se não tivesse encontrado Ogilvy, o célebre astrônomo, em Ottershaw. Ele se entusiasmou imensamente com a notícia e, movido por esse sentimento, convidou-me a observar o planeta vermelho com ele naquela noite.

Apesar de tudo que aconteceu desde então, ainda me lembro nitidamente daquela vigília: o observatório escuro e silencioso, a lanterna encoberta lançando um tênue brilho num canto do piso, o tique-taque uniforme do mecanismo do telescópio, a pequena fenda no teto — uma profundidade oblonga que revelava a poeira estelar. Ogilvy movia-se, invisível mas audível. Pelo telescópio, via-se um círculo azul-escuro onde o pequeno planeta redondo flutuava. Parecia tão insignificante, tão pequeno, imóvel e brilhante, levemente marcado por listras transversais e ligeiramente achatado em vez de uma esfera perfeita. Mas tão pequeno ele era, tão cintilante — um ponto minúsculo de luz! Parecia tremular, mas na verdade era o telescópio que vibrava com a atividade do mecanismo que mantinha o planeta na mira.

Enquanto eu o observava, o planeta parecia crescer e diminuir, avançar e recuar, mas isso se devia apenas ao cansaço dos meus olhos. Ele estava a 64 milhões de quilômetros de nós — mais de sessenta milhões de quilômetros de vácuo. Poucos se dão conta da imensidão do vazio em que a poeira do universo material flutua.

Lembro que próximo a ele no campo havia três pontos de luz fracos, três estrelas telescópicas infinitamente remotas, e em volta se estendia a insondável escuridão do espaço vazio. Vocês sabem como essa escuridão se apresenta numa fria noite estrelada. Ao telescópio, parece bem mais profunda. E, invisível aos meus olhos porque ainda pequena e remota, voando veloz e regularmente em minha direção através daquela incrível distância, aproximando-se milhares de quilômetros a cada minuto, vinha a Coisa que eles mandavam para nós, a Coisa que traria tantas lutas, mortes e calamidades à Terra. Jamais imaginei nada disso enquanto observava; ninguém na Terra sonhava com aquele infalível projétil.

Na mesma noite houve outra emissão de gás daquele planeta distante. Eu a vi — um clarão avermelhado na borda do disco, uma projeção fugaz do contorno no momento em que o relógio marcou meia-noite; relatei o fato a Ogilvy, e ele tomou meu lugar. Fazia calor, e eu estava com sede. Esticando as pernas de forma desajeitada e tateando na escuridão, fui até a mesinha onde estava o sifão, enquanto Ogilvy exclamava diante da faixa de gás que vinha ao nosso encontro.

Naquela noite, outro míssil invisível partiu de Marte em direção à Terra, pouco menos de vinte e quatro horas depois do primeiro. Lembro-me de sentar à mesa na escuridão, manchas verdes e vermelhas dançando diante dos meus olhos. Desejei ter fogo para fumar, mal suspeitando o significado do minúsculo lampejo que eu vira e de tudo que ele em breve me causaria. Ogilvy observou até a uma; depois desistiu, e acendemos a lanterna e andamos até sua casa. Lá embaixo, na escuridão, Ottershaw e Chertsey e suas centenas de moradores dormiam em paz.

Ogilvy estava cheio de conjecturas sobre a condição de Marte naquela noite e zombava da ideia vulgar de que habitantes do planeta sinalizavam para nós. Supunha que uma forte chuva de meteoritos estivesse caindo sobre o planeta ou que houvesse uma grande explosão vulcânica em andamento. Frisou como era improvável que a evolução orgânica tivesse tomado o mesmo rumo nos dois planetas adjacentes.

— As chances de que haja alguma criatura semelhante ao homem em Marte são de uma em um milhão — disse ele.

Centenas de observadores viram o fulgor naquela noite e na noite seguinte por volta da meia-noite, e mais uma vez na noite seguinte; e assim durante dez noites, um clarão por noite. Por que as descargas cessaram após a décima, ninguém na Terra tentou explicar. Pode ser que os gases dos disparos tenham causado incômodo aos marcianos. Nuvens densas de fumaça ou poeira, visíveis através de um poderoso telescópio na Terra como pequenas manchas cinzentas e flutuantes, espalhavam-se pela clara atmosfera do planeta e obscureciam seus traços mais familiares.

Até os jornais diários finalmente acordaram para os distúrbios, e notas surgiram aqui e ali tratando dos vulcões de Marte. O periódico sério-cômico *Punch* utilizou-os com bom humor numa charge política. Enquanto isso, sem levantar suspeitas, os mísseis que os marcianos haviam lançado contra nós aproximavam-se da Terra, agora a um ritmo de muitos quilômetros por segundo através do golfo vazio do espaço, hora após hora e dia após dia, cada vez mais perto. Parece-me hoje quase incrível que, com aquela sina veloz pairando sobre nós, os homens tenham prosseguido com seus afazeres triviais. Lembro-me da alegria de Markham ao conseguir uma nova fotografia do planeta para o jornal ilustrado que editava na época. As pessoas hoje mal imaginam a abundância e o espírito empreendedor dos jornais oitocentistas. Eu, de minha parte, estava ocupado demais aprendendo a andar de bicicleta e escrevendo uma série de artigos que discutiam a provável evolução das ideias morais com o progredir da civilização.

Uma noite (o primeiro míssil então não devia estar a mais de dezesseis milhões de quilômetros de distância), saí para caminhar com minha mulher. A noite estava estrelada, e expliquei a ela os signos do Zodíaco, e apontei para Marte, um brilhante ponto de luz que avançava lentamente para o zênite em direção ao qual tantos telescópios apontavam. Era uma noite quente. Quando voltávamos para casa, um grupo de excursionistas que vinham de Chertsey ou Isleworth passou por nós cantando e tocando música. Luzes brilhavam nas janelas superiores das casas enquanto as pessoas se preparavam para dormir. Da estação ferroviária vinha o som de trens sendo manobrados, os rangidos e atritos suavizados pela distância, quase melódicos. Minha mulher chamou minha atenção para o brilho verde, vermelho e amarelo das luzes sinalizadoras que pendiam de um suporte contra o céu. Tudo parecia tão seguro e tranquilo.

2

A ESTRELA CADENTE

ENTÃO CHEGOU A NOITE DA PRIMEIRA ESTRELA CADENTE. Foi vista no início da manhã cruzando o céu de Winchester em direção a leste, uma linha de fogo no alto da atmosfera. Centenas de pessoas devem tê-la visto e pensado que se tratava de uma estrela cadente comum. Segundo a descrição de Albin, ela deixou um risco esverdeado atrás de si que brilhou por alguns segundos. Denning, nossa maior autoridade em meteoritos, declarou que na primeira aparição sua altitude era de cerca de 140 ou 160 quilômetros. Calculou que caíra na Terra a cerca de 160 quilômetros ao leste.

Eu estava em casa nesse momento, escrevendo no meu gabinete, e, embora minhas janelas francesas dessem para Ottershaw e as persianas estivessem erguidas (pois naquele tempo eu adorava olhar para o céu noturno), nada vi. No entanto, a mais estranha de todas as coisas que jamais haviam chegado à Terra deve ter caído enquanto eu estava sentado lá, e eu a teria visto se tivesse levantado os olhos. Alguns que a viram em seu voo disseram que se deslocava com um assobio. Eu mesmo não ouvi nada. Muitos em Berkshire, Surrey e Middlesex devem ter visto a queda e, no máximo, pensaram que fosse outro meteorito. Ninguém naquela noite parece ter se dado ao trabalho de procurar o objeto que aterrissara.

Mas, bem cedo naquela manhã, o pobre Ogilvy, que vira a estrela cadente e estava convencido de que um meteorito caíra em algum lugar no campo entre Horsell, Ottershaw e Woking, acordou com o propósito de encontrá-lo. E realmente o encontrou, logo após o amanhecer, não distante das minas de areia. Um buraco enorme fora produzido pelo impacto do projétil, e a areia e o cascalho haviam sido atirados violentamente em todas as direções sobre a urze, formando montes visíveis a dois quilômetros de distância. A urze estava em chamas ao leste, e uma fina fumaça azulada erguia-se na aurora.

A Coisa em si estava quase totalmente enterrada na areia, entre as lascas espalhadas de um pinheiro que se estilhaçara com a queda. A parte visível tinha o aspecto de um enorme cilindro com contornos suavizados por uma espessa incrustação parda e escamosa. Seu diâmetro era de cerca de trinta metros. Ele se aproximou do objeto, surpreso com o tamanho e mais ainda com o formato, visto que os meteoritos costumam ser mais ou menos arredondados. Contudo, continuava tão quente depois da travessia pela atmosfera que impedia maior aproximação. Ele atribuiu a vibração no interior do cilindro ao resfriamento desigual de sua superfície, pois naquele momento ainda não lhe ocorrera que o objeto podia ser oco.

Ele permaneceu parado na borda do fosso que a Coisa produzira, contemplando sua aparência estranha, espantado principalmente com a forma e cor incomuns, e já percebendo vagamente alguns indícios de que sua chegada fora programada. A manhã estava extraordinariamente calma, e o sol, que então surgia por trás dos pinheiros próximos a Weybridge, já aquecia. Ele não se lembrava de ter ouvido nenhum pássaro naquela manhã. Certamente não havia brisa, e os únicos sons eram os do leve movimento no interior do cilindro candente. Ele estava totalmente sozinho no campo.

De repente reparou, com um sobressalto, que parte dos resíduos de carvão da crosta cinzenta que cobria o meteorito desprendia-se da extremidade circular. Caía em flocos e se esparramava sobre a areia. Um grande pedaço descolou-se de súbito e caiu com um ruído brusco, fazendo seu coração subir-lhe à garganta.

Por um minuto, ele não compreendeu o que aquilo significava e, embora o calor fosse excessivo, entrou no fosso para examinar a Coisa com mais clareza. Ainda imaginava que o resfriamento da massa podia explicar aquele fenômeno, mas o que interferia com essa hipótese era o fato de que as cinzas se desprendiam apenas da extremidade do cilindro.

E então ele percebeu que a tampa circular do cilindro girava muito lentamente na base. Era um movimento tão gradual que ele só o descobriu quando notou que uma marca preta que estivera perto dele cinco minutos antes agora estava do outro lado da circunferência. Mesmo então ele ainda não compreendera o que aquilo indicava, até que ouviu um rangido abafado e viu a marca preta avançar dois centímetros e meio de uma vez. Então ele entendeu tudo num relance. O cilindro era artificial — oco — e sua ponta estava atarraxada! Algo dentro do cilindro estava abrindo a tampa!

— Santo Deus! — exclamou Ogilvy. — Tem um homem aí dentro! Ou mais de um! Queimando vivos, tentando escapar!

Imediatamente, com um rápido salto mental, ele associou a Coisa ao clarão em Marte.

A ideia de uma criatura confinada ali era tão terrível que ele esqueceu o calor e lançou-se sobre o cilindro para ajudar a abri-lo. Mas, por sorte, a radiação o deteve antes que queimasse as mãos no metal ainda incandescente. Por um momento ele estacou, irresoluto; depois, virou-se, arrastou-se para fora do fosso e saiu correndo desesperadamente em direção a Woking. Devia ser por volta das seis horas. Encontrou um carroceiro e tentou explicar-lhe o ocorrido, mas sua história e aparência eram tão extravagantes — seu chapéu caíra no fosso — que o homem simplesmente seguiu em frente. Tampouco obteve sucesso com o taberneiro que naquele momento abria as portas do estabelecimento perto da ponte Horsell. O sujeito pensou que ele fosse um lunático à solta e fez uma tentativa frustrada de prendê-lo na taberna. Aquilo o conteve um pouco, e, quando viu Henderson, o jornalista de Londres, no jardim de sua casa, chamou-o por cima das paliçadas e se fez entender.

— Henderson — disse ele —, você viu aquela estrela cadente ontem à noite?

— O que tem ela? — perguntou Henderson.

— Está no campo Horsell agora.

— Santo Deus! — exclamou Henderson. — Um meteorito, essa é boa!

— Mas é mais do que um meteorito. É um cilindro, um cilindro artificial, homem! E tem algo dentro.

Henderson continuou parado, com a pá na mão.

— O que disse? — perguntou. Ele era surdo de um ouvido.

Ogilvy lhe contou tudo o que vira. Henderson demorou um minuto para entender. Depois largou a pá, pegou o paletó e saiu para a estrada. Os dois voltaram correndo para o campo e encontraram o cilindro ainda na mesma posição. Mas agora o ruído no interior havia cessado, e um estreito círculo de metal brilhante aparecia entre a tampa e o corpo do cilindro. O ar entrava ou escapava da borda com um chiado fraco.

Eles tentaram ouvir, cutucaram o metal queimado e áspero com um pedaço de pau, mas, não obtendo resposta, concluíram que o homem ou os homens no interior deviam estar inconscientes ou mortos.

É claro que os dois não puderam fazer nada. Depois de gritar promessas e palavras de consolo, voltaram para a cidade em busca de ajuda. Podemos imaginá-los, cobertos de areia, alarmados e desalinhados, correndo pela ruazinha sob a forte luz do sol, bem quando os lojistas descobriam as vitrines e os moradores abriam as janelas dos quartos. Henderson entrou imediatamente na estação ferroviária com a intenção de telegrafar a notícia para Londres. As reportagens dos jornais já haviam preparado o público para recebê-la.

Às oito horas, um grupo de meninos e de desocupados já estava a caminho do campo para ver os "marcianos mortos". Foi assim que a notícia se espalhou. Eu a ouvi pela primeira vez do meu jornaleiro às quinze para as nove, quando saí para comprar o *Daily Chronicle*. Naturalmente, fiquei alarmado e não perdi tempo em cruzar a ponte de Ottershaw em direção às minas de areia.

3

NO CAMPO DE HORSELL

Encontrei uma pequena aglomeração de umas vinte pessoas ao redor do enorme buraco em que o cilindro se encontrava. Já descrevi o aspecto desse objeto colossal, entranhado no chão. A grama e o cascalho ao redor pareciam chamuscados, como se por uma súbita explosão. Sem dúvida, o impacto causara uma onda de fogo. Henderson e Ogilvy não estavam presentes. Acho que perceberam que nada havia a fazer no momento e foram tomar café da manhã na casa de Henderson.

Quatro ou cinco meninos sentavam-se na beira do fosso, balançando os pés, e se divertiam — até eu os repreender — atirando pedras no volume gigantesco. Depois que falei com eles, começaram a brincar de pega-pega em meio ao grupo de observadores.

Entre estes havia um casal de ciclistas, um jardineiro que eu empregava de vez em quando, uma moça com um bebê no colo, o açougueiro Gregg e seu filho pequeno, e dois ou três desocupados e *caddies* de golfe que costumavam passar o tempo na estação ferroviária. Quase não se conversava. O povo inglês em geral tinha apenas uma noção remota de astronomia naquela época. A maioria contemplava em silêncio a grande extremidade plana do cilindro, que ainda estava como Ogilvy e Henderson o haviam deixado. Imagino que a expectativa popular de ver uma pilha de corpos carbonizados foi frustrada diante do objeto inanimado. Alguns foram embora enquanto eu estava lá; outros chegaram. Entrei no fosso e imaginei ouvir um fraco movimento sob meus pés. A tampa certamente cessara de girar.

Somente quando cheguei bem perto, a estranheza do objeto tornou-se evidente para mim. À primeira vista, não era mais empolgante do que uma carreta virada ou uma árvore caída na estrada. Na verdade, não era bem assim. Parecia uma espécie de boia enferrujada de combustível. Era necessário certo grau de formação científica para perceber que a crosta cinzenta da Coisa não era feita de nenhum óxido comum, que o metal branco-amarelado que brilhava na fresta entre a tampa e o cilindro tinha um matiz desconhecido. "Extraterrestre" não significava nada para a maioria dos espectadores.

A essa altura, estava bastante claro para mim que a Coisa viera do planeta Marte, mas julguei improvável que contivesse algum ser vivo. Achei que a abertura da tampa fosse automática. A despeito de Ogilvy, eu ainda acreditava que havia homens em Marte. Minha mente fantasiava com a possibilidade de que o cilindro contivesse um manuscrito, com as dificuldades de tradução que poderiam surgir, com moedas e maquetes que encontraríamos em seu interior e assim por diante. No entanto, ele era um pouco grande demais para sustentar essa hipótese. Eu estava impaciente para vê-lo aberto. Por volta das onze horas, como nada parecia acontecer, voltei para minha casa em Maybury cheio de tais pensamentos. Mas tive dificuldade para me concentrar em minhas investigações abstratas.

À tarde, a aparência do campo já se havia alterado muito. As primeiras edições dos jornais vespertinos tinham sacudido Londres com manchetes enormes:

    UMA MENSAGEM RECEBIDA DE MARTE.
    APARIÇÃO SURPREENDENTE EM WOKING

e assim por diante. Além disso, o telegrama de Ogilvy à Central Astronômica colocara todos os observatórios dos três reinos em estado de alerta.

Havia meia dúzia ou mais de fiacres vindos da estação de Woking na estrada ao lado das minas de areia, uma charrete vinda de Chobham e uma carruagem de aspecto senhorial, sem contar um aglomerado de bicicletas. Além disso, um grande número de pessoas devia ter andado, apesar do calor, desde Woking e Chertsey, de modo que, somando tudo, a multidão era considerável — incluindo uma ou duas damas elegantemente vestidas.

Fazia um calor sufocante, não havia uma nuvem no céu, um sopro de brisa, e a única sombra era a dos poucos e esparsos pinheiros. O fogo da urze se extinguira, mas o terreno que se estendia em direção a Ottershaw estava enegrecido até onde a vista alcançava e ainda expelia colunas de fumaça. Um perspicaz quitandeiro da avenida Chobham enviara o filho com um carrinho de mão cheio de maçãs verdes e cerveja de gengibre.

Ao me aproximar da beira do fosso, encontrei-o ocupado por um grupo de cerca de meia dúzia de homens — Henderson, Ogilvy e um homem loiro e alto que mais tarde eu soube tratar-se de Stent, o Astrônomo Real, com trabalhadores armados de pás e picaretas. Stent dava instruções com voz clara e estridente. Estava de pé sobre o cilindro, que agora se tornara, evidentemente, mais frio; seu rosto estava vermelho e molhado de suor, e algo parecia tê-lo irritado.

Uma grande porção do cilindro fora descoberta, embora a extremidade inferior continuasse enterrada. Assim que me viu entre a multidão de curiosos à beira do fosso, Ogilvy gritou para que eu descesse e me pediu que procurasse Lord Hilton, o senhor daquelas terras.

A multidão crescente, disse ele, estava se tornando um sério obstáculo às escavações, principalmente os meninos. Queriam a instalação de uma cerca e ajuda para afastar as pessoas. Disse-me que uma leve vibração ainda se ouvia ocasionalmente de dentro da cápsula, mas que os trabalhadores não haviam conseguido desatarraxar a tampa, pois a superfície não oferecia nenhum ponto de apoio. A cápsula parecia extremamente espessa, e era possível que os sons fracos que ouvíamos representassem um tumulto no interior.

Fiz com prazer o que ele me pediu, pois me tornaria assim um dos privilegiados espectadores dentro da cerca planejada. Não encontrei Lord Hilton em casa, mas me foi dito que ele devia voltar de Londres no trem das seis horas vindo de Waterloo; como ainda eram cinco e quinze, fui para casa, tomei chá e andei até a estação para esperá-lo.

4
O CILINDRO SE ABRE

Quando voltei ao campo, o sol estava se pondo. Grupos esparsos chegavam às pressas de Woking, e uma ou duas pessoas retornavam. A multidão em torno do fosso havia aumentado e se destacava em preto contra o amarelo pálido do céu — eram umas duzentas pessoas, talvez. Vozes se erguiam, e parecia ocorrer alguma confusão junto ao fosso. Estranhas ideias passaram pela minha cabeça. Ao me aproximar, ouvi a voz de Stent:

— Afastem-se! Afastem-se!

Um menino veio correndo em minha direção.

— Tá se mexendo — disse ele, enquanto passava por mim. — A tampa tá girando. Não tô gostando disso, vou pra casa.

Embrenhei-me na multidão. Na verdade, creio que eram duzentas ou trezentas pessoas se acotovelando e empurrando, e as poucas damas presentes estavam longe de ser as menos ativas.

— Ele caiu no fosso! — gritou uma pessoa.

— Afastem-se! — gritaram várias.

A multidão recuou um pouco, e eu abri o caminho a cotoveladas. Todos pareciam muito agitados. Ouvi um curioso zumbido vindo do fosso.

— Vamos! — disse Ogilvy. — Ajude a afastar esses idiotas. Não sabemos o que tem nessa maldita coisa!

Vi um rapaz — um balconista de uma loja de Woking, creio eu — de pé sobre o cilindro e tentando sair do buraco. A multidão o empurrara para dentro.

A tampa do cilindro estava sendo desatarraxada por dentro, revelando mais de cinquenta centímetros de rosca brilhante. Alguém esbarrou em mim, e por pouco não fui atirado em cima da tampa. Virei-me, e quando o fiz a rosca deve ter saído, pois a tampa do cilindro caiu no cascalho com um baque ressonante. Afastei a pessoa atrás de mim com o cotovelo e voltei a olhar para a Coisa. Por um momento, a cavidade circular pareceu totalmente escura. O sol poente incidia em meus olhos.

Acho que todos esperavam ver surgir um homem — talvez algo um pouco diferente de nós, terráqueos, mas essencialmente um homem. Pelo menos eu esperava. Mas, enquanto eu olhava, vi algo se mexer entre as sombras: movimentos ondulantes e acinzentados, um acima do outro, e depois dois discos luminosos — como olhos. Então algo semelhante a uma pequena cobra cinzenta, da espessura de uma bengala, desenrolou-se da massa retorcida e estendeu-se em minha direção — seguida de outra.

Senti-me gelar subitamente. Uma mulher atrás de mim soltou um grito agudo. Virei-me um pouco para trás, ainda mantendo os olhos fixos no cilindro de onde outros tentáculos agora se projetavam, e comecei a abrir caminho para trás, para longe da beira do fosso. Vi a surpresa dando lugar ao horror no rosto das pessoas ao meu redor. Ouvi exclamações inarticuladas de todos os lados. A multidão recuou em peso. Vi que o balconista ainda lutava na beira do fosso. Fiquei sozinho e vi as pessoas do outro lado do fosso fugindo, Stent inclusive. Olhei de novo para o cilindro, e um terror incontrolável me dominou. Petrificado, continuei a olhar.

Uma grande massa cinzenta e arredondada, talvez do tamanho de um urso, emergia lenta e penosamente do cilindro. Quando se distendeu e alcançou a luz, brilhava como couro molhado.

Dois grandes olhos escuros fitavam-me impassíveis. A massa que os rodeava, a cabeça da coisa, era redonda e tinha, digamos, um rosto. Havia uma boca sob os olhos, uma fenda sem lábios que fremia e arquejava, pingando saliva. A criatura inteira arfava e pulsava convulsivamente. Um delgado apêndice tentacular agarrava a borda do cilindro; outro agitava-se no ar.

Quem nunca viu um marciano vivo não pode imaginar a estranheza e o horror de sua aparência. A singular boca em forma de V com o lábio superior pontudo, a ausência de sobrancelhas, a falta de queixo sob o lábio inferior em forma de cunha, o incessante frêmito da boca, o monstruoso grupo de tentáculos, como os de uma górgone, o tumultuoso respirar dos pulmões numa atmosfera estranha, o movimento claramente pesado e doloroso causado pela energia gravitacional terrestre superior — acima de tudo, a extraordinária intensidade dos olhos imensos — eram ao mesmo tempo vitais, febris, inumanos, desfigurados e monstruosos. Havia algo de fungoide na pele marrom oleosa, algo de uma sordidez indizível na deliberação desajeitada dos movimentos tediosos. Mesmo nesse primeiro encontro, nesse primeiro olhar, o nojo e o pavor me dominaram.

De repente, o monstro desapareceu. Havia deslizado da borda do cilindro e caído no fosso, com um baque como o de uma grande massa amorfa de couro. Ouvi-o emitir um curioso grito gutural, e logo em seguida outra dessas criaturas emergiu sinistramente das sombras profundas da abertura.

Eu me virei e, correndo insanamente, dirigi-me ao primeiro grupo de árvores, talvez a cem metros de distância; mas corri passos tortos e aos tropeços, pois não conseguia desviar os olhos daquelas criaturas.

Lá, entre pinheiros e arbustos de tojo, parei, ofegando, e aguardei o desenrolar dos acontecimentos. Os campos em torno das minas de areia estavam salpicados de pessoas que, como eu, aguardavam com um misto de horror e fascinação, observando aquelas criaturas, ou antes o amontoado de cascalho no fundo do fosso onde elas se encontravam. Então, com renovado horror, vi um objeto redondo e preto se movimentando na beira do fosso. Era a cabeça do balconista que caíra dentro do fosso, mas que se via como um pequeno objeto preto contra o céu do poente. Então ele conseguiu projetar o ombro e o joelho para fora, mas de novo escorregou para dentro até que apenas sua cabeça estivesse visível. De repente ele sumiu por completo, e tive a impressão de ouvir um grito fraco. Tive um impulso momentâneo de voltar e ajudá-lo, superado por meus medos.

Então não se viu mais nada do interior, oculto pelo fosso profundo e pelo monte de areia que a queda do cilindro havia produzido. Alguém que viesse pela estrada de Chobham ou Woking teria ficado atônito com aquela cena — uma multidão dispersa de cerca de cem ou mais pessoas, parada num grande círculo irregular, dentro de valas, atrás de arbustos, atrás de portões e sebes, comunicando-se pouco a não ser por gritos breves e exaltados e olhando fixamente para alguns montes de areia. O carrinho de refrescos, abandonado, delineava-se em preto contra o céu flamejante, e nas minas de areia via-se uma fileira de veículos desertos, cujos cavalos se alimentavam em cevadeiras ou escavavam o chão com as patas.

5

O RAIO DE CALOR

Depois de vislumbrar os marcianos emergindo do cilindro no qual haviam chegado à Terra, uma espécie de fascínio paralisou minhas ações. Continuei imóvel, mergulhado até os joelhos nos arbustos, olhando para o monte que os escondia, dividido entre o medo e a curiosidade.

Eu não ousava voltar para perto do fosso, mas sentia um desejo ardente de espiar em seu interior. Pus-me a andar, traçando uma grande curva, buscando um ponto de observação e olhando continuamente para os montes de areia que ocultavam os recém-chegados ao nosso planeta. Em um momento, delgados chicotes pretos como os tentáculos de um polvo açoitaram o céu crepuscular e imediatamente se recolheram; depois, uma haste fina se elevou, junta por junta, levando em seu topo um disco circular que girava com um movimento oscilante. O que estaria acontecendo lá?

A maioria dos espectadores se reunira em dois grupos — uma pequena multidão na direção de Woking e um punhado de gente no sentido de Chobham. Obviamente, passavam pelo mesmo conflito que eu. Havia poucos perto de mim. Aproximei-me de um deles — notei que era um vizinho meu, embora não soubesse seu nome — e o abordei, mas não era hora para conversas articuladas.

— Que bichos *feios*! — exclamou ele. — Meu Deus! Que bichos feios! — Ele não parava de repetir.

— Você viu um homem no fosso? — perguntei, mas ele não respondeu.

Ficamos em silêncio, e por algum tempo continuamos a olhar para o fosso lado a lado, extraindo um certo conforto da companhia um do outro. Depois, mudei meu posto para um montículo que me dava uma vantagem de um metro ou mais de elevação, e, quando voltei a olhar para o homem, ele andava em direção a Woking.

O crepúsculo dissolveu-se no anoitecer antes que algo mais acontecesse. A multidão à esquerda, no lado de Woking, parecia crescer, e passei a ouvir um fraco murmúrio vindo dela. O punhado de gente do lado de Chobham se dispersou. Não havia o menor sinal de movimento no fosso.

Foi isso principalmente que encorajou as pessoas, e suponho que os recém-chegados de Woking também colaboraram para a volta da confiança. De qualquer modo, enquanto anoitecia, um movimento lento e intermitente se iniciou sobre as minas de areia, um movimento que pareceu ganhar força ao passo que a quietude da noite ao redor do cilindro permanecia intacta. Silhuetas verticais, em duplas e em trios, avançavam, paravam, observavam e voltavam a avançar, espalhando-se num estreito semicírculo irregular que prometia cercar o fosso dentro de suas linhas. Eu, de minha parte, também comecei a andar na mesma direção.

Depois vi que alguns cocheiros e outros homens haviam tido a audácia de entrar nas minas de areia, e escutei o tropel dos cascos e o ranger das rodas. Vi um rapaz empurrando para longe o carrinho de maçãs. E, a trinta metros do fosso, avançando da direção de Horsell, notei um pequeno aglomerado de homens, o primeiro dos quais agitava uma bandeira branca.

Era a Delegação. Houvera uma rápida consulta, e como os marcianos evidentemente eram, apesar da aparência repulsiva, criaturas inteligentes, o grupo resolveu mostrar-lhes por meio de sinais que nós também éramos inteligentes.

A bandeira tremulava, ora para a direita, ora para a esquerda. Eu estava muito longe para reconhecer qualquer um do grupo, mas soube depois que Ogilvy, Stent e Henderson participaram com outros da tentativa de comunicação. O pequeno grupo, ao avançar, arrastara consigo a circunferência do agora quase completo círculo de pessoas, e alguns vultos indistintos o seguiam a distâncias cautelosas.

De repente viu-se um clarão, e uma fumaça esverdeada e luminosa saiu do fosso em três lufadas nítidas que se elevaram no ar parado uma após a outra.

A fumaça ("chama" talvez seja o termo mais apropriado) era tão brilhante que o profundo céu azul e as enevoadas extensões dos campos próximos a Chertsey, cobertos de pinheiros negros, pareceram escurecer abruptamente quando essas nuvens se elevaram, e tornaram-se ainda mais escuros depois que elas se dispersaram. Ao mesmo tempo, um fraco assobio se fez audível.

Diante desse fenômeno, o pequeno grupo circular que portava a bandeira branca estacou a alguns passos do fosso, um punhado de pe-

quenos vultos verticais sobre a terra escura. Quando a fumaça verde se elevou, seus rostos se iluminaram de um verde pálido e voltaram a escurecer quando ela se extinguiu. Então, lentamente, o assobio se converteu em um zumbido, um barulho longo e alto. Vagarosamente, uma forma curva emergiu do fosso, e um tênue raio de luz pareceu brilhar de lá.

No mesmo instante, clarões de chamas verdadeiras brotaram do grupo disperso de pessoas, um brilhante lampejo saltando de uma para outra. Era como se um jato invisível as tivesse atingido e se transformado em flamas brancas. Como se cada homem, súbita e momentaneamente, tivesse sido convertido em fogo.

Então, à luz de sua própria destruição, eu os vi cambaleando e caindo, e seus companheiros fugindo em disparada.

Permaneci onde estava, ainda sem compreender que era a morte saltando de um homem para outro naquele distante grupo. Só me pareceu algo muito estranho. Um clarão ofuscante e quase silencioso — e eis que um homem tombava e permanecia imóvel. Enquanto o invisível feixe abrasador os cobria, pinheiros explodiam em chamas e cada arbusto ressequido tornava-se uma massa de fogo com um som surdo. À distância, na direção de Knaphill, vi os clarões de árvores, sebes e prédios de madeira subitamente acesos.

Movia-se em círculos velozes e constantes, essa morte chamejante, essa espada de calor invisível e inevitável. Percebi que vinha na minha direção pelo incêndio das moitas que tocava, mas estava estupefato demais para me mover. Ouvi o estalido do fogo sobre as minas de areia e o relinchar de um cavalo subitamente silenciado. Então, foi como se um dedo invisível mas intensamente causticante traçasse entre mim e os marcianos um risco sobre a urze, e ao longo de uma curva além das minas de areia o chão ardia e fumegava. Algo caiu com estrondo ao longe, à esquerda de onde a estrada que conduzia à estação de Woking

alcança o campo. Logo em seguida, o zumbido cessou e o negro objeto arqueado mergulhou lentamente no interior do fosso, fora de vista.

Tudo isso aconteceu com tal rapidez que permaneci imóvel, aturdido e ofuscado pelos clarões de luz. Se aquele lume mortal tivesse completado sua trajetória circular, inevitavelmente teria me fulminado. Mas passou por mim e me poupou, deixando a noite a meu redor repentinamente escura e estranha.

O campo ondulante estava agora tomado pela escuridão quase total, exceto onde as estradas estendiam-se, cinzentas e pálidas, sob o céu azul profundo da noite. Estava escuro e subitamente deserto. No alto, as estrelas surgiam, enquanto a oeste o céu ainda trazia um azul-claro, vívido, quase esverdeado. As copas dos pinheiros e os telhados de Horsell desenhavam-se nítidos e negros contra o crepúsculo. Os marcianos e seus instrumentos estavam completamente invisíveis, à exceção do mastro esguio em que o incansável espelho se agitava. Aqui e ali, arbustos e árvores isoladas ainda ardiam e fumegavam, e as casas na direção da estação de Woking emitiam espirais de fogo na quietude do ar noturno.

Nada mudara, salvo isso e uma terrível perplexidade. O pequeno grupo de vultos negros com a bandeira branca fora varrido da face da Terra, e, ao que me parecia, a tranquilidade da noite mal fora rompida.

Ocorreu-me que eu estava indefeso, sozinho e desprotegido naquele campo escuro. E de repente, como se viesse de fora, o medo desabou sobre mim.

Com esforço, virei-me e comecei a correr tropegamente pela urze.

Não sentia um medo racional, mas um pânico aterrorizado, não só dos marcianos, mas da escuridão e do silêncio ao meu redor. Tão extraordinário era o efeito desse medo sobre minha virilidade que, enquanto corria, eu chorava silenciosamente como uma criança. Depois de ter me virado, não ousei mais olhar para trás.

Lembro-me de sentir a forte convicção de que brincavam comigo, que a qualquer momento, quando eu estivesse à beira da segurança, aquela morte misteriosa, veloz como a passagem da luz, saltaria do fosso onde estava o cilindro e me aniquilaria.

6

O RAIO DE CALOR NA ESTRADA PARA CHOBHAM

AINDA CAUSA PERPLEXIDADE O FATO DE QUE OS MARCIANOS SÃO capazes de exterminar os homens de modo tão rápido e silencioso. Muitos acreditam que, de alguma forma, eles conseguem gerar um intenso calor numa câmara de não condutividade praticamente absoluta. Projetam esse intenso calor num feixe paralelo sobre qualquer objeto que escolham por meio de um espelho parabólico polido de composição desconhecida, da mesma maneira que o espelho parabólico de um farol projeta um feixe de luz. Mas ninguém ainda comprovou esses detalhes. Seja como for produzido, certamente um raio de calor é o cerne da questão. Calor e luz invisível, em vez de visível. Tudo que é inflamável explode em chamas a seu toque — o chumbo se derrama como água, o ferro amolece, o vidro quebra e derrete —, e ao cair sobre a água, imediatamente causa uma explosão de vapor.

Naquela noite, quase quarenta pessoas jaziam sob a luz das estrelas em torno do fosso, carbonizadas, contorcidas, irreconhecíveis, e durante toda a noite o campo de Horsell a Maybury permaneceu deserto e em chamas.

A notícia do massacre provavelmente chegou a Chobham, Woking e Ottershaw ao mesmo tempo. Em Woking, as lojas fecharam quando a tragédia aconteceu, e várias pessoas, entre elas funcionários das lojas, atraídas pelas histórias que ouviram, cruzaram a ponte Horsell e a estrada entre as sebes que vai dar no campo. Imagine os jovens, arrumados depois de um dia de trabalho, tornando essa novidade, como fariam com qualquer novidade, uma desculpa para passear e flertar. Pense no murmúrio de vozes ao longo da estrada no poente...

Até então, é claro, poucos em Woking sabiam que o cilindro se abrira, embora o pobre Henderson tivesse enviado um mensageiro de bicicleta até o correio com um telegrama especial para o jornal noturno.

Chegando em duplas ou trios ao campo, essas pessoas encontravam pequenos grupos conversando em tom agitado e espiando o espelho giratório que dominava as minas de areia, e sem dúvida os recém-chegados logo se contaminavam pela emoção da ocasião.

Às oito e meia, quando a Delegação foi destruída, devia haver uma multidão de trezentas pessoas ou mais no local, além daquelas que haviam deixado a estrada para chegar mais perto dos marcianos. Havia três policiais também, um deles montado, fazendo o possível para obedecer às ordens de Stent e impedir que a turba se aproximasse do cilindro. Eram vaiados por algumas criaturas mais irrequietas e imprudentes, para quem multidões eram sempre boas ocasiões para algazarra.

Stent e Ogilvy, prevendo conflitos, telegrafaram de Horsell para o quartel assim que os marcianos surgiram, pedindo uma companhia de soldados para proteger aquelas estranhas criaturas de qualquer violência. Depois, voltaram para liderar a missão fatídica. A morte deles, segundo a multidão a descreveu, corresponde bastante às minhas próprias impressões: as três nuvens de fumaça verde, o zumbido grave, os jatos flamejantes.

Mas aquela multidão tinha uma via de escape bem mais estreita do que a minha. Foram salvos apenas porque uma elevação na areia coberta de urze interceptou a parte inferior do raio de calor. Se o espelho parabólico tivesse alguns metros a mais de elevação, nenhum deles teria sobrevivido para contar a história. Viram os clarões, os homens caindo e algo como uma mão invisível incendiando os arbustos conforme avançava na noite em direção a eles. Então, com um som sibilante que sobrepujou o zumbido que vinha do fosso, o feixe passou por cima de suas cabeças, incendiando as copas das árvores à beira da estrada e fendendo os tijolos, quebrando as janelas, inflamando os batentes e desintegrando uma parte da fachada da casa mais próxima da esquina.

Aturdida e assustada pelo súbito e ruidoso incêndio das árvores, a multidão em pânico pareceu vagar hesitante por alguns momentos. Fagulhas e galhos em chamas começaram a cair na estrada, e folhas soltas se assemelhavam a plumas flamejantes. Chapéus e vestidos pegaram fogo. Então um grito veio do campo. Houve guinchos e berros, e de repente um policial montado passou a galope em meio à confusão, com as mãos na cabeça, aos gritos.

— Eles estão vindo! — uma mulher gritou, e no mesmo instante todos deram meia-volta, empurrando quem estava atrás, tentando abrir caminho de volta a Woking. Fugiram tão cegamente como um bando de ovelhas. Onde a pista se torna mais estreita e escura entre as margens altas do rio, houve um congestionamento e uma luta desesperada. Nem todos escaparam: no mínimo três pessoas, duas mulheres e um menino, foram esmagados e pisoteados e morreram em meio ao terror e à escuridão.

7

COMO CHEGUEI EM CASA

De minha parte, não recordo nada da minha fuga exceto a tensão de esbarrar em árvores e tropeçar na vegetação. Os terrores invisíveis dos marcianos estavam por toda parte — a implacável espada de calor parecia riscar o céu de um lado a outro, pairando sobre mim antes de descer e me fulminar. Alcancei a estrada no ponto entre o cruzamento e Horsell, e corri por ela até o primeiro.

Por fim, não pude mais; estava exausto com a violência das minhas emoções e de minha fuga, e cambaleei e caí à beira da estrada, perto da ponte que cruza o canal junto ao gasômetro. Caí e permaneci imóvel.

Devo ter ficado ali por algum tempo.

Sentei-me, sentindo uma estranha perplexidade. Por um momento, não consegui entender claramente como cheguei lá. Meu pavor caíra de mim como um manto. Meu chapéu sumira e meu colarinho se soltara do prendedor. Minutos antes, apenas três coisas reais existiam para mim — a imensidão da noite, do espaço e da natureza, minha própria fragilidade e aflição, e a iminência da morte. Mas agora algo se invertera, e o ponto de vista se alterou abruptamente. Não houve transição perceptível de um estado de espírito para outro. Voltei imediatamente ao meu "eu" rotineiro — um cidadão comum e honesto. O campo silencioso, minha fuga precipitada, as chamas repentinas, tudo parecia fazer parte de um sonho. Perguntei-me se aqueles fatos haviam acontecido de fato. Não podia acreditar.

Levantei-me e subi com passos vacilantes a ponte inclinada. Sentia a mente atônita e vazia. A força se esvaíra de meus músculos e nervos. Ouso dizer que eu cambaleava como um bêbado. Uma cabeça assomou além do arco da ponte. Era um trabalhador carregando um cesto. A seu lado corria um menininho. Ao passar por mim, desejou-me boa-noite. Pensei em falar com ele, mas não pude. Respondi sua saudação com um murmúrio sem sentido e segui atravessando a ponte.

Sobre a ponte de Maybury um trem, um tumulto de fumaça branca e acesa, uma longa lagarta de janelas iluminadas, passou voando em direção ao sul — retinindo, ressoando, retumbando — e desapareceu. Algumas poucas pessoas conversavam no portão de uma das graciosas casas com cumeeira do chamado Oriental Terrace. Era uma cena tão real e tão familiar. E o que eu deixara para trás! Era frenético, fantástico! Tais coisas eram impossíveis, disse a mim mesmo.

Talvez eu seja um homem de temperamento raro. Não sei até que ponto minha experiência é comum. Às vezes sinto-me estranhamente desligado de mim e do mundo ao meu redor; parece que assisto a tudo de fora, de um lugar incrivelmente remoto, fora do tempo, fora do espaço, fora da tensão e da tragédia que nos cercam. Essa sensação me veio com muita força naquela noite. Era o outro lado do meu sonho.

Mas o problema era a óbvia incongruência entre essa serenidade e a destruição brutal que eu presenciara a cerca de três quilômetros dali. Ruídos de atividade vinham do gasômetro, e as luzes elétricas estavam todas acesas. Parei junto ao pequeno grupo.

— Quais são as notícias do campo? — perguntei.

Havia dois homens e uma mulher no portão.

— Hã? — disse um dos homens, voltando-se.

— Quais são as notícias do campo? — repeti.

— Você não *acabou* de vir de lá? — perguntaram os homens.

— Estão dizendo muita bobagem sobre o campo — disse a mulher no portão. — O que aconteceu afinal?

— Não ouviram falar dos marcianos? — perguntei. — Das criaturas de Marte?

— Sim, o suficiente — afirmou a mulher no portão. — Obrigada. — E os três caíram na risada.

Sentindo-me ridículo e irritado, tentei sem sucesso contar-lhes o que vira. Eles riram de novo das minhas frases entrecortadas.

— Ainda vão ouvir mais notícias — disse eu, e segui para minha casa.

Eu estava tão lívido e abatido que assustei minha mulher ao chegar. Fui até a sala de jantar, sentei-me, tomei um pouco de vinho e, assim que me acalmei um pouco, contei-lhe tudo que vira. O jantar, uma refeição fria, já estava servido e permaneceu intocado sobre a mesa enquanto eu contava minha história.

— Mas há um detalhe — falei, para aplacar os temores que despertara. — Eles são as criaturas mais lentas e rastejantes que já vi.

Podem dominar o fosso e matar as pessoas que chegarem perto, mas não podem sair dele... Mas como são horríveis!

— Calma, querido! — exclamou minha mulher, franzindo as sobrancelhas e pousando a mão sobre a minha.

— Pobre Ogilvy! — disse eu. — E pensar que pode estar lá, morto!

Minha mulher ao menos não achou meu relato inacreditável. Quando vi a palidez mortal do seu rosto, calei-me abruptamente.

— Eles podem vir para cá — repetia ela.

Insisti para que bebesse vinho e tentei acalmá-la.

— Eles mal conseguem se mover — falei.

Comecei a tranquilizar a ela e a mim mesmo repetindo tudo que Ogilvy me dissera sobre a impossibilidade de marcianos se estabelecerem na Terra. Enfatizei particularmente a dificuldade gravitacional. Na superfície da Terra, a força da gravidade é três vezes maior do que na superfície de Marte. Portanto, um marciano pesaria três vezes mais do que em Marte, embora sua força muscular fosse a mesma. Seu próprio corpo se tornaria um manto de chumbo. De fato, essa era a opinião geral. Tanto o *Times* como o *Daily Telegraph*, por exemplo, insistiram nesse ponto na manhã seguinte, e ambos ignoraram, assim como eu, duas óbvias influências modificadoras.

Como hoje sabemos, a atmosfera da Terra contém muito mais oxigênio ou muito menos argônio (como se prefira) do que Marte. A ação revigorante desse excesso de oxigênio sobre os marcianos sem dúvida colaborou muito para contrabalançar o aumento de peso de seus corpos. E, em segundo lugar, todos desprezamos o fato de que, graças a sua inteligência mecânica, os marcianos podiam prescindir da força muscular se necessário.

Mas não considerei essas circunstâncias à época, e meu raciocínio me levou a descartar as chances dos invasores. A confiança de estar à minha própria mesa, com vinho e alimento, e a necessidade de tranquilizar minha mulher aos poucos me deram coragem e segurança em níveis insensatos.

— Eles fizeram uma tolice — disse eu, pegando minha taça de vinho. — São perigosos porque, sem dúvida, estão alucinados de medo. Talvez não esperassem encontrar seres vivos, muito menos seres vivos inteligentes.

— Uma bomba no fosso... — imaginei. — Em último caso, matamos todos.

A intensa emoção daqueles eventos sem dúvida havia deixado meus sentidos num estado de hiperexcitação. Lembro-me daquela mesa de jantar com extraordinária nitidez até hoje. O rosto doce e ansioso de minha mulher, olhando-me à luz do abajur cor-de-rosa, a toalha branca com utensílios de prata e vidro — pois naquele tempo até mesmo escritores de pendor filosófico tinham pequenos luxos —, o vinho vermelho-escuro na taça, tudo tem clareza fotográfica. No final, fumando um cigarro e comendo nozes, pus-me a lamentar a precipitação de Ogilvy e condenar a visão limitada dos marcianos.

Da mesma forma, algum respeitável dodô nas Ilhas Maurício deve ter se gabado em seu ninho, discutindo a chegada de um navio cheio de marinheiros implacáveis em busca de alimento animal. "Amanhã vamos bicá-los até a morte, querida."

Eu não sabia, mas aquele seria o meu último jantar civilizado por muitos dias estranhos e terríveis.

8

A NOITE DE SEXTA-FEIRA

A MEU VER, O MAIS EXTRAORDINÁRIO DENTRE TODOS OS ESTRANHOS e maravilhosos fatos que ocorreram naquela sexta-feira foi a continuidade dos hábitos corriqueiros de nossa ordem social, no raiar dos acontecimentos que viriam a derrubar essa mesma ordem. Se na noite de sexta alguém tivesse traçado com um compasso um círculo com um raio de oito quilômetros ao redor das minas de areia de Woking, duvido que encontrasse um único ser humano fora dele — exceto algum parente de Stent, ou dos três ou quatro ciclistas ou dos londrinos mortos no campo — cujas emoções ou hábitos tivessem sido afetados pelos recém-chegados. Muita gente ouvira falar do cilindro, é claro, e conversara a respeito dele em seus momentos de lazer, mas certamente não causou a sensação que um ultimato à Alemanha teria provocado.

Em Londres, naquela noite, o telegrama do pobre Henderson descrevendo o gradual desatarraxar da cápsula foi considerado uma invenção, e o jornal noturno, depois de mandar um telegrama pedindo confirmação e não obter resposta — o homem estava morto —, decidiu não publicar uma edição especial.

Mesmo dentro do círculo de oito quilômetros, a grande maioria das pessoas estava inerte. Já descrevi o comportamento dos homens e mulheres com quem falei. Em todo o distrito as pessoas jantavam e ceavam, homens cuidavam do jardim depois de um dia de trabalho, crianças eram colocadas na cama, jovens namorados passeavam pelas alamedas, estudantes debruçavam-se sobre os livros.

Talvez um boato corresse pelas ruas dos vilarejos, um assunto novo dominasse as tabernas e, aqui e ali, um mensageiro ou mesmo uma testemunha ocular dos últimos acontecimentos causasse comoção, gritos e correria; mas, de modo geral, a rotina de trabalhar, comer, beber e dormir continuou como fora havia séculos — como se não houvesse um planeta Marte no espaço. Até mesmo na estação de Woking, em Horsell e em Chobham foi assim.

No entroncamento de Woking, trens paravam e prosseguiam até tarde da noite, outros desviavam pelos trilhos laterais, passageiros desciam e esperavam, e tudo corria na mais completa normalidade. Um menino da cidade, desafiando o monopólio da companhia Smith, vendia jornais com as notícias da tarde. O choque metálico dos vagões e o apito agudo das locomotivas misturavam-se com os gritos de "Os marcianos chegaram!". Alguns homens afogueados entraram na estação por volta das nove com notícias incríveis, sem causar mais alarme do que um bando de bêbados. Passageiros a caminho de Londres, perscrutando a escuridão pelas janelas dos vagões, viram apenas uma rara e evanescente fagulha dançando no céu na direção de Horsell — um brilho vermelho e um fino véu de fumaça confundindo-se com as estrelas — e pensaram que nada estivesse acontecendo além de um incêndio na urze. Só nos limites do campo sinais de distúrbios eram perceptíveis. Meia dúzia de casarões ardia na fronteira de Woking. Todas as casas estavam iluminadas nos lados dos três vilarejos que davam para o campo, e os moradores ficaram acordados até o amanhecer.

Persistia, incansável, uma multidão de curiosos; pessoas partiam e chegavam, mas a multidão seguia, demorava-se nas pontes de Chobham e Horsell. Uma ou duas almas aventureiras, soube-se depois, mergulharam na escuridão e rastejaram até perto dos marcianos; mas nunca voltaram, pois de vez em quando um raio de luz, como o holofote de um navio de guerra, varria o campo e era seguido imediatamente pelo raio de calor. Afora isso, aquela grande área do campo estava silenciosa e desolada, e os corpos carbonizados permaneceram lá a noite toda sob as estrelas, e todo o dia seguinte. Muitos ouviram um martelar vindo do fosso.

Tal era o estado das coisas na noite de sexta-feira. No centro, cravado na pele de nosso velho planeta Terra como um dardo envenenado, estava o cilindro. Mas o veneno ainda mal começara a agir. Um terreno silencioso o cercava, ardendo em alguns lugares, com alguns objetos escuros, indistintos, que jaziam em posturas contorcidas aqui e ali. Aqui e ali uma moita ou uma árvore queimava. Para além havia uma orla de inquietação, e além dessa orla a conflagração ainda não chegara. No resto do mundo o rio da vida ainda corria, como desde tempos imemoriais. A febre da guerra, que em breve obstruiria veias e artérias, que debilitaria nervos e destruiria mentes, ainda estava em desenvolvimento.

Durante toda a noite, os marcianos martelaram e trabalharam, alertas, infatigáveis, preparando suas máquinas. De quando em quando uma nuvem de fumaça branco-esverdeada subia em direção ao céu estrelado.

Por volta das onze, um destacamento de soldados chegou de Horsell e formou um cordão em torno do campo. Mais tarde, um segundo destacamento cruzou Chobham e se postou no lado norte do terreno. Vários oficiais do quartel de Inkerman já haviam patrulhado o campo horas antes, e um deles, o major Eden, estava desaparecido. O coronel do regimento foi à ponte de Chobham e interrogou a multidão à meia-noite. As autoridades militares decerto compreenderam a seriedade do que se passava. Por volta das onze, segundo relataram os jornais da manhã seguinte, um esquadrão de hussardos, duas Maxims e cerca de quatrocentos homens do regimento de Cardigan partiram de Aldershot.

Segundos depois da meia-noite, a multidão na estrada de Chertsey, em Woking, viu uma estrela descer do céu e cair na floresta de pinheiros a noroeste. Tinha uma cor esverdeada e causou um clarão silencioso semelhante a um relâmpago de verão. Era o segundo cilindro.

9

A GUERRA COMEÇA

O SÁBADO FICOU GRAVADO EM MINHA MEMÓRIA COMO UM DIA DE suspense. Foi também um dia de lassidão, quente e abafado, e, como soube depois, os barômetros oscilavam rapidamente. Dormi pouquíssimo, embora minha mulher tenha conseguido dormir, e acordei cedo. Fui ao jardim antes do café da manhã e apurei os ouvidos, mas tudo era silêncio para os lados do campo, à exceção do canto de uma cotovia.

O leiteiro chegou à hora de sempre. Ouvi o rangido da carroça e fui até o portão lateral para saber as últimas notícias. Ele me contou que durante a noite tropas haviam cercado os marcianos e que canhões estavam a caminho. Então — um som familiar e reconfortante — ouvi um trem passando em direção a Woking.

— Eles não devem ser mortos — disse o leiteiro —, se for possível evitar.

Vi que meu vizinho cuidava do jardim, conversei com ele um pouco e depois entrei para tomar o café da manhã. Nada de excepcional aconteceu naquela manhã. Meu vizinho achava que as tropas conseguiriam capturar ou destruir os marcianos ao longo do dia.

— É uma pena que sejam tão intratáveis — disse ele. — Seria interessante saber como se vive em outro planeta; poderíamos aprender algumas coisas.

Ele se aproximou da cerca e me ofereceu um punhado de morangos, pois era um jardineiro tão generoso quanto entusiasmado. Ao mesmo tempo, contou-me que a floresta de pinheiros perto dos campos de golfe de Byfleet pegara fogo.

— Dizem que outra daquelas coisas esquisitas caiu lá — falou. — A segunda, como se não bastasse uma. Essa cambada vai dar um belo prejuízo às companhias de seguro antes que isso acabe — disse isso com uma risada bem-humorada. Acrescentou que a floresta continuava queimando e apontou para uma névoa de fumaça. — Eles vão pisar em brasas durante dias, por causa da grossa camada de folhas e turfas — afirmou, e depois ficou sério. — Pobre Ogilvy...

Depois do café da manhã, em vez de trabalhar, decidi andar até o campo. Debaixo da ponte ferroviária, encontrei um grupo de soldados — sapadores, creio eu —, com quepes pequenos e redondos, jaquetas vermelhas sujas e desabotoadas, mostrando as camisas azuis, as calças escuras e as botas de cano médio. Disseram-me que era proibido atravessar o canal. Olhei para a estrada em direção à ponte e vi um soldado do regimento de Cardigan montando sentinela. Conversei um pouco com os soldados; contei-lhes que avistara os marcianos na noite anterior. Nenhum chegara a ver os marcianos, não faziam a menor ideia de como eram e me encheram de perguntas.

Disseram que não sabiam quem tinha autorizado a movimentação das tropas, mas imaginavam que houvera uma desavença na Guarda Real Montada. O sapador médio é bem mais instruído do que o soldado comum, e eles discutiram as condições de uma possível luta com certa agudeza. Descrevi-lhes o raio de calor, e eles começaram a debater entre si.

— O melhor é avançar sob camuflagem e atacar — disse um deles.

— Essa não! — disse outro. — De que valem camuflagens contra esse tal de raio quente? Vamos virar churrasco! O que temos de fazer é chegar o mais perto que o terreno permitir e cavar uma trincheira.

— Você e suas malditas trincheiras! Gosta tanto de trincheiras que devia ter nascido coelho, Snippy.

— Quer dizer que eles não têm pescoço? — perguntou de repente um terceiro, um homenzinho moreno e contemplativo que fumava um cachimbo.

Repeti minha descrição.

— Polvos — disse ele. — Isso é o que são. A Bíblia fala em pescadores de homens, mas agora vamos pescar peixes mesmo.

— Não é assassinato matar monstros como esses — disse o primeiro soldado.

— Que tal explodir essas porcarias de uma vez? — disse o homenzinho moreno. — A gente não sabe o que eles podem fazer.

— E cadê as bombas? — perguntou o primeiro soldado. — Não temos tempo. Vamos acabar com isso rápido e de uma vez, é o que eu acho.

Deixei-os ainda discutindo e fui até a estação de trem para comprar todos os jornais matinais que eu pudesse encontrar.

Mas não vou cansar o leitor com uma descrição daquela longa manhã e da tarde ainda mais longa. Não consegui avistar o campo, porque até mesmo as torres das igrejas de Horsell e Chobham estavam nas mãos das autoridades militares. Os soldados com quem falei não sabiam de nada, e os oficiais estavam misteriosos e ocupados. Os moradores da cidade se sentiam seguros outra vez com a presença dos militares, e eu soube de Marshall, o dono da tabacaria, que seu filho estava entre os mortos no campo. Os soldados haviam obrigado os moradores da periferia de Horsell a abandonar suas casas.

Voltei para almoçar por volta das duas, muito cansado, pois, como disse, o dia estava extremamente quente e abafado. Para me refrescar, tomei um banho frio à tarde. Às quatro e meia fui até a estação de trem para comprar o jornal vespertino, já que os matutinos haviam trazido apenas uma descrição bastante imprecisa do assassinato de Stent, Henderson, Ogilvy e do restante do grupo. Mas havia poucas informações novas. Os marcianos não tinham dado as caras. Pareciam ocupados no fosso, de onde vinha som de martelos e um fluxo quase ininterrupto de fumaça. Aparentemente, preparavam-se para uma batalha. "Novas tentativas de contato foram feitas, mas sem sucesso", era a fórmula estereotipada dos jornais. Um sapador me disse que essas tentativas eram feitas por um homem numa vala acenando com uma bandeira num longo mastro. Os marcianos deram tanta atenção a essas iniciativas quanto nós ao mugir de uma vaca.

Devo confessar que a visão de todo esse armamento, de toda essa preparação, muito me agitou. Minha imaginação tornou-se beligerante e derrotava os invasores de várias maneiras formidáveis — algo de meus sonhos infantis de batalhas e heroísmo retornara. A batalha nem sequer me parecia justa no momento. Eles me pareciam muito indefesos no fosso em que se haviam refugiado.

Por volta das três horas, um canhão começou a disparar a intervalos calculados em Chertsey ou Addlestone. Soube que o bosque de pinheiros em que o segundo cilindro caíra estava sendo bombardeado, na esperança de destruir o objeto antes que se abrisse. No entanto, só por volta das cinco horas uma peça de artilharia chegou a Chobham para combater o primeiro grupo de marcianos.

Por volta das seis da tarde, enquanto eu tomava chá com minha mulher, falando vigorosamente sobre a batalha que se aproximava, ouvi uma detonação abafada vinda do campo, e logo depois uma rajada de tiros. Logo em seguida ouvimos um estrondo violento e trepidante bem perto de nós, que sacudiu o chão, e, ao correr até o gramado, vi as copas das árvores perto do Oriental College explodirem em chamas vermelhas e fumaça e a torre da igrejinha ao lado desmoronar em ruínas. O pináculo da mesquita desaparecera, e o telhado do próprio colégio parecia ter sido pulverizado por um canhão de cem toneladas. Uma das chaminés de nossa casa rachou como se atingida por um disparo, e um pedaço dela desabou pelos ladrilhos e formou uma pilha de fragmentos vermelhos sobre o canteiro de flores ao lado da janela do meu gabinete.

Minha mulher e eu ficamos atônitos. Então compreendi que o topo do monte Maybury devia estar na mira dos raios de calor dos marcianos, agora que o colégio fora tirado do caminho.

Imediatamente agarrei o braço de minha mulher e sem cerimônia arrastei-a para a rua. Depois, fui buscar a criada, dizendo-lhe que eu mesmo subiria para buscar o baú pelo qual ela suplicava.

— Não podemos ficar aqui de maneira alguma — afirmei, e enquanto falava os disparos recomeçaram por um momento no campo.

— Mas para onde podemos ir? — perguntou minha mulher, aterrorizada.

Refleti, perplexo. Então me lembrei dos meus primos em Leatherhead.

— Leatherhead! — gritei por cima do barulho súbito.

Ela desviou os olhos em direção à ladeira do monte. As pessoas saíam das casas, estupefatas.

— Como chegaremos a Leatherhead? — perguntou ela.

No final da rua, vi um grupo de hussardos passar por baixo da ponte ferroviária; três galoparam pelos portões abertos do Oriental College; dois outros desmontaram e começaram a correr de uma casa a outra. O sol, brilhando através da fumaça que subia das copas das árvores, parecia injetado de sangue e lançava uma luz estranha e lúgubre sobre tudo ao redor.

— Fiquem aqui — disse eu. — Estão seguras aqui. — E rumei para o Spotted Dog, pois sabia que o dono tinha um cavalo e um cabriolé. Fui correndo, pois percebi que, em instantes, todos os moradores daquele lado do monte tentariam fugir. Encontrei-o no bar, alheio ao que se passava atrás de sua casa. Um homem, de costas para mim, conversava com ele.

— Quero uma libra — disse o estalajadeiro. — E não tenho ninguém para conduzir.

— Ofereço duas — repliquei, por cima do ombro do desconhecido.

— Para que você quer?

— Devolvo por volta da meia-noite — disse eu.

— Meu Deus — retrucou o homem. — Para que tanta pressa? Duas libras e você ainda o devolve? O que está acontecendo agora?

Expliquei rapidamente que precisava deixar minha casa e consegui o cabriolé. Naquele momento, não me pareceu tão urgente que o estalajadeiro também devesse deixar a sua. Saí com o cabriolé naquele mesmo instante, levei-o até minha casa e, deixando-o aos cuidados da minha mulher e da criada, corri para dentro e embrulhei nossos poucos objetos valiosos, como a prataria e tudo o mais. Nesse intervalo, as faias em frente à casa ardiam, e as cercas da rua estavam em brasa. Enquanto eu me ocupava dessa maneira, um dos hussardos subiu a rua correndo. Ia de casa em casa pedindo que os moradores saíssem. Ele passava quando saí pela porta da frente, carregando meus tesouros amarrados numa toalha de mesa. Gritei para ele:

— Quais são as novidades?

Ele se virou, olhou, gritou algo como "estão saindo em alguma coisa parecida com uma tampa de panela" e correu até o portão da casa no alto do monte. Um súbito remoinho de fumaça preta que atravessava a rua ocultou-o por um momento. Corri para a casa do meu vizinho e esmurrei a porta para confirmar o que já sabia — que sua mulher fora para Londres com ele e trancara a casa. Cumprindo minha promessa, voltei para pegar o baú da criada, arrastei-o para fora, prendi-o na traseira do cabriolé e depois tomei as rédeas e pulei para o banco do cocheiro, ao lado de minha mulher. No momento seguinte, estávamos livres da fumaça e do barulho, descendo o outro lado do monte Maybury em direção a Old Woking.

Diante de nós víamos uma paisagem calma e ensolarada, um trigal que se estendia dos dois lados da estrada e a estalagem Maybury com sua placa oscilante. Vi a charrete do médico à minha frente. No sopé do monte, virei a cabeça para ver a encosta que estávamos deixando. Colunas espessas de fumaça preta entremeadas de labaredas vermelhas elevavam-se no ar parado, lançando sombras escuras sobre as copas verdes das árvores a leste. A fumaça já se espalhava por uma grande extensão — a leste, em direção aos pinheiros de Byfleet, e a oeste, em direção a Woking. A estrada estava pontilhada de pessoas correndo em nossa direção. E bastante fraco agora, mas muito nítido na atmosfera quente e quieta, veio o barulho de uma metralhadora, logo silenciada, e os estampidos intermitentes de rifles. Aparentemente, os marcianos estavam incendiando tudo ao alcance de seu raio de calor.

Não sou um cocheiro muito hábil, e tive de voltar imediatamente minha atenção para o cavalo. Quando tornei a olhar para trás, o segundo monte já escondera a fumaça preta. Chicoteei o cavalo e afrouxei as rédeas até que Woking e Send estivessem entre nós e aquele tumulto violento. Alcancei e ultrapassei o médico entre Woking e Send.

10

NA TEMPESTADE

Leatherhead fica a cerca de vinte quilômetros do monte Maybury. O aroma do feno perfumava o ar ao longo das verdejantes campinas além de Pyrford, e as sebes de ambos os lados exibiam uma profusão de alegres rosas silvestres. O fogo pesado que eclodira enquanto descíamos a encosta do monte Maybury cessou tão bruscamente quanto começara, deixando a noite muito quieta e tranquila. Chegamos a Leatherhead sem percalços por volta das nove horas, e o cavalo teve uma hora de descanso enquanto eu ceava com meus primos e deixava minha mulher a seus cuidados.

Minha mulher guardara um curioso silêncio durante todo o percurso, aparentemente oprimida por maus presságios. Tentei tranquilizá-la, observando que os marcianos não podiam sair do fosso devido ao peso da gravidade, e que no máximo conseguiriam rastejar um pouco para fora, mas ela me respondeu apenas com monossílabos. Se não fosse minha promessa ao estalajadeiro, ela teria insistido para que eu dormisse em Leatherhead naquela noite. Antes tivesse ficado! Lembro que seu rosto estava muito pálido quando nos separamos.

De minha parte, passei o dia num estado de excitação febril. Algo parecido com a febre de guerra que às vezes domina grupos civilizados adentrou minhas veias, e no fundo eu não estava nem um pouco contrariado por ter de voltar a Maybury naquela noite. Até mesmo temia que o último fogo cerrado que eu ouvira tivesse levado ao extermínio dos invasores de Marte. Dizer que eu queria ver a morte deles de perto é o melhor meio de expressar meu estado de espírito.

Eram quase onze horas quando comecei o percurso de volta. A noite estava inesperadamente escura, e quando saí da entrada iluminada da casa dos meus primos pareceu-me deveras negra; estava tão quente e abafada quanto o dia. No céu, as nuvens corriam velozes, embora sequer uma brisa agitasse os arbustos ao nosso redor. O criado dos meus primos acendeu os dois lampiões. Felizmente, eu conhecia bem a estrada. Minha mulher permaneceu sob a luz da entrada, seguindo-me com os olhos até que eu subisse no cabriolé. Então virou-se bruscamente e entrou, e apenas meus primos ficaram para me desejar boa sorte.

Fiquei um pouco deprimido a princípio, contagiado pelos temores de minha mulher, mas logo voltei a pensar nos marcianos. Eu ainda ignorava o resultado dos conflitos daquela noite. Sequer sabia as circunstâncias que os haviam precipitado. Enquanto eu passava por Ockham (pois foi por lá que voltei, e não por Send e Old Woking), avistei no horizonte a oeste um brilho sanguíneo, que subia lentamente aos céus enquanto eu me aproximava. As nuvens velozes da tempestade que se formava misturavam-se com massas de fumaça preta e vermelha.

A rua Ripley estava deserta e, com exceção de uma ou outra janela iluminada, não havia sinais de vida no vilarejo; mas por pouco não provoquei um acidente na esquina da estrada para Pyrford, onde havia um grupo de pessoas de costas para mim. Não me disseram nada quando passei. Não sei o que sabiam do que acontecia do outro lado do monte, como também não sei se as casas silenciosas que vi ao passar dormiam em paz, se estavam vazias e desertas, ou aterrorizadas e em alerta contra os perigos da noite.

Da rua Ripley até Pyrford eu prossegui pelo vale de Wey, que ocultou o clarão vermelho. Ao subir o pequeno monte depois da igreja de Pyrford, o clarão voltou a aparecer, e as árvores ao meu redor tremiam com os prenúncios da tempestade que se aproximava. Então ouvi o sino da igreja de Pyrford anunciar a meia-noite e me deparei com a silhueta do monte Maybury, com suas árvores e telhados nitidamente desenhados contra o céu vermelho.

Enquanto eu olhava, um fulgor verde e sinistro iluminou a estrada e revelou os bosques distantes na direção de Addlestone. Senti um puxão nas rédeas. Vi que as nuvens haviam sido trespassadas por um risco de fogo verde, que as iluminou subitamente antes de cair no campo à minha esquerda. Era a terceira estrela cadente!

Logo após essa aparição fulgurou o primeiro relâmpago da tempestade em formação, de um violeta ofuscante, e o trovão retumbou como um foguete no céu. O cavalo mordeu o freio e empinou.

Precipitei-me pelo leve declive que leva à base do monte Maybury. Depois que começaram, os relâmpagos prosseguiram numa rápida sucessão de clarões como eu jamais vira. Emendando uns nos outros com um estranho acompanhamento de estalidos, soavam mais como a operação de uma gigantesca máquina elétrica do que como os costumeiros estrondos reverberantes. A luminosidade cintilante cegava e confundia, e o fino granizo açoitava meu rosto enquanto eu descia a ladeira.

No início, eu me concentrava apenas na estrada diante de mim, mas então, abruptamente, minha atenção foi atraída por algo que descia acelerado pelo declive oposto do monte Maybury. A princípio, tomei-o pelo telhado úmido de uma casa, mas os raios em série me revelaram seu veloz movimento descendente. Foi uma visão fugidia — um momento de escuridão atordoante —, e então, num lampejo claro como o dia, os contornos rubros do orfanato próximo ao alto do monte, as copas verdes dos pinheiros e esse objeto perturbador delinearam-se claros, nítidos e refulgentes.

E a Coisa que então vi! Como descrevê-la? Um trípode monstruoso, mais alto do que muitas casas, alçando-se sobre os jovens pinheiros e esmagando-os em seu percurso; uma máquina ambulante de metal reluzente, avançando a largas passadas pela urze; cordas articuladas de aço pendiam das laterais, e o barulho estridente de sua passagem misturava-se ao estrondo da tempestade. Um relâmpago, e o objeto apareceu vividamente, inclinando-se para um lado, erguendo dois pés no ar; depois sumiu e ressurgiu de modo quase instantâneo com o relâmpago seguinte, cem metros adiante. Imagine um banquinho de ordenhar, inclinado e lançado violentamente pelo chão. Pois essa era a impressão que esses clarões momentâneos produziam. Mas, em vez de um banquinho de ordenhar, imagine uma imensa maquinaria apoiada sobre um tripé.

Então, de repente, o bosque de pinheiros diante de mim abriu-se ao meio, assim como juncos frágeis se abrem quando um homem os atravessa; as árvores foram derrubadas com violência, e surgiu um segundo e enorme trípode, avançando, ao que parecia, diretamente para mim. E eu galopava a seu encontro! À visão do segundo monstro minha coragem sucumbiu. Sem parar para olhar outra vez, puxei as rédeas com violência para a direita. No momento seguinte, o cabriolé passou por cima do cavalo, os eixos arrebentaram-se com estrépito, e fui atirado de lado, caindo com força numa poça rasa de água.

Quase de imediato, rastejei para fora e me agachei, com os pés ainda na água, sob uma moita de tojo. O cavalo jazia imóvel (seu pescoço quebrara, pobre animal!) e, à luz dos relâmpagos, vi os contornos negros do cabriolé tombado e a silhueta da roda ainda girando lentamente. No momento seguinte, o colossal mecanismo passou por mim a passos largos e subiu o monte em direção a Pyrford.

De perto a Coisa causava um enorme espanto, pois não se tratava de mera máquina insensata seguindo seu caminho. Máquina era, com seu passo metálico e reverberante e seus longos, flexíveis e luzidios tentáculos (um dos quais arrancou um jovem pinheiro) balançando-se ruidosamente em torno do estranho corpo. Decidia seu caminho enquanto avançava, e a cúpula metálica que a encimava movia-se de um lado para outro, a sugestão inevitável de uma cabeça olhando ao redor. Atrás do núcleo principal, uma enorme estrutura de metal branco lembrava uma gigantesca cesta de pescador. Nuvens de fumaça verde escapavam das juntas dos membros enquanto o monstro passava por mim. E num instante ele se fora.

Foi o que vi então, ainda que vagamente, devido à luz inconstante dos raios, entre clarões ofuscantes e densas sombras negras.

Ao passar, o objeto emitiu um uivo exultante e ensurdecedor que abafou os relâmpagos — "Uó! Uó!" —, e no minuto seguinte estava ao lado do companheiro, a mais de meio quilômetro de distância, inclinando-se sobre algo no campo. Não tenho dúvida de que esta coisa no campo era o terceiro dos dez cilindros lançados de Marte em direção a nosso planeta.

Por alguns minutos permaneci sob a chuva, na escuridão, observando à luz intermitente aqueles monstruosos seres de metal movimentando-se além das sebes. Uma fina chuva de granizo começou a cair, descontínua, tornando aqueles corpos alternadamente obscuros e nítidos. De vez em quando os relâmpagos cessavam, e a noite engolia seus vultos.

Eu estava encharcado, coberto de granizo e mergulhado na poça d'água. Demorou algum tempo para que, em meu espanto e perplexidade, eu me lembrasse de subir até um local mais seco ou refletisse sobre o perigo iminente que me ameaçava.

Perto de onde eu estava havia um pequeno casebre de madeira de algum posseiro, cercado por uma plantação de batatas. Finalmente me levantei; abaixando-me e escondendo-me como podia, corri para lá. Esmurrei a porta, mas ninguém me ouviu (se é que havia alguém lá). Após algum tempo, desisti e, sem ser notado pelas máquinas monstruosas, consegui rastejar por uma vala até o pinheiral próximo a Maybury.

Oculto pelo bosque, prossegui, molhado e tremendo, em direção à minha própria casa. Andei entre as árvores, tentando encontrar a trilha. Estava muito escuro no bosque, pois os raios começavam a rarear, e a chuva de granizo torrencial caía em colunas pelos vãos da densa folhagem.

Se eu tivesse compreendido plenamente o significado de tudo que eu vira, no mesmo instante teria contornado Byfleet em direção a Street Cobham e voltado para reencontrar minha mulher em Leatherhead. Mas naquela noite a estranheza de tudo que me cercava e meu cansaço físico me impediram de raciocinar. Eu estava machucado, exausto, encharcado até os ossos, ensurdecido e ofuscado pela tempestade.

Eu tinha o vago propósito de ir até minha casa, já que não me ocorrera nenhum outro. Tropecei entre as árvores, caí numa vala e esfolei os joelhos numa tábua, e finalmente chapinhei pela alameda que saía da College Arms. Digo "chapinhei" porque uma torrente de água e lama precipitava-se monte abaixo. Em meio à escuridão, um homem chocou-se comigo e me jogou para trás.

Com um grito de terror, ele saltou de lado e saiu correndo antes que eu pudesse me recompor o suficiente para falar com ele. A tempestade caía com tanta força que eu mal conseguia subir a ladeira.

Aproximei-me da cerca à esquerda e segui em frente, apoiando-me em suas paliçadas.

Perto do topo, tropecei em algo macio, e à luz de um relâmpago vi a meus pés um tecido preto amontoado e um par de botas. Antes que pudesse discernir com clareza como jazia o homem, a centelha se apagou. Fiquei perto dele, esperando o próximo raio. Quando caiu, vi que era um homem robusto, com roupas simples mas não miseráveis. Sua cabeça estava dobrada sob o corpo e ele jazia retorcido perto da cerca, como se tivesse sido violentamente atirado contra ela.

Vencendo a repugnância natural para alguém que nunca antes tocara um cadáver, virei-o para ouvir seu coração. Estava morto. Aparentemente, quebrara o pescoço. Um terceiro relâmpago brilhou, iluminando-lhe o rosto. Ergui-me de um salto. Era o estalajadeiro do Spotted Dog, que me cedera seu veículo.

Passei por cima dele cuidadosamente e continuei a subir o monte. Deixei para trás a delegacia de polícia e a College Arms a caminho da minha casa. Nada ardia na encosta do monte, embora no campo ainda se visse um fulgor avermelhado e um tumulto de fumaça sangrenta lançando-se contra as rajadas de granizo. Até onde eu podia ver, graças aos relâmpagos, as casas a meu redor continuavam incólumes. Ao lado da College Arms, uma pilha de escombros jazia na estrada.

Na estrada para a ponte Maybury, ouvi vozes e som de passos, mas não tive coragem para gritar ou me aproximar das pessoas. Entrei em casa com minha chave, fechei e tranquei a porta, cambaleei até o pé da escada e me sentei. Não conseguia parar de pensar naqueles monstros metálicos galopantes e no cadáver arrebentado contra a cerca.

Encolhi-me ao pé da escada, com as costas contra a parede, tremendo violentamente.

11

DA JANELA

Já mencionei que minhas tempestades de emoção se extinguem de uma hora para outra. Após algum tempo, dei-me conta de que estava molhado e com frio, cercado de pequenas poças d'água no carpete da escada. Levantei-me quase mecanicamente, fui para a sala de jantar e bebi um pouco de uísque, e em seguida troquei de roupa.

Depois subi para meu gabinete, embora não soubesse bem o porquê. A janela do gabinete dá para as árvores e a ferrovia próxima do campo de Horsell. Na pressa da nossa fuga, a janela ficara aberta. O corredor estava às escuras e, comparado à cena que a janela emoldurava, o cômodo parecia de uma escuridão impenetrável. Ao chegar à porta, estaquei.

A tempestade passara. As torres do Oriental College e os pinheiros ao redor não mais existiam, e ao longe, iluminado por um vívido clarão avermelhado, via-se o campo em torno das minas de areia. Através dessa luz, enormes formas negras, estranhas e grotescas moviam-se diligentemente de um lado para outro.

De fato, parecia que toda a paisagem naquela direção estava em chamas — a ampla encosta ardia com pequenas línguas de fogo que se agitavam ao sabor das últimas rajadas da tempestade evanescente, lançando um reflexo vermelho sobre as nuvens. De quando em quando, uma névoa de fumaça vinda de algum incêndio próximo passava pela janela e escondia as silhuetas marcianas. Não pude ver o que faziam nem discerni-las claramente, nem reconhecer os objetos negros com os quais se ocupavam. Tampouco via o fogo próximo de casa, embora seus reflexos dançassem na parede e no teto do gabinete. Um cheiro forte e resinoso de combustão dominava o ar.

Fechei a porta silenciosamente e me aproximei da janela. Com isso, a vista se ampliou, alcançando, de um lado, as casas ao redor da estação de Woking e, do outro, os pinheiros carbonizados e enegrecidos de Byfleet. Uma luz brilhava morro abaixo, na ferrovia perto do arco, e várias casas ao longo da estrada de Maybury e das ruas próximas à estação haviam se transformado em ruínas incandescentes. A luz na ferrovia me intrigou a princípio — vi uma forma preta e um clarão vívido e, à direita, uma fileira de retângulos amarelos. Então percebi que era um trem tombado, a parte da frente destruída e em chamas, os vagões traseiros ainda sobre os trilhos.

Entre esses três focos de luz — as casas, o trem e o território em chamas próximo a Chobham —, estendiam-se terrenos irregulares e escuros, interrompidos aqui e ali por faixas fumegantes e incandescentes. Era um espetáculo estranhíssimo, aquela amplidão escura tomada pelo fogo. Fazia lembrar as noites na região das Olarias. De início não consegui avistar nenhuma pessoa, por mais que me esforçasse. Depois, contra a luz da estação de Woking, vi algumas silhuetas negras correndo em fila indiana ao longo dos trilhos.

Aquele era o mundinho onde eu vivera tão protegido durante anos, aquele caos ardente! Ainda não sabia o que se passara nas últimas sete horas, e tampouco sabia, embora começasse a adivinhar, a relação entre aqueles colossos mecânicos e as criaturas rastejantes que haviam sido vomitadas do cilindro. Com um interesse curiosamente impessoal, virei minha cadeira para a janela, sentei-me e contemplei a paisagem escura, em particular os três objetos negros e gigantes que se movimentavam no clarão ao redor das minas de areia.

Eles pareciam extraordinariamente ocupados. Comecei a me perguntar o que seriam. Mecanismos inteligentes? Parecia impossível. Ou será que um marciano ocupava cada máquina, comandando-a e direcionando-a, usando-a tal como a mente comanda e direciona o corpo do homem? Pus-me a comparar aquelas coisas a máquinas humanas e a me perguntar, pela primeira vez na vida, o que um animal de inteligência inferior pensaria de um encouraçado ou de uma máquina a vapor.

A tempestade deixara o céu limpo. Sobre a fumaça da terra em chamas, Marte, um pequeno ponto pálido, sumia no horizonte a oeste quando um soldado entrou no meu jardim. Ouvi um leve roçar na cerca e, despertando da letargia em que mergulhara, olhei para baixo e o vi subindo nas paliçadas. À visão de outro ser humano, meu torpor passou e me inclinei para fora da janela ansiosamente.

— Psiu! — sussurrei.

Ele parou, escarranchado sobre a cerca, em dúvida. Então, passando por cima, atravessou o gramado e se aproximou da casa. Inclinou-se, andando de mansinho.

— Quem está aí? — perguntou também sussurrando, olhando para cima sob a janela.

— Onde está indo? — perguntei.

— Só Deus sabe.

— Está tentando se esconder?

— Isso mesmo.

— Então entre — disse eu.

Desci, destranquei a porta e o deixei entrar. Depois, voltei a trancar a porta. Não consegui ver seu rosto. Não usava chapéu, e seu casaco estava desabotoado.

— Meu Deus! — exclamou ele, enquanto eu o puxava para dentro.

— O que aconteceu? — perguntei.

— O que não aconteceu? — Na obscuridade, vi que ele fez um gesto de desespero. — Fomos exterminados, simplesmente exterminados — repetia ele sem parar.

Ele me seguiu, quase mecanicamente, até a sala de jantar.

— Tome um pouco de uísque — falei, servindo-lhe uma dose caprichada.

Ele bebeu. Depois, sentou-se abruptamente diante da mesa, apoiou a cabeça nos braços e começou a soluçar e chorar como uma criança, totalmente tomado pela emoção, enquanto eu, esquecendo-me do meu próprio desespero recente, fiquei a seu lado, curioso.

Demorou para que ele conseguisse acalmar-se a ponto de responder minhas perguntas, e depois respondeu de modo trêmulo e confuso. Era motorista da artilharia e entrara em ação apenas por volta das sete. A essa hora os disparos prosseguiam no campo, e dizia-se que o primeiro grupo de marcianos rastejava lentamente em direção ao segundo cilindro protegidos por um escudo de metal.

Em seguida esse escudo ergueu-se sobre pernas triplas e se tornou a primeira das máquinas de guerra que eu vira. O reparo de artilharia que ele dirigia fora desengatado perto de Horsell, com o fim de dominar as minas de areia, e foi a sua chegada que precipitou a ação.

Quando os artilheiros foram para a traseira do reparo, seu cavalo pisou num buraco de coelho e tombou, atirando-o num sulco do chão. No mesmo instante o canhão detonou atrás dele, a munição explodiu, o fogo o cercou, e ele se viu coberto por uma pilha de homens e cavalos carbonizados.

— Fiquei imóvel — disse ele —, apavorado, com a metade dianteira de um cavalo sobre mim. Fomos exterminados. E o cheiro... santo Deus! Era de carne queimada! Eu machuquei as costas na queda do cavalo e tive de ficar deitado até me sentir melhor. Um minuto antes, parecia um desfile militar, e então, o tombo e a explosão! Fomos exterminados! — repetiu.

Ele ficara escondido debaixo do cavalo morto durante muito tempo, espiando o campo furtivamente. Os soldados do regimento Cardigan haviam tentado uma arremetida ao fosso em formação de escaramuça apenas para serem varridos da face da Terra. Então o monstro se pôs de pé e começou a andar sem pressa de um lado para outro do campo entre os poucos fugitivos, movendo sua cabeça de metal exatamente como a cabeça de um ser humano vestindo um capuz. Uma espécie de braço levava uma complexa caixa metálica ao redor da qual cintilavam luzes verdes, e que emitia o raio de calor por um cano.

Em poucos minutos, até onde o soldado podia ver, já não havia um ser vivo no campo, e todas as moitas e árvores que ainda não eram esqueletos carbonizados ardiam. Os hussardos estavam na estrada, depois de um aclive, e ele não conseguia vê-los. Ouviu as metralhadoras Maxim dispararem por algum tempo e depois silenciarem. O gigante poupou a estação de Woking e seu aglomerado de casas até o último minuto; mas então desfechou o raio de calor num instante, e a cidade se converteu em um amontoado de ruínas em chamas. Em seguida a Coisa desligou o raio de calor e, dando as costas ao artilheiro, começou a andar pesadamente em direção aos pinheiros ardentes que abrigavam o segundo cilindro. Enquanto isso, um segundo Titã reluzente se ergueu e saiu do fosso.

O segundo monstro seguiu o primeiro, e nisso o artilheiro começou a rastejar cuidadosamente sobre as cinzas quentes da urze em direção a Horsell. Conseguiu chegar vivo até a vala ao lado da estrada e escapou para Woking. Nesse ponto, ele começou a falar aos trancos. O lugar estava intransitável. Ainda restavam algumas pessoas vivas, desesperadas, muitas queimadas e escaldadas. Desviando-se do fogo, ele se escondeu entre as ruínas causticantes de uma parede enquanto um dos gigantes marcianos retornava. Viu-o perseguir um homem, agarrá-lo com um de seus tentáculos de aço e bater sua cabeça contra o tronco de um pinheiro. Finalmente, depois do anoitecer, o artilheiro saiu correndo e passou para o outro lado da ferrovia.

Desde então ele estivera se esquivando do perigo em direção a Maybury, na esperança de escapar seguindo para Londres. Pessoas se escondiam em trincheiras e em porões, e muitos sobreviventes haviam partido em direção ao vilarejo de Woking e a Send. A sede o atormentara até que viu que um dos canos d'água perto do arco da ferrovia estava quebrado e que a água brotava dele como de uma fonte na estrada.

Essa foi a história que extraí dele, ponto a ponto. Ele se acalmou enquanto me contava e tentava fazer com que eu visse cada coisa como ele mesmo vira. Dissera-me no começo da narrativa que não comera nada desde o meio-dia, e eu encontrei carne de carneiro e pão na copa e levei para a sala. Não acendemos nenhuma luz, com medo de atrair os marcianos, e de vez em quando nossas mãos esbarravam sobre o pão ou a carne. Enquanto ele falava, os objetos ao nosso redor emergiam da escuridão, e os arbustos pisoteados e as roseiras quebradas do lado de fora da janela se tornavam nítidos. Parecia que um grupo de homens ou de animais passara correndo sobre o gramado. Comecei a ver seu rosto, enegrecido e emaciado, como sem dúvida o meu também estava.

Quando terminamos de comer, subimos de mansinho para o meu gabinete, e voltei a olhar pela janela aberta. Numa só noite o vale se tornara um vale de cinzas. Os incêndios morriam agora. Onde haviam estado as chamas, restavam serpentinas de fumaça. Mas as incontáveis ruínas das casas destruídas e arrasadas, das árvores queimadas e enegrecidas que a noite escondera agora se mostravam desoladas e sinistras à luz impiedosa do amanhecer. Contudo, aqui e ali algum objeto tivera a sorte de escapar — uma placa ferroviária branca aqui, uma estufa lá, alva e fresca entre os destroços. Nunca antes na história das guerras a destruição fora tão indiscriminada e tão universal. E, brilhando com a luz crescente da manhã, três dos gigantes metálicos em torno do fosso giravam os capacetes como se supervisionassem a devastação que haviam causado.

Pareceu-me que o fosso estava mais largo, e de vez em quando ele emitia nuvens de vapor verde rumo à aurora — subiam, giravam, rompiam-se e desapareciam.

As colunas de fogo ao redor de Chobham, mais além, tornaram-se colunas de fumaça sanguínea ao primeiro raiar do dia.

12
O QUE EU VI DA DESTRUIÇÃO DE WEYBRIDGE E SHEPPERTON

Quando a manhã ficou mais clara, nós nos afastamos da janela de onde observáramos os marcianos e descemos silenciosamente.

O artilheiro concordou que não era seguro continuar na casa. Ele pretendia seguir em direção a Londres e lá se reunir à sua bateria — a nº 12 da Artilharia Montada. Meu plano era voltar imediatamente para Leatherhead — a força dos marcianos me impressionara tanto que eu decidira levar minha mulher para Newhaven e sair com ela do país. Eu já percebera que a região em torno de Londres inevitavelmente se tornaria o cenário de uma batalha desastrosa antes que aquelas criaturas fossem destruídas.

No entanto, entre nós e Leatherhead, havia o terceiro cilindro com seus guardiões gigantes. Se eu estivesse sozinho, acho que teria arriscado e cruzado o campo aberto. Mas o artilheiro me dissuadiu: "Não é justo para com uma boa esposa torná-la viúva", disse-me, e no final concordei em acompanhá-lo, sob a proteção da floresta, até Street Cobham ao norte, antes de nos separarmos. Dessa forma, eu faria um grande desvio por Epsom para chegar a Leatherhead.

Eu teria partido imediatamente, mas meu companheiro militar estivera em ação e sabia melhor do que eu o que fazer. Obrigou-me a revistar a casa em busca de um cantil e o encheu de uísque; recheamos todos os bolsos que tínhamos com pacotes de biscoitos e fatias de carne. Depois, saímos de casa e descemos o mais rápido possível a estrada rústica pela qual eu subira na noite anterior. As casas pareciam desertas. Na estrada, vimos três corpos carbonizados, atingidos pelo raio de calor, e aqui e ali objetos que as pessoas deixaram cair — um relógio, um chinelo, uma colher de prata e outros pobres objetos de valor. Na esquina, na direção do correio, uma pequena carroça cheia de baús e móveis, mas sem cavalo, jazia com a roda avariada. Um cofre fora quebrado às pressas e atirado sob os escombros.

Exceto pelo alojamento do orfanato, que continuava em chamas, nenhuma casa sofrera muitos danos ali. O raio de calor passara raspando nas chaminés e seguira adiante. No entanto, fora nós dois, não parecia haver vivalma no monte Maybury. A maioria dos moradores havia escapado, suponho que pela estrada de Old Woking — a estrada que eu usara para chegar a Leatherhead —, ou estava escondida.

Continuamos descendo, passamos pelo corpo do homem de preto, encharcado agora devido à tempestade da noite anterior, e chegamos à floresta na base do monte. Avançamos pelas árvores em direção à ferrovia sem encontrar ninguém. As árvores do outro lado dos trilhos não passavam de ruínas escoriadas e enegrecidas; a maioria delas caíra, mas algumas continuavam de pé, os troncos fúnebres e cinzentos, com folhas escuras e não verdes.

Do nosso lado, o fogo apenas chamuscara as árvores mais próximas, não tendo conseguido se propagar. No sábado, os lenhadores haviam trabalhado no local; as árvores derrubadas tinham sido empilhadas numa clareira, e a serragem ainda cercava a serra mecânica e seu motor. Perto dali, uma cabana temporária fora abandonada. Não havia um sopro de vento naquela manhã, e tudo estava estranhamente silencioso. Até os pássaros estavam quietos. Enquanto andávamos, eu e o artilheiro falávamos aos sussurros e olhávamos para trás de vez em quando. Uma ou duas vezes, paramos para escutar.

Depois de algum tempo chegamos à estrada, e ao fazê-lo ouvimos um tropel de cascos e vimos por entre as árvores três soldados de cavalaria cavalgando lentamente em direção a Woking. Nós os chamamos, e eles pararam enquanto corríamos para alcançá-los. Eram um tenente e dois soldados da 8ª Companhia de Hussardos, com um aparelho parecido com um teodolito, que o artilheiro me disse ser um heliógrafo.

— Vocês são os primeiros que eu encontro esta manhã vindo daquela direção — disse o tenente. — O que contam?

Sua voz e seu rosto estavam ansiosos. Os homens atrás dele nos olhavam com curiosidade. O artilheiro saltou da encosta para a estrada e bateu continência.

— O canhão foi destruído ontem, senhor. Eu estava escondido. Agora estou tentando voltar para a bateria, senhor. Vai avistar os marcianos daqui a uns oitocentos metros.

— Como diabos são eles? — perguntou o tenente.

— São gigantes blindados, senhor. Têm uns trinta metros de altura. Três pernas e um corpo que parece de alumínio, com uma enorme cabeça encapuzada, senhor.

— Não me venha com essa! — exclamou o sargento. — Que história estapafúrdia!

— O senhor vai ver. E eles carregam um tipo de caixa, senhor, que lança fogo e fulmina as pessoas.

— Como assim? Um canhão?

— Não, senhor. — E o artilheiro começou uma vívida descrição do raio de calor. Na metade, o tenente o interrompeu e olhou para mim. Eu ainda estava na encosta ao lado da estrada.

— Você viu tudo isso? — perguntou o tenente.

— É tudo verdade — respondi.

— Bom — disse o tenente. — Suponho que seja minha obrigação ver também. Ouça — disse ao artilheiro —, fomos enviados para evacuar os moradores. É melhor você se apresentar ao general Marvin e dizer tudo o que sabe. Ele está em Weybridge. Sabe o caminho?

— Eu sei — respondi. Ele virou o cavalo para o sul outra vez.

— Uns oitocentos metros, vocês acham? — perguntou.

— No máximo — respondi, e apontei para as árvores ao sul. Ele me agradeceu e seguiu em frente, e nunca mais os vimos.

Um pouco mais adiante, encontramos um grupo de três mulheres e duas crianças na estrada, desocupando uma casinha de lavrador. Haviam conseguido um carrinho de mão e o enchiam com trouxas de aspecto sujo e móveis surrados. Elas também se apressaram em falar conosco enquanto passávamos.

Perto da estação Byfleet, emergimos dos pinheiros e encontramos o campo calmo e tranquilo sob o sol da manhã. Estávamos bem além do alcance do raio de calor e, não fossem algumas casas desertas e silenciosas, os preparativos para mudança em outras e o grupo de soldados na ponte sobre a ferrovia olhando em direção a Woking, o domingo pareceria idêntico a qualquer outro.

Várias carroças e carretas avançavam rangendo pela estrada para Addlestone. De repente, através de um portão, vimos sobre um prado plano seis canhões de grande porte a intervalos regulares e apontados para Woking. Os canhoneiros estavam ao lado das armas, esperando, e as carroças de munição estavam a uma distância eficiente. Os homens pareciam quase em posição de sentido.

— Ótimo! — disse eu. — Vão conseguir dar pelo menos um tiro.

O artilheiro hesitou no portão.

— Vou continuar — disse ele.

Mais adiante no caminho de Weybridge, logo depois da ponte, um grupo de homens de farda branca erguia uma longa barricada, com mais canhões atrás.

— É como atirar flechas contra relâmpagos — disse o artilheiro. — Eles ainda não viram aquele raio de fogo.

Os oficiais que não se ocupavam diretamente com o trabalho olhavam para sudoeste por sobre a copa das árvores, e os homens que cavavam erguiam-se de vez em quando e olhavam na mesma direção.

Byfleet estava uma desordem. Moradores embalavam seus pertences e uma patrulha de hussardos, alguns a pé, outros montados, tentava evacuá-los. Três ou quatro carroças pretas do governo, com cruzes dentro de círculos brancos, e um ônibus velho, entre outros veículos, enchiam-se de gente na rua do vilarejo. Havia um grande número de pessoas, a maioria tradicional a ponto de vestir os trajes de domingo. Os soldados tinham enorme dificuldade para fazê-las entender a gravidade da situação. Vimos um sujeito idoso enrugado, com um enorme baú e vinte ou mais vasos de orquídeas, protestando furiosamente com o cabo que pedia que deixasse seus pertences. Parei e o agarrei pelo braço.

— O senhor sabe o que vem logo ali? — perguntei, apontando para os pinheiros que ocultavam os marcianos.

— O quê? — fez ele, virando-se. — Eu estava explicando que estas coisas têm valor.

— A morte! — gritei. — A morte vem vindo! A morte! — E, deixando que ele digerisse a mensagem, se pudesse, corri para alcançar o artilheiro. Na esquina, virei-me para olhar. O soldado fora embora, e o velho ainda estava ao lado do baú com os vasos de orquídeas sobre a tampa, olhando vagamente por cima das árvores.

Ninguém em Weybridge sabia dizer-nos onde o quartel-general havia sido instalado; todo o lugar estava tomado por uma confusão como eu nunca vira em cidade alguma. Carroças, carruagens por toda parte, a mais espantosa miscelânea de veículos e cavalos. Os respeitáveis moradores do local, homens em trajes de passeio e suas esposas elegantemente vestidas, preparavam a mudança com a ajuda enérgica de alguns desocupados de beira de rio; as crianças estavam agitadas e, de modo geral, satisfeitíssimas com aquela incrível mudança na rotina dominical. No meio de toda a balbúrdia, o bravo padre chamava os fiéis para uma cerimônia matutina, fazendo vibrar o sino por sobre a confusão.

Eu e o artilheiro, sentados num degrau da fonte, fizemos uma refeição bastante passável com o que leváramos conosco. Patrulhas de soldados — não hussardos agora, mas granadeiros de branco — orientavam os moradores a partir naquele momento ou se esconder nos porões assim que o fogo começasse. Enquanto cruzávamos a ponte da ferrovia, vimos que uma multidão se reunira dentro e ao redor da estação ferroviária, e a plataforma lotada estava cheia de baús e pacotes. O tráfego normal fora interrompido para permitir a passagem de soldados e canhões para Chertsey, e eu soube depois que houve uma luta brutal por lugares nos trens especiais que foram colocados mais tarde.

Permanecemos em Weybridge até o meio-dia. Nessa hora, estávamos no local perto de Shepperton Lock onde os rios Wey e Tâmisa se encontram. Passamos algum tempo ajudando duas senhoras idosas a carregar uma pequena carroça. O Wey tem foz tripla, e no lado em que estávamos havia barcos para alugar e uma balsa que cruzava o rio. No lado de Shepperton havia uma estalagem com um gramado e, atrás, a torre da igreja — que foi trocada por um campanário — elevava-se acima das árvores.

Lá encontramos uma agitada e barulhenta multidão de fugitivos. A fuga ainda não se transformara em pânico, mas já havia bem mais gente do que todos os barcos que iam e vinham eram capazes de transportar. Pessoas chegavam ofegando debaixo de pesados fardos; um casal até levava uma pequena porta entre eles, com alguns bens domésticos empilhados sobre ela. Um homem nos disse que pretendia escapar pela estação de Shepperton.

Muitos gritavam, e um homem até zombava da ameaça. A ideia que aquelas pessoas pareciam ter era de que os marcianos eram apenas seres humanos formidáveis, que podiam atacar e saquear a cidade mas que certamente seriam vencidos no final. De vez em quando olhavam nervosamente sobre o Wey, para os prados no caminho de Chertsey, mas tudo estava tranquilo por lá.

Do outro lado do Tâmisa — exceto onde os barcos aportavam — tudo estava calmo, em vívido contraste com o lado de Surrey. Os passageiros que desciam dos barcos avançavam pela trilha. A grande balsa acabara de fazer um trajeto. Três ou quatro soldados estavam no gramado da estalagem, olhando para os fugitivos e gracejando, sem oferecer ajuda. A estalagem estava fechada, pois ainda era cedo.

"O que foi isso?", gritou um barqueiro, e "Cale a boca, seu imbecil!", disse um homem perto de mim para um cachorro que uivava. Então o som se repetiu, dessa vez da direção de Chertsey, um baque surdo — o som de um canhão.

A batalha começava. Quase imediatamente, baterias invisíveis do outro lado do rio, à nossa direita, ocultas pelas árvores, juntaram-se ao coro, disparando fortemente uma depois da outra. Uma mulher gritou. Todos ficaram imóveis com a súbita eclosão da batalha, próxima, mas ainda invisível para nós. Tudo que enxergávamos eram prados lisos, vacas pastando placidamente e salgueiros prateados e podados, imóveis sob o sol quente.

— Os soldados vão pará-los — disse uma mulher ao meu lado, em tom duvidoso. Uma névoa se formou sobre as árvores.

Então, de repente, vimos uma explosão de fumaça à distância, rio acima, uma nuvem que saltou para o céu e lá pairou, e imediatamente o chão oscilou e uma forte detonação sacudiu a atmosfera, quebrando duas ou três janelas nas casas próximas e deixando-nos atônitos.

— Lá estão eles! — gritou um homem de suéter azul. — Ali! Estão vendo? Ali!

Rapidamente, um após o outro, um, dois, três, quatro marcianos encouraçados apareceram ao longe sobre as arvorezinhas, do outro lado dos prados que se estendem em direção a Chertsey, avançando a grandes passadas para o rio. No começo, pareciam pequenas figuras encapuzadas com movimentos ágeis, velozes como pássaros.

Então, avançando em sentido oblíquo em nossa direção, surgiu um quinto. Seus corpos blindados brilhavam ao sol enquanto eles se moviam em velocidade em direção aos canhões, tornando-se rapidamente maiores enquanto se aproximavam. O mais distante, à esquerda, brandiu uma enorme cápsula no ar, e o fatal e terrível raio de calor, que eu já vira na noite de sexta, abateu-se sobre Chertsey e fulminou a cidade.

Ao ver aquelas estranhas, velozes e terríveis criaturas, a multidão à beira do rio pareceu por um momento paralisada de terror. Não houve gritos ou berros, mas silêncio. Em seguida, um murmúrio rouco, um movimento de pés, um jorro d'água. Um homem, assustado demais para largar a mala que levava no ombro, virou-se bruscamente e golpeou-me com seu fardo. Uma mulher me deu um empurrão para passar. Eu me virei com o turbilhão de gente, mas não estava apavorado demais para pensar. O terrível raio de calor dominava minha mente. Mergulhar na água! Era a saída!

— Mergulhem na água! — gritei, em vão.

Olhei ao redor outra vez e, correndo em direção ao marciano que se aproximava, lancei-me até a praia de pedregulhos e mergulhei na água. Outros fizeram o mesmo. Os passageiros de um barco que voltava saltaram na água enquanto eu passava. As pedras sob meus pés eram cheias de limo e escorregadias, e o rio estava tão baixo que corri cerca de sete metros com a água pela cintura. Então, quando os marcianos erguiam-se a menos de cem metros de distância, mergulhei sob a superfície. O impacto das pessoas que saltavam dos barcos no rio soava como trovões nos meus ouvidos. Pessoas se apressavam a desembarcar nos dois lados do rio.

Mas a máquina marciana não deu mais importância às pessoas, que corriam de um lado para outro, do que um homem daria depois de chutar um formigueiro, ao desespero das formigas. Quando, quase sufocando, tirei a cabeça da água, a cabeça do marciano apontava para as baterias que ainda disparavam do outro lado do rio e, avançando, agitava o que devia ser o gerador do raio de calor.

No momento seguinte ele estava na margem e, numa passada, já atravessara metade do rio. Os joelhos de suas pernas dianteiras se dobraram na outra margem, e no momento seguinte ele já se erguera completamente outra vez, perto do vilarejo de Shepperton. Imediatamente, os seis canhões que — sem que ninguém na margem direita soubesse — haviam estado escondidos nas cercanias da cidade dispararam ao mesmo tempo. As detonações súbitas e próximas, uma após a outra, fizeram meu coração saltar. O monstro já erguia a cápsula geradora do raio de calor quando a primeira granada explodiu seis metros acima de sua cabeça.

Dei um grito de espanto. Esqueci completamente os outros quatro monstros marcianos; minha atenção estava toda voltada para o incidente mais próximo. No mesmo instante, duas outras granadas explodiram no ar perto do corpo do monstro, enquanto a cabeça girava a tempo de receber, mas não de evitar, a quarta granada.

Ela explodiu bem no rosto da Coisa. A cabeça inchou, reluziu e se espalhou em uma dúzia de fragmentos de carne vermelha e metal brilhante.

— Na mosca! — exclamei, ao mesmo tempo um grito e uma aclamação.

As pessoas na água ao meu redor responderam com outros gritos. Quase pulei fora do rio, tão grande foi minha alegria naquele momento.

O colosso decapitado cambaleou como um gigante bêbado, mas não caiu. Recuperou o equilíbrio por milagre e, não mais comandando seus passos e erguendo rigidamente a câmara que desfechava os raios de calor, avançou aos tropeços sobre Shepperton. A inteligência viva, o marciano dentro da cabeça encapuzada, fora despedaçada e espalhada aos quatro ventos, e a Coisa agora não passava de um mero e gigantesco aparelho de metal que se precipitava para a destruição. Avançou em linha reta, incapaz de guiar-se. Atingiu a igreja de Shepperton, derrubando-a com o impacto de um aríete, inclinou-se para o lado, cambaleou mais um pouco e despencou com força tremenda no rio, além da minha visão.

Uma explosão violenta sacudiu o ar, e um jato de água, vapor, lama e estilhaços de metal subiu ao céu. Ao ser atingida pela câmara do raio de calor, a água logo se transformara em vapor. Em seguida uma imensa onda, como um macaréu lamacento mas quase escaldante, irrompeu ao redor da curva do rio. Vi pessoas debatendo-se para chegar à margem, ouvi seus gritos indistintos acima do estrondo e da efervescência da queda do marciano.

Por um momento, não dei atenção ao calor e esqueci a necessidade patente de autopreservação. Avancei pela água tumultuosa, empurrando um homem de preto, até conseguir enxergar o outro lado da curva. Alguns barcos abandonados eram jogados de um lado para outro na confusão das ondas. Avistei o marciano tombado, estendido sobre o rio e quase todo submerso.

Espessas nuvens de vapor emanavam dos destroços, e através da névoa de fumaça tumultuosa eu via, de modo intermitente e vago, os membros gigantescos debatendo-se na água, espalhando borrifos de lama e espuma no ar. Os tentáculos agitavam-se como braços vivos e, não fosse a falta de propósito desses movimentos, era como se uma criatura ferida estivesse lutando pela vida entre as ondas. Enormes quantidades de um fluido marrom-avermelhado jorravam ruidosamente da máquina.

Minha atenção foi desviada dessa agitação mortal por um clamor furioso, como o das sirenes de nossas cidades industriais. Um homem perto do caminho de sirga, com água até os joelhos, gritava inaudivelmente para mim e apontava. Olhando para trás, vi os outros marcianos avançando com passos gigantescos pela margem do rio, vindos da direção de Chertsey. Os canhões de Shepperton espocaram, dessa vez inutilmente.

Mergulhei de imediato na água e, prendendo a respiração até que cada movimento fosse um suplício, avancei dolorosamente sob a superfície até não poder mais. A água turbulenta ao meu redor ficava cada vez mais quente.

Quando ergui a cabeça por um momento para respirar e afastar os cabelos e a água dos olhos, o vapor subia formando uma névoa branca e revolta que no começo ocultou totalmente os marcianos. O barulho era ensurdecedor. Então os vi vagamente, colossais figuras cinzentas, ampliadas pela névoa. Haviam passado por mim, e dois deles inclinavam-se sobre as ruínas turbulentas do companheiro.

O terceiro e o quarto pararam a seu lado na água, um deles a cerca de duzentos metros de mim, o outro no sentido de Laleham. Os geradores de raios de calor oscilavam no alto, e os raios sibilantes alvejavam a torto e a direito.

O ar estava repleto de sons, um conflito ensurdecedor e confuso de ruídos — o clangor dos marcianos, o estrondo das casas caindo, o tumulto de árvores, cercas e galpões incendiando-se e o rugir e crepitar do fogo. Uma fumaça preta e densa subia e se misturava ao vapor do rio, e, enquanto o raio de calor era lançado de um lado a outro de Weybridge, seu impacto era assinalado por um clarão branco e incandescente que logo dava lugar a uma dança de chamas lúridas. As casas mais próximas continuavam intactas, aguardando seu destino, sombrias, indistintas e pálidas entre o vapor, com o fogo cercando-as atrás.

Por um momento permaneci ali, mergulhado até o peito na água quase fervente, perplexo, sem esperança de fuga. Através da fumaça vi as pessoas que estiveram comigo no rio saindo da água por entre os juncos, como pequenos sapos escapulindo pela grama à chegada de um homem, ou correndo de um lado para o outro, desnorteadas, no caminho de sirga.

Então, de repente, os clarões de luz branca do raio de calor desviaram-se na minha direção. Ao serem tocadas por ele, as casas desmoronavam, expelindo chamas; as árvores viravam fogo com um rugido. O raio percorria de cima a baixo o caminho de sirga, fulminando as pessoas que corriam de um lado para outro, e veio dar na beira d'água, a menos de cinquenta metros de onde eu estava. Cruzou velozmente o rio em direção a Shepperton, e a água em seu rastro ergueu-se como uma cicatriz em ebulição cristalizada pelo vapor. Voltei-me para a margem.

No momento seguinte a imensa onda, quase em ponto de fervura, precipitou-se em minha direção. Gritei e, escaldado, quase cego, agoniado, lancei-me aos trancos pela água revolta e sibilante em direção à margem. Se tropeçasse, seria o fim. Caí indefeso, em plena vista dos marcianos, sobre a ampla e pedregosa península que demarca o ângulo entre o Wey e o Tâmisa. E esperei a morte.

Tenho uma vaga lembrança do pé de um marciano pousando a vinte metros da minha cabeça, mergulhando no cascalho solto e erguendo-se novamente; depois de um longo suspense, os quatro, carregando os destroços do companheiro entre si, nítidos e depois indistintos através de um véu de fumaça, recuaram interminavelmente — pareceu-me — por uma vasta extensão de rio e campina. E então, muito aos poucos, compreendi que eu havia escapado por milagre.

13

COMO ENCONTREI O PADRE

Depois de receber essa súbita lição sobre o poder das armas terrestres, os marcianos recuaram para o posto original no campo de Horsell; na pressa, e preocupados em carregar os destroços do companheiro abatido, eles sem dúvida ignoraram muitas vítimas isoladas e insignificantes como eu. Se tivessem abandonado o companheiro e seguido adiante, nada haveria entre eles e Londres naquele momento além de baterias de canhões de doze libras, e certamente teriam alcançado a capital antes das notícias da aproximação. A chegada deles teria sido tão súbita, terrível e destrutiva quanto o terremoto que destruiu Lisboa há um século.

Mas eles não tinham nenhuma pressa. Um cilindro após o outro completava seu trajeto interplanetário; a cada vinte e quatro horas recebiam reforços. E enquanto isso as autoridades navais e militares, agora plenamente cientes do tremendo poder de seus adversários, trabalhavam com furiosa energia. A cada minuto um novo canhão era posicionado até que, antes do crepúsculo, cada bosque, cada fileira de casarões suburbanos nos montes ao redor de Kingston e Richmond, ocultava um expectante cano preto. E ao longo da região crestada e desolada — que cercava o acampamento marciano no campo de Horsell numa área total de cerca de trinta quilômetros quadrados —, ao longo de calcinados e desolados vilarejos entre as árvores, ao longo das arcadas enegrecidas e fumegantes que um dia antes haviam sido florestas de pinheiros, postavam-se os dedicados batedores com os heliógrafos para alertar prontamente os canhoneiros quando os marcianos se aproximassem. Mas os marcianos agora entendiam nosso comando de artilharia e o perigo da proximidade humana, e ninguém ousava chegar a mais de um quilômetro de qualquer um dos cilindros, sob o risco de perder a vida.

Os gigantes passaram a primeira parte da tarde indo de um lado para outro, transferindo a carga do segundo e terceiro cilindros — o segundo nos campos de golfe de Addlestone, o terceiro em Pyrford — para o fosso no campo de Horsell. Acima da urze enegrecida e dos prédios arruinados que se estendiam para longe, um deles ficou de sentinela enquanto os outros abandonavam suas imensas máquinas de guerra e mergulhavam no fosso. Lá trabalharam noite adentro, e a grande coluna de densa fumaça verde que se elevava do fosso podia ser vista dos montes ao redor de Merrow e até mesmo, como me foi dito, das colinas de Banstead e Epsom.

Enquanto, atrás de mim, os marcianos se preparavam para o ataque seguinte e, à minha frente, a humanidade se reunia para a batalha, escapei com grande esforço do fogo e da fumaça de Weybridge a caminho de Londres.

Vi um barco abandonado, muito pequeno e distante, vagando correnteza abaixo. Tirei quase todas as minhas roupas encharcadas, persegui-o, entrei nele e escapei daquela destruição. Não havia remos no barco, mas consegui impulsioná-lo até onde minhas mãos queimadas permitiam, rio abaixo em direção a Halliford e Walton, avançando monotonamente e olhando para trás o tempo todo, como é compreensível. Segui o rio, pois achei que a água me daria a melhor chance de escapar se os gigantes retornassem.

A água quente produzida pela queda do marciano descia o rio a meu lado, de modo que durante mais de um quilômetro vi pouco das margens. Uma vez, no entanto, discerni uma série de vultos escuros que corriam pelos prados vindos da direção de Weybridge. Parecia que Halliford fora evacuada, e várias casas defronte ao rio estavam em chamas. Era estranho ver aquele lugar tão calmo, tão desolado sob o céu quente e azul, com fumaça e fiapos de chama ascendendo no calor da tarde. Nunca antes eu vira casas queimando sem a interferência de uma multidão para salvá-las. Mais adiante, os juncos secos da margem ardiam e fumegavam, e uma trilha de fogo avançava gradualmente por um campo de feno.

Deixei-me levar pela correnteza durante muito tempo, pois estava dolorido e esgotado após a violência que sofrera, e o calor sobre a água era intenso. Então meu medo falou mais alto novamente, e recomecei a remar. O sol tostava minhas costas nuas. Finalmente, quando avistei a ponte de Walton depois de uma curva, a febre e a fraqueza venceram meu medo; desembarquei na margem de Middlesex e deitei-me, enfermo, no meio da grama alta. Deviam ser quatro ou cinco horas da tarde. Logo em seguida me levantei, andei cerca de oitocentos metros sem encontrar ninguém e depois voltei a me deitar à sombra de uma sebe. Lembro-me de ter falado sozinho, delirante, depois daquele último esforço. Também tinha muita sede e me arrependia amargamente de não ter bebido mais água. Sentia uma curiosa raiva da minha mulher; não consigo explicar, mas meu desejo impotente de chegar a Leatherhead me atormentava.

Não me lembro claramente da chegada do padre, portanto devo ter adormecido. Notei sua presença primeiro como um vulto sentado com fuligem nas mangas da camisa, e o rosto barbeado voltava-se para um leve fulgor que dançava no céu. Era o chamado céu encarneirado — fileiras de nuvens pequenas e arredondadas, tingidas pelo crepúsculo de verão.

Sentei-me, e com meu movimento ele me lançou um olhar brusco.

— Você tem água? — perguntei abruptamente.

Ele sacudiu a cabeça.

— Faz uma hora que você está pedindo água — disse ele.

Durante um momento ficamos em silêncio, observando um ao outro. Suponho que ele tenha me achado uma figura bastante estranha, nu a não ser por minhas calças e meias encharcadas, escaldado, o rosto e os ombros escurecidos pela fumaça. Seu rosto não era favorável — o queixo retraído, os cabelos que caíam em cachos quase loiros sobre a testa estreita; seus olhos eram grandes, azul-claros, e tinham uma expressão vazia. Ele falou bruscamente, desviando o olhar vago.

— O que significa? — perguntou. — O que tudo isso significa?

Olhei para ele e não respondi.

Ele estendeu a mão branca e magra e falou num tom quase queixoso.

— Por que isso é permitido? Que pecados cometemos? O culto matinal tinha terminado, eu andava pelas ruas para refrescar a cabeça para o culto da tarde, e então... fogo, terremoto, morte! Como se fosse Sodoma e Gomorra! Todo nosso trabalho desfeito, todo o trabalho... O que são esses marcianos?

— O que somos nós? — respondi, limpando a garganta.

Ele agarrou os joelhos e voltou-se para me olhar outra vez. Durante meio minuto, talvez, ele me olhou em silêncio.

— Eu andava pelas ruas para refrescar a cabeça — repetiu ele. — E de repente... fogo, terremoto, morte!

Calou-se novamente, com o queixo agora quase tocando os joelhos. Em seguida, começou a gesticular com a mão.

— Todo nosso trabalho... todas as escolas dominicais... O que nós fizemos? O que Weybridge fez? Tudo por terra... tudo destruído. A igreja! Nós a reconstruímos há apenas três anos. Acabada! Varrida da face da Terra! Por quê?

Mais uma pausa, e ele se pôs a falar de novo, como um demente.

— A fumaça do seu tormento subirá para todo o sempre! — gritou. Seus olhos flamejavam, e ele estendeu o dedo magro em direção a Weybridge.

Comecei a entender o que lhe acontecera. A tremenda tragédia em que estivera envolvido — obviamente era um fugitivo de Weybridge — levara-o às fronteiras da insanidade.

— Estamos longe de Sunbury? — perguntei, num tom casual.

— O que vamos fazer? — perguntou ele. — Essas criaturas estarão por toda parte? A Terra lhes foi entregue?

— Estamos longe de Sunbury?

— Hoje de manhã mesmo eu celebrei uma cerimônia logo cedo...

— As coisas mudaram — disse eu, calmamente. — Precisa manter a cabeça no lugar. Ainda há esperança.

— Esperança!

— Sim, há muita esperança, apesar de toda essa destruição.

Comecei a explicar-lhe minha visão sobre a situação. Ele me ouviu no começo, mas, enquanto eu prosseguia, o nascente interesse em seus olhos deu lugar ao mesmo olhar fixo e perdido, que se desviou de mim.

— Este deve ser o começo do fim — disse ele, interrompendo-me. — Do fim! O terrível e grandioso dia do Senhor! Quando os homens pedirão às montanhas e às rochas que caiam sobre eles para ocultá-los, ocultá-los do olhar do Senhor sentado em seu trono!

Comecei a entender seu estado. Desisti de expor-lhe meu raciocínio e, erguendo-me penosamente, coloquei a mão em seu ombro.

— Seja homem! — disse eu. — Está enlouquecendo de medo! De que adianta a religião se ela desmorona diante da calamidade? Pense no que terremotos e enchentes, guerras e vulcões já fizeram antes à humanidade! Achou que Deus havia isentado Weybridge? Ele não é um corretor de seguros, homem.

Ele permaneceu em silêncio por algum tempo.

— Mas como poderemos escapar? — perguntou, subitamente. — Eles são invulneráveis, são impiedosos.

— Nem uma coisa nem, talvez, a outra — respondi. — E quanto mais poderosos forem, mais lúcidos e cautelosos devemos ser. Um deles foi morto lá atrás não faz três horas.

— Morto! — ele exclamou, olhando ao redor. — Como os ministros de Deus podem ser mortos?

— Eu vi acontecer — assegurei-lhe. — Tivemos a sorte de acertá-lo em cheio — disse eu. — E foi tudo.

— O que é aquele brilho no céu? — ele perguntou abruptamente.

Eu lhe expliquei que era o heliógrafo sinalizando — era o sinal da ajuda e do empenho humanos.

— Estamos no meio da batalha — falei —, por mais calmo que tudo pareça. Aquele brilho no céu indica que a tempestade se aproxima. Mais além os marcianos se preparam, e na direção de Londres, onde aqueles montes se erguem sobre Richmond e Kingston e as árvores dão cobertura, baluartes de terra estão sendo erguidos, e canhões, instalados. Em breve os marcianos virão por este caminho de novo.

Enquanto eu falava, ele se ergueu de um salto e me calou com um gesto.

— Ouça! — disse ele.

Além dos montes baixos, do outro lado do rio, ouvimos o eco de canhões distantes e gritos remotos e estranhos. Depois, tudo ficou em silêncio. Um besouro passou zumbindo por cima da sebe. No céu, a oeste, a lua crescente erguia-se, pálida e indistinta, entre a fumaça de Weybridge e Shepperton e o esplendor sereno e cálido do pôr do sol.

— É melhor seguirmos por este caminho, em direção ao norte — disse eu.

14

EM LONDRES

Meu irmão mais novo estava em Londres quando os marcianos caíram em Woking. Era estudante de medicina, preparava-se para um exame iminente e não soubera da chegada deles até a manhã de sábado. Os jornais matinais do sábado continham, além de longos artigos especiais sobre o planeta Marte, a vida nos planetas e coisas assim, um breve e vago telegrama, ainda mais impressionante por sua brevidade.

Os marcianos, alarmados pelo assédio de uma multidão, haviam matado várias pessoas com uma arma fulminante, dizia a matéria. O telegrama concluía com estas palavras: "Por mais temíveis que pareçam, os marcianos não saíram do fosso onde caíram, e de fato parecem incapazes de fazê-lo. Provavelmente isso se deve à força relativa da energia gravitacional da Terra". Os redatores expandiram esse texto em termos muito alentadores.

Naturalmente, os estudantes do curso preparatório de biologia a que meu irmão compareceu naquele dia ficaram extremamente interessados, mas as ruas não mostravam nenhum sinal de agitação fora do normal. Os jornais da tarde estamparam fiapos de notícias sob grandes manchetes. Até as oito, não tinham nada a contar além do movimento das tropas no campo e o incêndio dos pinheirais entre Woking e Weybridge. Então a *St James's Gazette*, numa edição especial, anunciou que a comunicação telegráfica fora interrompida. Achava-se que o motivo era a queda de pinheiros incendiados sobre a linha. Nada mais sobre a batalha foi divulgado naquela noite, a noite da minha viagem a Leatherhead e de volta a Maybury.

Meu irmão não se preocupou conosco, pois sabia pela descrição dos jornais que o cilindro caíra a pelo menos três quilômetros de nossa casa. Decidiu visitar-me naquela noite com o intuito, segundo me disse, de ver aquelas Coisas antes que fossem destruídas. Mandou-me um telegrama, que nunca recebi, por volta das quatro horas e passou o começo da noite numa casa de espetáculos.

Em Londres também caiu uma tempestade na noite de sábado, e meu irmão foi para a estação de Waterloo de táxi. Na plataforma de onde o trem da meia-noite geralmente partia ele soube, depois de alguma espera, que um acidente impedia o acesso dos trens a Woking naquela noite. A natureza do acidente ele não conseguiu averiguar — nem as autoridades ferroviárias sabiam com clareza naquele momento. Não havia muita confusão na estação, e os funcionários, sem imaginar que algo mais do que uma pane entre Byfleet e o entroncamento de Woking ocorrera, redirecionavam os trens que geralmente passavam por Woking para Virginia Water ou Guildford. Faziam também os arranjos necessários para alterar a rota das excursões da Liga Dominical para Southampton e Portsmouth. Um repórter de um jornal noturno, confundindo meu irmão com o controlador de tráfego a quem ele vagamente se assemelha, cercou-o e tentou entrevistá-lo. Poucos, exceto os funcionários da ferrovia, relacionaram a pane aos marcianos.

Li, em outro relato desses eventos, que na manhã de domingo "toda Londres estava eletrizada pelas notícias de Woking". Na verdade, nada justificava essa formulação extravagante. Muitos londrinos não ouviram falar dos marcianos até o pânico da manhã de segunda. Aqueles que ouviram demoraram para entender todo o significado dos telegramas escritos às pressas e publicados nos jornais de domingo. A maioria dos londrinos não lê as edições dominicais.

A certeza da segurança, além disso, estava tão embrenhada na mente dos londrinos, e informações espantosas eram tão corriqueiras nos jornais, que leram sem qualquer temor pessoal: "Por volta das sete horas da noite passada, os marcianos saíram do cilindro e, deslocando-se sob uma armadura de escudos metálicos, destruíram totalmente a estação de Woking e as casas adjacentes, e massacraram um batalhão inteiro do regimento de Cardigan. Não se conhecem detalhes. As metralhadoras Maxim foram completamente inúteis contra a armadura dos inimigos, e os canhões de campo foram desmantelados por eles. Hussardos voaram a galope a Chertsey. Os marcianos parecem deslocar-se lentamente para Chertsey ou Windsor. Um grande temor tomou conta de West Surrey, e fortificações de terra estão sendo erguidas para deter o avanço em direção a Londres". Foi assim que o *Sun* de domingo deu a notícia, e um artigo didático, inteligente e pontual do *Referee* comparou a situação a um vilarejo sendo invadido subitamente por animais de um zoológico.

Ninguém em Londres sabia claramente a natureza dos marcianos blindados, e permanecia a ideia fixa de que os monstros deviam ser lentos: "rastejando", "arrastando-se penosamente" eram expressões recorrentes em quase todas as primeiras notícias. Nenhum telegrama poderia ter sido escrito por uma testemunha ocular do avanço dos marcianos. Os jornais de domingo publicaram edições especiais com novas informações, ou mesmo sem elas. Mas não havia praticamente nada de novo para contar ao público até o final da tarde, quando as autoridades passaram às agências de notícias as informações de que dispunham. Foi declarado que a população de Walton e Weybridge, e de todo aquele distrito, tomava as estradas em direção a Londres, e nada mais.

Meu irmão foi à igreja do Foundling Hospital de manhã, ainda ignorando o que acontecera na noite anterior. Lá ouviu alusões à invasão e uma prece especial pela paz. Ao sair, comprou um *Referee*. Ficou assustado com as notícias que leu e voltou à estação de Waterloo para saber se a comunicação havia sido restabelecida. Ônibus, carruagens, ciclistas e inúmeras pessoas andando com suas melhores roupas pareciam pouco afetados pelas estranhas notícias que os vendedores de jornais disseminavam. Estavam interessadas, ou, quando alarmadas, alarmadas apenas por causa dos habitantes da região. Na estação ele soube pela primeira vez que as linhas para Windsor e Chertsey estavam interrompidas. Os carregadores lhe disseram que vários telegramas extraordinários haviam sido enviados pelas estações de Byfleet e Chertsey, mas que cessaram abruptamente. Meu irmão não conseguiu extrair deles detalhes precisos. "Estão acontecendo batalhas ao redor de Weybridge", foi tudo que lhe informaram.

O serviço de trem estava agora muito desorganizado. Muitas pessoas que esperavam amigos vindos de lugares da rede sudoeste vagavam pela estação. Um senhor grisalho aproximou-se de meu irmão e criticou a Companhia Sudoeste. "Eles só querem ganhar dinheiro", disse ele.

Um ou dois trens chegaram de Richmond, Putney e Kingston, trazendo pessoas que haviam partido para passar o domingo navegando, mas encontraram os portões fechados e uma atmosfera de pânico. Um homem de jaqueta azul e branca dirigiu-se a meu irmão, cheio de estranhas notícias.

— Multidões chegam a Kingston em carroças e outros veículos, levando baús com objetos de valor — disse ele. — Vêm de Molesey, Weybridge e Walton e dizem que ouviram canhões em Chertsey, fogo pesado, e que soldados montados lhes disseram para sair de lá imediatamente porque os marcianos estavam chegando. Nós também ouvimos canhões disparando na estação de Hampton Court, mas achamos que eram trovões. Mas que diabo está acontecendo? Os marcianos não conseguem sair do fosso, não é?

Meu irmão não soube responder.

Mais tarde, ele descobriu que o vago sentimento de temor se espalhara para os clientes da ferrovia subterrânea e que excursionistas de domingo começaram a voltar de todos os "pulmões verdes" do sudoeste — Barnes, Wimbledon, Richmond Park, Kew e outros — muito antes do horário normal; mas ninguém tinha mais do que vagos boatos a relatar. Todos no terminal pareciam irritados.

Por volta das cinco horas, a multidão que aguardava na estação agitou-se imensamente com a abertura da linha de comunicação, quase invariavelmente fechada, entre as estações sudeste e sudoeste, e com a passagem de vagões de carga trazendo enormes canhões e de vagões lotados de soldados. Eram os canhões levados de Woolwich e Chatham para proteger Kingston. Houve uma troca de brincadeiras: "Vocês vão ser comidos!", "Vamos domar as feras!", e assim por diante. Um pouco depois um pelotão da polícia entrou na estação para dispersar o público que estava nas plataformas, e meu irmão voltou para a rua.

Os sinos da igreja chamavam para as vésperas, e um grupo de moças do Exército da Salvação passou cantando pela avenida Waterloo. Na ponte, alguns desocupados observavam uma curiosa espuma marrom que o riacho trazia. O sol se punha, e a Torre do Relógio e as Câmaras do Parlamento se desenhavam contra o mais pacífico dos horizontes, um céu dourado, rajado de longas faixas transversais de nuvens vermelhas e púrpura. Falava-se de um corpo que fora visto flutuando na água. Um dos homens reunidos lá, que se identificou como reservista, disse a meu irmão que vira um heliógrafo sinalizando a oeste.

Na rua Wellington, meu irmão encontrou dois tipos truculentos que haviam acabado de sair da rua Fleet com jornais ainda molhados e cartazes chamativos. "Terrível catástrofe!", berravam enquanto desciam a rua Wellington. "Batalha em Weybridge! Veja todos os detalhes! Marcianos retaliam! Londres em perigo!" Ele tinha de dar uma moeda de três *pence* por um exemplar daquele jornal.

Foi então, e apenas então, que ele captou algo do terrível poder daqueles monstros. Soube que não eram apenas um punhado de criaturinhas rastejantes, mas mentes que controlavam vastos corpos mecânicos capazes de se deslocar rapidamente e desferir ataques tão letais que nem mesmo os canhões mais potentes resistiam a eles.

Eram descritos como "vastas máquinas parecidas com aranhas, com quase trinta metros de altura, capazes de correr como um trem expresso e de lançar um raio de intenso calor". Baterias camufladas, sobretudo de canhões, foram montadas na região ao redor do campo de Horsell e especialmente entre o distrito de Woking e Londres. Cinco das máquinas marcianas se deslocaram em direção ao Tâmisa, e uma, por um acaso feliz, tinha sido destruída. Nos outros casos os canhões erraram, e as baterias foram imediatamente aniquiladas pelos raios de calor. A mensagem mencionava grande perda de soldados, mas o tom era otimista.

Os marcianos foram forçados a recuar; não eram invulneráveis. Voltaram para o triângulo de cilindros no círculo ao redor de Woking. Sinalizadores com heliógrafos aproximavam-se deles por todos os lados. Canhões eram rapidamente transferidos de Windsor, Portsmouth, Aldershot, Woolwich e até mesmo do norte; entre eles, longos canhões de 95 toneladas vindos de Woolwich. Ao todo, 116 estavam em posição ou sendo posicionados rapidamente, sobretudo no acesso a Londres. Nunca antes na Inglaterra houvera uma concentração tão vasta ou rápida de material militar.

Esperava-se que outros cilindros que caíssem fossem imediatamente destruídos por potentes explosivos que estavam sendo fabricados e distribuídos às pressas. Sem dúvida, dizia o comunicado, a situação era da mais estranha e grave natureza, mas o público era exortado a evitar e desestimular o pânico. Sem dúvida, os marcianos eram estranhos e terríveis, mas ao que parecia não eram mais de vinte, contra milhões de humanos.

As autoridades tinham razões para crer, pelo tamanho dos cilindros, que devia haver no máximo cinco em cada um — seriam quinze ao todo. E pelo menos um fora eliminado, ou talvez mais. O público seria devidamente alertado da aproximação do perigo, e medidas especiais estavam sendo tomadas para a proteção dos moradores dos subúrbios mais ameaçados, a sudoeste. E assim, com reiteradas garantias de que Londres estava segura e de que as autoridades eram capazes de lidar com a situação difícil, o quase decreto se encerrava.

O texto fora impresso em tipos enormes e com tanta pressa que o papel ainda estava molhado. Não houvera tempo para acrescentar comentários. Era curioso, disse depois meu irmão, como o conteúdo normal do jornal fora brutalmente eliminado para dar lugar ao comunicado.

Por toda a rua Wellington as pessoas folheavam e liam as folhas rosadas, e a Strand de repente foi tomada pelas vozes de um exército de jornaleiros que seguiram o exemplo dos dois pioneiros. Homens desciam apressados dos ônibus para conseguir exemplares. Decerto as notícias agitaram imensamente a população, por maior que fosse a apatia anterior. As persianas de uma loja de mapas foram descidas, disse meu irmão, e um homem de roupas dominicais, incluindo luvas amarelo-claro, podia ser visto no interior pregando mapas de Surrey na vitrine.

Prosseguindo pela Strand até Trafalgar Square com o jornal na mão, meu irmão viu alguns fugitivos de West Surrey. Um homem estava com a mulher e dois meninos, trazendo móveis numa carroça de verdureiro. Vinha da direção da ponte de Westminster, e logo atrás seguia uma carroça de feno com cinco ou seis pessoas de aparência distinta e alguns baús e trouxas. Seus rostos abatidos e seu aspecto geral contrastavam vivamente com os londrinos, que passavam com suas melhores roupas nos ônibus. Pessoas com trajes elegantes espiavam-nos de dentro de carruagens. Eles pararam no Square, indecisos quanto ao caminho a tomar, e finalmente seguiram para leste ao longo da Strand. Um pouco atrás vinha um homem com roupas de trabalho, conduzindo um desses triciclos antiquados com uma roda pequena na frente. Estava sujo e pálido.

Meu irmão virou em direção a Victoria e viu mais dessa gente. Tinha uma vaga ideia de que poderia encontrar-me. Notou um número extraordinário de policiais controlando o tráfego. Alguns refugiados trocavam notícias com os passageiros dos ônibus. Um afirmava ter visto os marcianos. "Eram caldeiras sobre estacas, andando como homens." A maioria estava animada e agitada com essa experiência estranha.

As tabernas depois de Victoria estavam lucrando bastante com os recém-chegados. Em todas as esquinas pessoas liam jornais, discutiam fervorosamente ou olhavam para os estranhos visitantes dominicais. O número deles aumentou com o anoitecer, disse meu irmão, até que as estradas pareciam a rua Epsom High no dia do Derby. Meu irmão falou com vários fugitivos, mas obteve respostas insatisfatórias da maioria.

Nenhum deles tinha qualquer notícia de Woking, exceto um homem que garantiu que o lugar fora totalmente destruído na noite anterior.

— Venho de Byfleet — disse ele. — Um homem de bicicleta passou por lá logo cedo e foi de porta em porta dizendo-nos para sair. Depois vieram soldados. Saímos para olhar e vimos nuvens de fumaça ao sul. Nada além de fumaça, ninguém vinha daquela direção. Depois ouvimos os canhões em Chertsey, e começou a chegar gente de Weybridge. Então tranquei minha casa e vim para cá.

Naquele momento, havia nas ruas um forte sentimento de que as autoridades eram culpadas por não se livrar dos invasores sem todos aqueles contratempos.

Por volta das oito horas, detonações pesadas se tornaram nitidamente audíveis em todo o sul de Londres. Meu irmão não conseguiu ouvir devido ao tráfego nas ruas principais, mas, ao cruzar as tranquilas ruas secundárias em direção ao rio, discerniu as explosões com clareza.

Ele andou de Westminster até seu apartamento perto do Regent's Park por volta das dez. Estava agora muito preocupado comigo e perturbado com a evidente magnitude do problema. Sua mente se voltou, como a minha no sábado, para detalhes militares. Pensou em todos aqueles canhões silenciosos e expectantes nos campos subitamente atravessados por nômades. Tentou imaginar "caldeiras sobre estacas" de trinta metros de altura.

Uma ou duas carroças cheias de refugiados passavam pela rua Oxford, e várias pela avenida Marylebone, mas as notícias se espalhavam tão vagarosamente que a rua Regent e a Portland Place ainda estavam cheias dos transeuntes de domingo habituais, embora conversassem em grupo, e, ao longo da orla do Regent's Park, os casais silenciosos de sempre namoravam sob os dispersos postes de luz. A noite estava quente e calma, e um pouco opressiva; o som de disparos continuou intermitente, e depois da meia-noite viram-se relâmpagos difusos ao sul.

Ele leu e releu o jornal, temendo que o pior me tivesse acontecido. Sentia-se inquieto, e depois de jantar saiu e recomeçou a andar sem rumo. Ao voltar, tentou em vão concentrar a atenção em suas anotações para o exame. Foi dormir pouco depois da meia-noite, mas na madrugada de segunda-feira foi despertado de sonhos assustadores pelo som de aldravas batendo, gente correndo na rua, tambores distantes e um clamor de sinos. Reflexos vermelhos dançavam no teto. Por um momento, ele continuou deitado, perplexo, sem saber se o dia nascera ou se o mundo enlouquecera. Depois saltou da cama e correu até a janela.

Seu quarto ficava no sótão e, ao colocar a cabeça para fora, o barulho do caixilho de sua janela foi ecoado por uma dúzia de outros em toda a extensão da rua, e cabeças em todo tipo de desalinho noturno apareceram. Perguntas eram feitas aos gritos. "Eles estão chegando!", berrou um policial, esmurrando uma porta. "Os marcianos estão chegando!", e corria para outra porta.

O som de tambores e trombetas vinha dos quartéis da rua Albany, e todas as igrejas nas proximidades empenhavam-se em despertar a população com um veemente e desordenado alerta de sinos. Portas se abriam e, nas casas da frente, janela após janela emergia da escuridão com uma luminosidade amarelada.

Uma carruagem fechada subiu a rua a galope com um tropel que explodiu na esquina, chegou a um clímax ruidoso sob a janela do meu irmão e foi sumindo aos poucos na distância. Logo em seguida passaram duas carruagens, as primeiras de uma longa procissão de veículos velozes, dirigindo-se em sua maioria para a estação de Chalk Farm, onde os trens especiais Norte-Oeste aguardavam, em vez de descer a rampa em direção a Euston.

Durante muito tempo meu irmão olhou pela janela, confuso e espantado, enquanto os policiais esmurravam uma porta após outra e gritavam a mensagem incompreensível. Então a porta atrás dele se abriu, e o morador do apartamento da frente entrou, vestindo apenas camisa, calças e chinelos, os suspensórios soltos na cintura, o cabelo desarrumado.

— Que diabo está acontecendo? — perguntou. — Um incêndio? Que barulho infernal!

Os dois esticaram o pescoço para fora da janela, tentando ouvir o que os policiais gritavam. Pessoas vinham das ruas laterais e se aglomeravam nas esquinas, conversando.

— Mas por que toda essa confusão? — perguntou o vizinho do meu irmão.

Meu irmão deu uma resposta vaga e começou a se vestir, voltando com cada peça até a janela para não perder nada da crescente comoção. Não demorou para que homens com edições extraordinárias dos jornais chegassem à rua aos gritos:

— Londres pode ser esmagada! As defesas de Kingston e Richmond foram derrubadas! Terríveis massacres no vale do Tâmisa!

E em toda parte ao redor dele — nos quartos dos andares de baixo, nas casas do lado e da frente, atrás nos Park Terraces e nas centenas de outras ruas daquela parte de Marylebone; no distrito de Westbourne Park e St. Pancras; a oeste e ao norte, em Kilburn, St. John's Wood e Hampstead; a leste, em Shoreditch, Highbury, Haggerston e Hoxton; e de fato em toda a vastidão de Londres, de Ealing a East Ham — pessoas esfregavam os olhos, abriam as janelas, olhavam para fora, faziam perguntas a esmo e vestiam-se rapidamente enquanto o primeiro sopro da iminente tempestade do Medo tomava as ruas. Era a aurora do grande pânico. Londres, que no domingo se deitara na ignorância e na inércia, despertou nas primeiras horas da segunda-feira com uma vívida sensação de perigo.

Incapaz de saber da janela o que estava acontecendo, meu irmão desceu e saiu à rua quando o céu entre os parapeitos das casas ganhava os tons róseos da aurora. O número de pessoas que fugiam a pé ou sobre rodas crescia a cada minuto. "Fumaça negra!", ouviu pessoas gritando, e mais uma vez, "Fumaça negra!". Era inevitável ser contagiado por um medo tão unânime. Enquanto hesitava na porta, meu irmão viu outro jornaleiro aproximando-se e comprou um jornal imediatamente. O homem fugia com o resto da turba e vendia os jornais por um xelim enquanto corria — um misto grotesco de pânico e lucro.

Nesse jornal, meu irmão leu o catastrófico comunicado do comandante em chefe:

"Os marcianos são capazes de emitir enormes nuvens de um vapor preto e venenoso por meio de foguetes. Eles esmagaram nossas baterias, destruíram Richmond, Kingston e Wimbledon, e estão avançando lentamente na direção de Londres, destruindo tudo no caminho. É impossível detê-los. A única proteção contra a fumaça negra é a fuga imediata."

Era tudo, mas era o bastante. Todos os seis milhões de habitantes da grande cidade se agitavam, fugiam, corriam; em pouco tempo a população se precipitava *en masse* em direção ao norte.

— Fumaça negra! — vozes gritavam. — Fogo!

Os sinos da igreja mais próxima tocavam de modo estridente; uma carroça desgovernada colidiu, entre gritos e imprecações, contra um bebedouro para cavalos. Luzes amarelas e fracas iam de um lado para outro nas casas, enquanto algumas carruagens ostentavam faróis luminosos. E no céu a manhã nascia clara, brilhante e calma.

Ele ouviu passos correndo de um lado para outro nos cômodos e para cima e para baixo nas escadas. Sua senhoria chegou à porta do prédio, vestindo um roupão e um xale atirado às pressas sobre os ombros; seu marido vinha atrás, aos brados.

Quando compreendeu o significado de tudo aquilo, meu irmão voltou rapidamente para seu quarto, meteu no bolso todo o dinheiro que tinha — cerca de dez libras — e saiu de novo às ruas.

15

O QUE ACONTECEU EM SURREY

Enquanto o padre proferia seus desvarios sob a sebe nas planícies próximas a Halliford, e enquanto meu irmão via os fugitivos invadirem a ponte de Westminster, os marcianos retomaram a ofensiva. Até onde se pode determinar a partir dos relatos contraditórios que foram divulgados, a maioria deles permaneceu ocupada com preparativos no fosso de Horsell até as nove daquela noite, executando uma operação que produzia enormes volumes de fumaça verde.

Mas é certo que três deles saíram por volta das oito horas e, avançando lenta e cuidadosamente, passaram por Byfleet e Pyrford em direção a Ripley e Weybridge e entraram no campo de visão das baterias que os esperavam contra o crepúsculo. Os marcianos não avançaram em grupo, mas em fila, a uma distância de talvez uns dois quilômetros uns dos outros. Eles se comunicavam por meio de uivos que soavam como sirenes, subindo e descendo a escala de uma nota a outra.

Foram esses uivos e os disparos de canhões em Ripley e no monte St. George que ouvimos em Upper Halliford. Os artilheiros de Ripley, inexperientes voluntários que nunca deveriam ter ocupado essa posição, dispararam uma rajada caótica, prematura e ineficaz, e depois fugiram a cavalo ou a pé pelos vilarejos desertos, enquanto o marciano, sem usar o raio de calor, andou serenamente sobre os canhões, passou na frente deles e assim topou inesperadamente com os canhões de Painshill Park, os quais destruiu.

No entanto, os homens do monte St. George tinham melhor liderança ou então mais ânimo. Ocultos por uma floresta de pinheiros, não foram notados pelo marciano mais próximo. Apontaram as armas tão deliberadamente como se estivessem num desfile militar e dispararam a uma distância de cerca de mil metros.

As granadas explodiram ao redor do marciano, que avançou alguns passos, cambaleou e tombou. Todos gritaram de alegria ao mesmo tempo e recarregaram os canhões com rapidez frenética. O marciano derrubado soltou um longo uivo, e imediatamente um segundo gigante refulgente, em resposta, surgiu por cima das árvores ao sul. Parece que uma perna do trípode fora esmagada por uma das granadas. A segunda salva de tiros passou longe do marciano no chão, e seus dois companheiros dirigiram os raios de calor ao mesmo tempo sobre a bateria. A munição explodiu, os pinheiros ao redor dos canhões rebentaram em chamas, e apenas um ou dois homens que já fugiam para o topo da colina escaparam.

Os três marcianos então pareceram consultar-se e pararam; os batedores que os observavam relataram que eles permaneceram totalmente estáticos durante a meia hora seguinte. O marciano que fora derrubado rastejou lentamente para fora da cabeça da máquina, uma pequena silhueta marrom que àquela distância sugeria estranhamente um pulgão, e pareceu se pôr a consertar o veículo. Terminou por volta das nove, pois a cabeça encapuzada voltou a ser vista acima das árvores.

Passava um pouco das nove quando quatro outros marcianos se uniram às três sentinelas, cada um trazendo um espesso tubo preto. Um tubo semelhante foi entregue a cada um dos três, e em seguida os sete se distribuíram em pontos equidistantes ao longo de uma curva entre o monte St. George, Weybridge e o vilarejo de Send, a sudoeste de Ripley.

Assim que os marcianos começaram a se mover, uma dúzia de foguetes foi lançada dos montes diante deles, avisando as baterias que aguardavam em Ditton e Esher. Ao mesmo tempo, quatro máquinas de guerra marcianas igualmente armadas com tubos cruzaram o rio, e duas delas, desenhadas em negro contra o céu crepuscular, surgiram diante de mim e do padre enquanto corríamos penosamente pela estrada que segue para o norte a partir de Halliford. Pareceu-nos que as máquinas se moviam sobre uma nuvem, pois uma névoa leitosa cobria os campos e erguia-se a um terço da altura delas.

Diante disso, o padre emitiu um grito gutural e abafado e começou a correr; mas eu sabia que não adiantava correr dos marcianos e, desviando-me, rastejei por moitas de urtigas e sarças até uma ampla vala que corria ao longo da estrada. Ele olhou para trás, viu o que eu fazia e voltou para se juntar a mim.

Os dois marcianos pararam, o mais próximo de nós virado para Sunbury, e o mais distante, uma silhueta cinzenta e indistinta, voltado para a estrela-d'alva, na direção de Staines.

Os uivos ocasionais dos marcianos haviam cessado; eles se posicionaram num imenso semicírculo em torno dos cilindros em silêncio absoluto. O arco devia ter vinte quilômetros de uma ponta a outra. Nunca, desde a invenção da pólvora, o começo de uma batalha fora tão silencioso. Tanto para nós como para observadores em Ripley, o efeito terá sido precisamente o mesmo — os marcianos pareciam os senhores solitários da noite escura, iluminada apenas pela lua delgada, pelas estrelas, pela última luminosidade do dia e pelo brilho avermelhado do monte St. George e do bosque de Painshill.

Mas, diante desse semicírculo, por toda parte — em Staines, Hounslow, Ditton, Esher, Ockham, por trás dos montes e bosques ao sul do rio, ao longo dos prados ao norte, onde quer que um punhado de árvores ou casas oferecesse cobertura — os canhões esperavam. Os foguetes sinalizadores explodiam, espalhavam centelhas pela noite e desapareciam, e o espírito dos soldados de todas essas baterias inflamava de tensão e expectativa. Bastaria que os marcianos pisassem na linha de fogo para que instantaneamente aqueles vultos humanos imóveis, aqueles canhões brilhando palidamente na penumbra da noite, explodissem em furiosa e estrondosa batalha.

Um enigma devia dominar centenas daquelas mentes vigilantes, assim como dominava a minha — até que ponto eles nos conheciam? Sabiam que nós, aos milhões, éramos organizados, disciplinados, que trabalhávamos juntos? Ou interpretavam nossas explosões de tiros, o súbito ferrão de nossas granadas, nossas constantes investidas contra seu acampamento, como nós interpretamos o ataque furioso e unânime de uma colmeia de abelhas perturbada? Será que pretendiam nos exterminar? (Ninguém sabia ainda de que tipo de alimento eles precisavam.) Centenas de perguntas semelhantes debatiam-se em minha mente enquanto eu contemplava aquela sentinela monumental. Ao mesmo tempo eu pensava nas imensas forças militares ocultas no caminho até Londres. Será que estariam armando ciladas? Será que haviam transformado as fábricas de pólvora de Hounslow em armadilhas? Os londrinos teriam coragem de transformar sua poderosa província numa Moscou ainda mais formidável?

Então, depois de um tempo interminável, pelo menos para nós que estávamos encolhidos espiando pela sebe, o que parecia um canhão distante disparou. Depois outro mais próximo, e depois um terceiro. E então o marciano ao nosso lado ergueu o tubo e o disparou como uma arma, com um estampido tão forte que fez tremer o chão. O marciano próximo a Staines fez o mesmo. Não houve clarão nem fumaça, apenas aquela estranha detonação.

Aqueles disparos consecutivos me deixaram tão curioso que, esquecendo o perigo e as queimaduras em minhas mãos, trepei na sebe para olhar na direção de Sunbury. Enquanto isso, outro estampido seguiu-se ao primeiro, e um grande projétil foi lançado na direção de Hounslow. Eu esperava ver pelo menos fogo ou fumaça, ou algum outro indício da ação da arma. Mas tudo que vi foi o céu azul-escuro, com uma estrela solitária, e a ampla névoa branca mais abaixo. Não houvera nenhum impacto, nenhuma explosão em resposta. O silêncio foi restabelecido; um minuto se passou, depois três.

— O que aconteceu? — perguntou o padre, erguendo-se ao meu lado.

— Só Deus sabe! — respondi.

Um morcego passou por nós e desapareceu. Uma gritaria ao longe começou e logo cessou. Voltei a olhar para o marciano e vi que agora ele se deslocava para leste ao longo do rio, com um movimento veloz e ágil.

A cada momento eu esperava que alguma bateria oculta abrisse fogo contra ele, mas a calma da noite permaneceu intocada. O vulto do marciano se tornou menor enquanto ele se afastava, e logo a noite e a névoa o engoliram. Obedecendo ao mesmo impulso, subimos mais pela sebe. Na direção de Sunbury, vimos uma forma escura, como se um monte cônico tivesse se materializado subitamente, ocultando a paisagem; do outro lado do rio, em Walton, vimos outra forma semelhante. Os montes escuros tornaram-se mais baixos e largos enquanto olhávamos.

Tomado por uma súbita ideia, olhei para o norte — lá, um terceiro *kopje*, escuro e nebuloso, havia surgido.

De repente, tudo estava muito calmo. Ao longe, a sudeste, demarcando o silêncio, ouvimos os marcianos uivando uns para os outros, e em seguida o ar voltou a vibrar com o estampido distante de suas armas. A artilharia terráquea, no entanto, não respondeu.

Na hora não entendemos o que acontecia, mas depois vim a saber o que eram aqueles sinistros *kopjes* que se formaram à hora do crepúsculo. Cada marciano, posicionado no grande semicírculo que descrevi, havia lançado pelo tubo que segurava uma imensa lata sobre qualquer monte, matagal ou grupo de casas que pudesse servir de abrigo para canhões. Alguns dispararam apenas uma dessas latas; outros, duas — no caso do marciano que víramos. O marciano que estava em Ripley disparou nada menos que cinco na ocasião. Essas latas, em vez de explodir, rompiam-se ao atingir o chão, liberando imediatamente uma enorme quantidade de um gás pesado e escuro que subia formando uma imensa nuvem negra, uma montanha gasosa que baixava e se espalhava lentamente pela região ao redor. E o toque daquele vapor, a inalação de suas pungentes emanações, era a morte para tudo o que respira.

Era um gás mais pesado do que a mais densa fumaça, de modo que, após o primeiro impacto no solo e o jorro ascendente, ele afundava no ar e se esparramava no chão de maneira mais líquida do que gasosa, escorregando pelos montes e escoando em vales, fossos e cursos d'água, assim como o gás de ácido carbônico se derrama de fissuras vulcânicas. Quando atingia a água, alguma reação química ocorria, e a superfície instantaneamente se cobria com uma espuma pulverosa que submergia lentamente, abrindo caminho para mais. A espuma era absolutamente insolúvel; estranhamente, visto o efeito instantâneo do gás, podia-se beber sem perigo a água do qual ele fora filtrado. Esse gás não se propagava como os outros. Pairava suspenso nas margens dos rios, fluindo vagarosamente pela inclinação do solo, movendo-se com relutância a favor do vento; combinava-se muito lentamente com a névoa e a umidade do ar e descia sobre a terra na forma de poeira. Exceto por um elemento desconhecido que provoca um grupo de quatro linhas na região azul do espectro, ainda ignoramos totalmente a natureza dessa substância.

Terminada sua tumultuosa dispersão, a fumaça preta colou-se tão estreitamente ao solo, mesmo antes de sua precipitação, que, a quinze metros do chão, nos telhados e andares superiores de algumas casas e em árvores altas, podia-se escapar completamente de sua ação venenosa, como foi comprovado naquela noite mesmo em Street Cobham e Ditton.

O homem que escapou no primeiro desses lugares descreveu a estranheza do fluxo serpeante da fumaça e, vistas da torre da igreja, a imagem das casas do vilarejo que emergiam como fantasmas de um manto escuro. Durante um dia e meio ele permaneceu lá, exausto, faminto e queimado pelo sol. A terra sob o céu azul era um oceano de veludo negro contra o panorama dos montes distantes, com telhados vermelhos, árvores verdes e, mais tarde, cobertos por um véu negro, moitas e portões, celeiros, alpendres e muros emergindo aqui e ali sob o sol.

Mas isso foi em Street Cobham, onde o gás preto pôde permanecer até penetrar no solo. Nos outros casos, depois que o gás cumprira seu propósito, os marcianos limpavam-no da atmosfera, andando por ele e dissipando-o com um jato de vapor.

Foi o que fizeram com os acúmulos de gás próximos a nós, como vimos à luz das estrelas, da janela de uma casa abandonada em Upper Halliford, para onde retornáramos. De lá, podíamos ver os holofotes percorrendo os montes Richmond e Kingston; por volta das onze as janelas chacoalharam, e ouvimos o som dos imensos canhões de cerco que haviam sido posicionados nos montes. Durante quinze minutos os canhões continuaram a disparar tiros intermitentes e a esmo nos marcianos invisíveis em Hampton e Ditton, e então os raios pálidos de luz elétrica desapareceram, substituídos por um forte clarão vermelho.

Então, como soube depois, o quarto cilindro caiu como um brilhante meteoro verde em Bushey Park. Antes de os canhões nos montes Richmond e Kingston entrarem em ação, ouvimos um indeciso bombardeio a sudoeste, causado, acredito, por canhões disparados cegamente antes que o gás preto envolvesse os artilheiros.

Assim, procedendo tão metodicamente como homens que fumigam um ninho de vespas, os marcianos espalharam esse estranho gás asfixiante sobre o território que avança para Londres. As pontas do semicírculo lentamente se afastaram, até finalmente formarem uma linha de Hanwell a Coombe e Malden. Durante toda a noite eles avançaram com seus tubos destrutivos. Nem sequer uma vez, depois que o marciano foi derrubado no monte St. George, a artilharia teve a menor chance. Onde pudesse haver canhões ocultos apontados para eles, uma nova lata de gás preto era disparada, e onde os canhões estivessem a céu aberto o raio de calor era empregado.

À meia-noite, as árvores em chamas ao longo das encostas de Richmond Park e o fulgor no monte Kingston iluminaram uma rede de fumaça preta que obscurecia todo o vale do Tâmisa e se estendia até onde a vista alcançava. E por essa névoa dois marcianos avançavam lentamente, espalhando os ruidosos jatos de vapor por toda parte.

Eles foram econômicos com o raio de calor naquela noite, ou porque tinham um estoque limitado de materiais para sua produção ou porque não desejavam destruir o território, mas apenas esmagar os adversários. Certamente, a segunda meta fora atingida. A noite de domingo marcou o fim da oposição organizada ao avanço dos marcianos. Depois disso, nenhum grupo se levantaria contra eles, tão inútil era a empreitada. Até as tripulações dos torpedeiros e dos destróieres que subiram o Tâmisa com suas armas de disparo rápido recusaram-se a parar, amotinaram-se e voltaram a descer o rio. A única operação ofensiva que os homens ousaram depois daquela noite foi a preparação de minas e armadilhas, e mesmo nesse caso foram ações desesperadas e espasmódicas.

Só nos resta imaginar, o melhor que pudermos, o destino das baterias posicionadas em Esher, aguardando com tanta tensão o cair da noite. Não restaram sobreviventes. Podemos imaginar a expectativa, os oficiais atentos e alertas, os canhoneiros prontos, a munição empilhada, os artilheiros da dianteira com seus cavalos e carroças, os grupos de civis observando no limite permitido, a calmaria da noite, as ambulâncias e barracas hospitalares com os queimados e feridos de Weybridge; e então a ressonância surda dos tiros dos marcianos, o estranho projétil rodopiando sobre as árvores e as casas e caindo nos campos vizinhos.

Podemos imaginar também a súbita mudança do foco de atenção, as espirais em expansão daquele gás negro que avançava abruptamente enquanto se precipitava para o céu, transformando o crepúsculo numa escuridão palpável, o estranho e terrível inimigo gasoso avançando sobre suas vítimas, formando uma névoa em meio à qual homens e cavalos eram vistos em silhuetas indistintas, correndo, gritando, tombando entre gritos de pavor; armas subitamente abandonadas, homens sufocando e contorcendo-se no chão, e o opaco cone de fumaça estendendo-se com velocidade. E depois a noite e a extinção — nada além de uma silenciosa massa de vapor impenetrável cobrindo os mortos.

Antes do amanhecer o gás negro derramava-se pelas ruas de Richmond, e o governo em desintegração, num último e agonizante esforço, despertava a população londrina e a incitava a fugir.

16

O ÊXODO DE LONDRES

Já vimos como foi a formidável onda de medo que varreu a maior cidade do mundo no alvorecer da segunda-feira — o fluxo de pessoas em fuga tornando-se rapidamente uma torrente, desaguando num furioso tumulto ao redor das estações de trem, amontoando-se em terrível disputa ao redor da frota do Tâmisa e fugindo por todos os canais disponíveis nas direções norte e leste. A organização policial, já às dez horas, e até mesmo as organizações ferroviárias, ao meio-dia, perdiam a coerência, a forma e a eficiência — esgarçavam-se, amoleciam, até enfim juntarem-se à veloz liquefação do organismo social.

Todas as linhas ferroviárias ao norte do Tâmisa e o pessoal da linha Sudeste, na rua Cannon, haviam sido alertados à meia-noite do domingo, e trens enchiam-se de passageiros. Lutou-se brutalmente por um lugar de pé nos vagões até as duas horas; às três, pessoas eram pisoteadas e esmagadas até na rua Bishopsgate, a cerca de duzentos metros da estação da rua Liverpool; alguns davam tiros, outros, facadas, e os policiais que haviam sido enviados para orientar o trânsito, exaustos e enfurecidos, quebravam a cabeça dos cidadãos que tinham como dever proteger.

Com o passar do dia, os maquinistas e foguistas se recusaram a voltar para Londres, e a pressão da fuga impeliu uma multidão cada vez maior para longe das estações em direção às estradas que iam para o norte. Ao meio-dia, um marciano foi visto em Barnes, e uma nuvem de gás preto, descendo lentamente, deslizou pelo Tâmisa e sobre os prédios de Lambeth, barrando a fuga pelas pontes com seu vagaroso avanço. Outro acúmulo de gás avançou por Ealing e cercou uma pequena ilha de sobreviventes sobre o monte Castle, vivos mas incapazes de fugir.

Após uma luta inútil para embarcar num trem da linha Norte-Oeste em Chalk Farm — as locomotivas dos trens que foram embarcados no armazém avançaram *sobre* pessoas aos gritos, e vários homens robustos lutaram para impedir que a multidão esmagasse o maquinista contra a fornalha —, meu irmão chegou à avenida Chalk Farm, desviou-se de um enxame de veículos em fuga e teve a sorte de ser um dos primeiros no saque de uma loja de bicicletas. O pneu dianteiro do modelo que ele conseguiu furou ao esbarrar na vitrine, mas ele conseguiu passar, sofrendo apenas um corte no pulso. A base do monte Haverstock estava intransitável devido a vários cavalos caídos, e meu irmão enveredou pela avenida Belsize.

Desse modo ele escapou da fúria e do pânico e, contornando a avenida Edgware, chegou a Edgware por volta das sete, exausto e faminto, mas bem adiante da multidão. Viu muitas pessoas à beira da estrada, curiosas e espantadas. Foi ultrapassado por vários ciclistas, alguns cavaleiros e dois carros automotores. A um quilômetro e meio de Edgware o aro da roda quebrou, inutilizando a bicicleta. Ele a deixou ao lado da estrada e cruzou o vilarejo a pé. Algumas lojas estavam semiabertas na rua principal, e as pessoas se amontoavam na calçada, nas portas e nas janelas, olhando, atônitas, para a extraordinária procissão de fugitivos. Ele conseguiu algo para comer numa estalagem.

Meu irmão permaneceu algum tempo em Edgware sem saber o que fazer em seguida. O número de fugitivos crescia. Muitos, como ele, pareciam dispostos a demorar-se no local. Não havia novas notícias sobre os invasores de Marte.

A estrada estava cheia, mas ainda longe de estar congestionada. A maioria fugia de bicicleta, mas logo também surgiram carros automotores, charretes e carruagens, erguendo nuvens de poeira sobre a estrada para St. Albans.

Foi talvez uma vaga ideia de seguir para Chelmsford, onde alguns amigos moravam, que finalmente induziu meu irmão a tomar uma calma alameda em direção a leste. Logo ele chegou a uma ponte e, cruzando-a, seguiu uma trilha rumo a nordeste. Passou por várias casas de fazenda e por lugarejos cujo nome não sabia. Viu poucos fugitivos até que, numa alameda gramada no sentido de High Barnet, ele se deparou com as duas mulheres que viriam a se tornar suas companheiras de viagem. E as encontrou bem a tempo de salvá-las.

Ele ouviu seus gritos e, ao dobrar uma esquina, viu dois homens tentando arrancá-las da charrete que ocupavam, enquanto um terceiro segurava com dificuldade a cabeça do assustado pônei. Uma das mulheres, baixa e vestida de branco, apenas gritava; a outra, morena e esguia, açoitava o homem que agarrava seu braço com o chicote que segurava com a mão livre.

Meu irmão imediatamente entendeu o que se passava, gritou e correu para ajudá-las. Quando um dos homens se virou, meu irmão percebeu pela sua expressão que a briga era inevitável e, sendo exímio boxeador, avançou sobre ele e jogou-o contra a roda da charrete.

Não era hora para regras pugilísticas, e meu irmão silenciou-o com um chute e agarrou pelo colarinho o homem que puxava o braço da mulher esguia. Ouviu um tropel de cascos, o chicote atingiu-lhe o rosto e o terceiro antagonista socou-o entre os olhos. O homem que ele segurava libertou-se e correu pela alameda na direção de onde viera.

Atordoado, ele se viu diante do homem que estivera segurando a cabeça do pônei e percebeu que a charrete começava a se afastar pela alameda, balançando de um lado para outro, conforme as duas mulheres olhavam para trás. O brutamontes tentou agarrá-lo, e ele o derrubou com um soco no rosto. Então, vendo-se abandonado, ele se esquivou para o lado e correu atrás da charrete, com o brutamontes atrás de si e o fugitivo, que dera meia-volta, seguindo-o de longe.

De repente, ele tropeçou e caiu; o homem que vinha logo atrás precipitou-se em sua direção, e, quando se levantou, ele tinha de novo dois adversários. Suas chances teriam sido poucas se a mulher esguia não tivesse corajosamente parado e voltado para ajudá-lo. Ela portava um revólver, mas a arma estava debaixo do assento quando ela e a companheira foram atacadas. Atirou a seis metros de distância, por pouco não acertando meu irmão. O assaltante menos corajoso fugiu, e seu companheiro seguiu-o, maldizendo-o por sua covardia. Ambos pararam no lugar onde o terceiro assaltante jazia desmaiado.

— Pegue isto! — disse a mulher esguia, e deu o revólver ao meu irmão.

— Volte para a charrete — disse ele, enxugando o sangue do lábio cortado.

Ela se voltou sem dizer palavra e, ofegando, ambos foram ao encontro da mulher de branco, que tentava conter o pônei assustado.

Os assaltantes evidentemente haviam desistido. Quando meu irmão voltou para olhá-los, eles recuavam.

— Vou me sentar aqui, se me permitem — disse meu irmão, e acomodou-se no assento dianteiro desocupado. A mulher olhou para trás.

— Passe-me as rédeas — disse ela, e encostou o chicote no dorso do pônei. Num instante, dobraram uma curva da estrada e perderam os três bandidos de vista.

Assim, inesperadamente, meu irmão se viu ofegando, com a boca machucada, o queixo dolorido e os nós dos dedos ensanguentados, percorrendo uma estrada desconhecida com essas duas mulheres.

Soube que eram a mulher e a irmã mais nova de um cirurgião que morava em Stanmore. Voltando de madrugada de Pinner, onde fora cuidar de um doente, ele soubera numa estação de trem que os marcianos avançavam. Correu para casa, acordou as mulheres — a criada fora embora dois dias antes —, embrulhou alguns mantimentos, guardou o revólver sob o assento — para sorte do meu irmão — e lhes disse que fossem para Edgware e tentassem pegar um trem. Ficou para alertar os vizinhos e disse que as alcançaria por volta das quatro e meia da manhã, mas já eram quase nove e ele ainda não aparecera. Não conseguiram entrar em Edgware devido ao tráfego intenso e por isso haviam tomado aquela alameda lateral.

Essa foi a história que contaram em fragmentos ao meu irmão quando pararam de novo, perto de New Barnet. Ele prometeu ficar com elas, pelo menos até que decidissem o que fazer ou até que o médico chegasse, e afirmou ser hábil com o revólver — uma arma que ele desconhecia — para lhes dar confiança.

Improvisaram um acampamento na beira da estrada e deixaram o pônei pastar na sebe. Ele lhes contou sua própria fuga de Londres e tudo que sabia dos marcianos e de suas ações. O sol já ia alto no céu, e após algum tempo a conversa se esgotou, dando lugar a uma tensa expectativa. Vários viajantes passaram pela estrada, e meu irmão obteve deles as notícias que podiam dar. Cada resposta truncada confirmava sua impressão de que um grande desastre se abatera sobre a humanidade, aumentando sua convicção de que era urgente prosseguir com a fuga. Apresentou a questão às companheiras.

— Temos dinheiro — disse a mulher esguia, e hesitou.

Seus olhos encontraram os do meu irmão, e não hesitou mais.

— Eu também — disse meu irmão.

Ela explicou que tinham cerca de trinta libras em ouro, além de uma nota de cinco libras, e sugeriu que usassem o dinheiro para pegar um trem em St. Albans ou New Barnet. Meu irmão discordou, pois já vira a fúria dos londrinos para embarcar nos trens, e sugeriu cruzar Essex em direção a Harwich e assim deixar o país de vez.

A sra. Elphinstone — pois esse era o nome da mulher de branco — não queria ouvir nenhum argumento e não parava de chamar pelo seu "George"; mas sua cunhada era surpreendentemente calma e razoável e por fim concordou com a sugestão do meu irmão. E assim, com a intenção de cruzar a Grande Estrada Norte, eles prosseguiram na direção de Barnet, meu irmão guiando o pônei para poupá-lo o máximo possível.

À medida que o sol avançava no céu, o dia se tornava excessivamente quente. Eles andavam sobre uma areia grossa, esbranquiçada, que aos poucos se tornava quente e ofuscante, e avançavam muito devagar. As sebes estavam cobertas de poeira, e, enquanto se aproximavam de Barnet, passaram a ouvir um murmúrio crescente.

Começaram a encontrar mais pessoas. Em sua maioria, olhavam fixamente para a frente, murmurando perguntas indistintas. Estavam exaustas, sujas, abatidas. Um homem com traje a rigor passou por eles a pé, olhando para o chão. Ouviram-no dizer algo e, virando-se para observá-lo, viram-no puxar o cabelo com uma mão e esmurrar o ar com a outra. Passado o acesso de fúria, ele seguiu seu caminho sem olhar para trás.

Enquanto seguiam para o cruzamento ao sul de Barnet, meu irmão e suas acompanhantes viram uma mulher nos campos à esquerda aproximando-se da estrada, com uma criança no colo e mais duas a pé; depois passaram por um homem de preto, sujo, com uma bengala numa das mãos e uma pequena mala na outra. Então, depois de uma curva na estrada, por entre os casarões na confluência com a rodovia, veio uma pequena carroça puxada por um pônei preto e suado, guiado por um rapaz magricela de chapéu-coco sujo de poeira. Três moças, operárias das fábricas de East End, e duas crianças pequenas se amontoavam na carroça.

— Este caminho vai pra Edgware? — perguntou o rapaz pálido e de olhos arregalados, e quando meu irmão disse que sim, "virando-se à esquerda", ele açoitou o pônei e partiu na mesma hora, sem a formalidade de um agradecimento.

Meu irmão notou uma pálida fumaça ou névoa cinzenta entre as casas adiante, velando a fachada branca de um terraço depois da estrada que aparecia entre os fundos dos casarões. A sra. Elphinstone gritou de repente ao ver labaredas vermelhas saltando das casas contra o límpido céu azul. O tumulto agora se tornava mais nítido — era a mistura desordenada de muitas vozes, o roçar de muitas rodas, o ranger de carroças e o *staccato* de cascos. A alameda fez uma curva abrupta, a menos de cinquenta metros do cruzamento.

— Santo Deus! — gritou a sra. Elphinstone. — Para onde está nos levando?

Meu irmão parou.

A estrada principal fervilhava de gente — uma torrente de seres humanos que corria em direção ao norte, empurrando-se uns aos outros. Uma grande camada de poeira, branca e luminosa sob o fulgor do sol, tornava tudo a cinco metros do chão cinzento e indistinto e era constantemente renovada pelos pés apressados de uma multidão de cavalos, homens e mulheres, e pelas rodas de veículos de todas as espécies.

— Abram caminho! — muitas vozes gritavam. — Abram caminho!

Chegar até onde a alameda e a rodovia se encontravam era como atravessar a fumaça de um incêndio; a multidão rugia como fogo e a poeira era quente e cáustica. E, de fato, no começo da estrada um casarão ardia e lançava rolos de fumaça preta sobre a estrada, piorando a confusão.

Dois homens passaram por eles. Depois uma mulher suja, carregando um fardo pesado e chorando. Um cão retriever perdido cercou-os, com a língua para fora, assustado e miserável, e fugiu quando meu irmão o enxotou.

Até onde podiam ver entre as casas à direita, a estrada para Londres estava apinhada de pessoas sujas e desesperadas, confinadas entre os casarões dos dois lados; os rostos escuros, as formas confusas, tudo tornou-se mais nítido quando eles viraram a esquina e se misturaram outra vez à multidão que recuava, engolida por uma nuvem de poeira.

— Vamos, vamos! — vozes gritavam. — Abram caminho!

O empurra-empurra era geral. Meu irmão continuava guiando o pônei. Irresistivelmente atraído, ele avançava lentamente passo a passo pela alameda.

Edgware fora uma confusão, Chalk Farm um tumulto desenfreado, mas agora era toda uma população em movimento. É difícil imaginar essa horda sem identidade. A turba se precipitava tentando passar pela esquina e depois era empurrada para trás contra quem vinha pela alameda. Pelas laterais, vinham os que estavam a pé, ameaçados pelas rodas, caindo nas valas, tropeçando uns nos outros.

As carroças e carruagens aglomeravam-se, barrando a passagem dos veículos mais velozes e impacientes que se arremessavam para a frente sempre que a ocasião se apresentava, empurrando as pessoas contra as cercas e os portões dos casarões.

— Avante! — gritavam. — Avante! Eles estão chegando!

Numa carroça, um homem cego vestindo o uniforme do Exército da Salvação gesticulava com os dedos tortos e vociferava: "Eternidade! Eternidade!". Sua voz era tão alta e áspera que meu irmão continuou a ouvi-la muito depois de ele ter sumido na poeira. Alguns dos ocupantes das carroças chicoteavam estupidamente os cavalos e brigavam com outros cocheiros; outros permaneciam sentados, imóveis, olhando para o nada com desespero; alguns mordiam as mãos de tanta sede; outros estavam prostrados no fundo dos veículos. Os cavalos tinham os freios cobertos de espuma, os olhos injetados.

As carruagens, fiacres, carroças e charretes eram incontáveis; havia também um carro do correio, outro de limpeza urbana com a inscrição "Comitê de St. Pancras" e uma enorme carroça de lenha cheia de camponeses. A carreta de uma cervejaria passou ruidosamente com duas rodas manchadas de sangue fresco.

— Abram caminho! — gritavam as vozes. — Abram caminho!

— E-ter-ni-da-de! E-ter-ni-da-de! — vinha o eco à distância.

Mulheres tristes e abatidas andavam penosamente, bem vestidas, com crianças que choravam e tropeçavam, as roupas delicadas escuras de poeira, os rostos cansados manchados de lágrimas. Muitas estavam acompanhadas de homens, às vezes atenciosos, às vezes brutais e ameaçadores. Lado a lado com eles, alguns vagabundos de rua disputavam a passagem, vestindo farrapos escuros, os olhos desvairados, gritando impropérios em voz alta. Meu irmão viu trabalhadores rústicos tentando abrir caminho; homens desgrenhados, combalidos, vestidos como escriturários ou balconistas, avançando aos trancos; um soldado ferido, homens com uniformes de carregadores da ferrovia, uma criatura desamparada, de camisola, com um casaco sobre os ombros.

Mas, por mais variada que fosse essa multidão, todos tinham uma coisa em comum: o medo e a dor em seus rostos. Um tumulto adiante na estrada, uma disputa por um lugar numa carroça, fez com que todos apertassem o passo; até mesmo um homem tão apavorado e alquebrado que seus joelhos se dobravam sob o peso do corpo pareceu por um momento galvanizado e impelido à ação. O calor e a poeira já haviam feito estragos na multidão. Tinham a pele seca, os lábios escuros e rachados. Estavam todos sedentos, cansados, doloridos. Entre os gritos ouviam-se discussões, censuras, gemidos de cansaço e fadiga; quase todos tinham a voz fraca e rouca. E todos gritavam o mesmo refrão:

— Abram caminho! Os marcianos estão chegando!

Eram poucos os que paravam e saíam daquela enchente humana. A alameda entrava na rodovia obliquamente por uma abertura estreita, dando a falsa impressão de que vinha de Londres. Mesmo assim um turbilhão de gente lançou-se para sua entrada; os mais fracos espremiam-se para sair da torrente, mas a maioria não demorava para mergulhar nela novamente. Um pouco abaixo na alameda, jazia um homem com a perna nua enrolada em trapos ensanguentados e dois amigos inclinados sobre ele. Tinha sorte de ter amigos.

Um velhinho com bigode militar grisalho e sobrecasaca preta e imunda saiu mancando, sentou-se ao lado do sifão do esgoto, tirou a bota — sua meia estava manchada de sangue —, removeu uma pedrinha e voltou capengando; e então uma menina de oito ou nove anos, sozinha, atirou-se debaixo da sebe próxima ao meu irmão, soluçando.

— Não consigo continuar! Não consigo!

Meu irmão despertou do torpor em que se encontrava e ergueu-a, falando gentilmente com ela, e levou-a para a srta. Elphinstone. Assim que meu irmão a tocou, ela ficou imóvel, assustada.

— Ellen! — gritou uma mulher na multidão, com a voz embargada. — Ellen! — E a criança imediatamente desvencilhou-se dos braços do meu irmão, gritando: "Mamãe!".

— Eles estão chegando! — disse um homem que passava a cavalo.

— Saiam da frente! — berrou então um cocheiro, e meu irmão viu uma carruagem fechada entrando na alameda.

As pessoas se espremeram para não serem atropeladas. Meu irmão puxou as rédeas do pônei em direção à sebe, e o veículo passou e parou na curva. Era uma carruagem para dois cavalos, mas só um estava atrelado. Indistintamente através da poeira, meu irmão viu dois homens erguerem uma maca branca e colocarem-na cuidadosamente na grama ao lado da sebe de alfena.

Um deles correu para o meu irmão.

— Sabe onde tem água? — perguntou. — Ele está morrendo e tem muita sede. É Lord Garrick.

— Lord Garrick! — exclamou meu irmão. — O chefe do Tribunal Superior?

— E a água? — insistiu o homem.

— Deve ter uma torneira em alguma casa — disse meu irmão. — Não temos água. E não quero deixar minhas amigas sozinhas.

O homem abriu caminho entre a multidão em direção ao portão da casa da esquina.

— Vamos! — gritaram muitos, empurrando-o. — Eles estão chegando! Ande!

Logo meu irmão voltou a atenção para um homem barbado, de rosto aquilino, com uma pequena maleta que se abriu bem quando meu irmão olhava e despejou um grande número de soberanos, que pareceram dividir-se em diversas moedas ao cair no chão. As moedas rolaram sob os pés dos homens em luta e sob as patas dos cavalos. Enquanto o homem olhava estupidamente para a pilha de moedas, o eixo de um cabriolé atingiu seu ombro e o empurrou com violência para a frente. Ele gritou e voltou para onde estava, sendo quase atropelado pela roda de uma carroça.

— Abram caminho! — gritavam as pessoas ao redor dele. — Abram caminho!

Assim que a carroça passou, ele se lançou com as duas mãos abertas sobre a pilha de moedas e começou a enfiá-las no bolso aos punhados. Um cavalo empinou perto dele e, no momento seguinte, ele estava debaixo das patas do animal.

— Pare! — gritou meu irmão e, empurrando uma mulher que estava no caminho, tentou pegar o freio do cavalo.

Antes que conseguisse, ouviu um grito sob as rodas e viu através da poeira a carroça passando sobre as costas do pobre coitado. O cocheiro deu uma chicotada em meu irmão, que correu para a traseira da carroça. Os gritos de todos os lados confundiam-no. O homem se contorcia no pó em meio ao dinheiro espalhado, incapaz de se erguer, pois a roda quebrara sua coluna e suas pernas estavam flácidas e inertes. Meu irmão se levantou e gritou para o próximo veículo parar, e um homem montado num cavalo preto veio em seu auxílio.

— Tire-o da estrada — disse meu irmão, agarrando o colarinho do homem no chão com a mão livre e puxando-o para o lado. Mas o homem ainda tentava pegar o dinheiro e olhava furioso para meu irmão, batendo no braço dele com a mão fechada, cheia de ouro.

— Vamos! — gritaram vozes zangadas atrás. — Abram caminho!

Então a trave de uma carruagem chocou-se com estrondo contra a carroça que o homem a cavalo detivera. Meu irmão ergueu a cabeça e o dono das moedas aproveitou para morder a mão que agarrava seu colarinho. Depois da colisão, o cavalo preto precipitou-se para o lado, empurrado pelo cavalo da carroça. O pé do meu irmão por pouco não foi esmagado por um casco. Ele soltou o homem caído e pulou para trás. Viu a raiva dar lugar ao terror no rosto do pobre homem no chão antes que desaparecesse de vista; meu irmão foi arrastado para trás e carregado pela multidão até depois da entrada da alameda, e só com muito esforço conseguiu retornar.

Viu então a srta. Elphinstone cobrindo os olhos enquanto uma criança, com a característica ingenuidade imaginativa da infância, voltava os olhos arregalados para a forma escura e imóvel esmagada sob as rodas.

— Vamos voltar! — gritou ele, e começou a virar o pônei. — É impossível atravessar este... inferno!

E recuaram cem metros por onde tinham vindo até deixarem a multidão furiosa para trás. Ao passar pela curva, meu irmão viu o rosto do moribundo na vala sob a cerca viva, pálido e encovado, coberto de perspiração. As duas mulheres estavam silenciosas e trêmulas, abatidas em seus assentos.

Então meu irmão parou de novo depois da curva. A srta. Elphinstone estava branca como cera, e sua cunhada chorava, arrasada demais até para chamar por "George". Meu irmão estava horrorizado e perplexo. Assim que recuaram, ele compreendeu como aquela travessia era urgente e inevitável. Voltou-se para a srta. Elphinstone com súbita resolução.

— Precisamos passar por lá — disse ele, e virou o pônei novamente.

Pela segunda vez naquele dia, aquela moça provou seu valor. Para abrir caminho entre a torrente humana, meu irmão se lançou no tráfego e afastou o cavalo de um cabriolé enquanto ela passava com o pônei. Uma carroça engachou na charrete por um instante e tirou uma longa lasca do veículo. Em outro momento, eles foram pegos e arrastados pelo fluxo. Meu irmão, com o rosto e as mãos cobertos de marcas vermelhas do chicote do cocheiro, subiu na carruagem e tomou as rédeas das mãos dela.

— Aponte o revólver para qualquer homem que venha atrás, se ele vier para cima de nós — disse ele, passando a arma para ela. — Não! Aponte para o cavalo.

Então ele procurou uma chance de ir para a direita na estrada. Mas, uma vez no fluxo, ele começou a perder a vontade própria, a tornar-se uma parte daquela multidão empoeirada. Passaram por Chipping Barnet levados pela torrente; já estavam a mais de um quilômetro e meio do centro da cidade quando conseguiram passar para o outro lado da via. O barulho e a confusão eram indescritíveis, mas depois da cidade a estrada se bifurcava várias vezes, o que ajudou a aliviar a pressão.

Eles avançaram para leste através de Hadley e lá, em ambos os lados da estrada e em outro lugar mais adiante, encontraram uma grande multidão bebendo no riacho, alguns lutando para alcançar a água. E mais adiante eles viram dois trens vindo lentamente de um monte próximo a East Barnet, um após o outro, sem sinalização nem ordem — trens transbordando de gente, com passageiros até em meio ao carvão atrás das locomotivas —, seguindo ao norte pela Grande Ferrovia Norte. Meu irmão imaginou que embarcaram fora de Londres, pois àquela altura o medo e a fúria da população já haviam tornado o terminal central inviável.

Perto dali, eles repousaram o resto da tarde, pois a violência do dia deixara os três totalmente exaustos. Começaram a sofrer com a fome; a noite estava fria, e nenhum deles ousou dormir. No final do dia, muitos fugitivos passaram às pressas pela estrada próxima de onde eles descansavam, fugindo de perigos desconhecidos que os aguardavam adiante, seguindo na mesma direção de onde meu irmão viera.

17

O *THUNDER CHILD*

S E OS MARCIANOS VISASSEM APENAS À DESTRUIÇÃO, na segunda-feira eles já teriam aniquilado toda a população de Londres enquanto esta se espalhava lentamente pelos condados vizinhos. Não só pela estrada que cruzava Barnet, mas também através de Edgware e Waltham Abbey, ao longo das estradas para Southend e Shoeburyness, e ao sul do Tâmisa em direção a Deal e Broadstairs, derramava-se a mesma multidão desesperada. Se naquela límpida manhã de junho alguém num balão tivesse sobrevoado Londres, todas as estradas que saíam daquele labirinto de ruas em direção a norte e leste pareceriam pontilhadas de preto com as correntes de fugitivos, cada ponto um ser humano tomado de angústia, cansaço e terror. No capítulo anterior apresentei com detalhes a estrada de Chipping Barnet, segundo a descrição do meu irmão, para que os leitores compreendessem o que esse enxame de pontos negros significava para os envolvidos. Nunca antes na história mundial tantos seres humanos deslocaram-se e sofreram juntos. As lendárias hordas de godos e hunos, os maiores exércitos que a Ásia jamais vira, teriam parecido uma gota nessa torrente. E estava longe de ser uma marcha disciplinada — era como um estouro de boiada, gigantesco e terrível, sem ordem nem direção; seis milhões de pessoas, desarmadas e desprovidas, avançando cegamente. Era o começo do fim da civilização, do massacre da humanidade.

Logo abaixo o balonista teria visto a ampla malha de ruas, com suas casas, igrejas, praças, arcos, jardins — todos abandonados —, estendendo-se como um imenso mapa, mas *borrado* ao sul. Em torno de Ealing, Richmond, Wimbledon, pareceria que uma monstruosa caneta derramara tinta sobre o mapa. Cada mancha preta espalhada, regular e incessantemente, ramificava-se em várias direções, ora acumulando-se contra uma elevação do solo, ora derramando-se velozmente por uma depressão até um vale recém-encontrado, tal qual como uma gota de tinta sobre um mata-borrão.

E mais além, sobre os montes azuis ao sul do rio, os reluzentes marcianos iam de um lado para outro, espalhando de forma calma e metódica a nuvem de veneno sobre uma porção do território, depois sobre outra, dissipando-a com jatos de vapor depois de cumprido seu propósito e tomando posse da terra conquistada. Pareciam não visar tanto ao extermínio como à completa desmoralização e destruição de qualquer resistência. Explodiram todos os depósitos de pólvora que encontraram, cortaram todos os fios de telégrafo e destruíram as ferrovias em vários pontos. Estavam paralisando a humanidade. Não pareciam ter pressa de ampliar o campo de operações e não foram além do centro de Londres naquele dia. É possível que um grande número de londrinos tenha permanecido em suas casas na manhã de segunda-feira. É certo que muitos morreram em casa, sufocados pela fumaça negra.

Até o meio-dia, o caos tomou conta da *Pool* de Londres. Barcos a vapor e de todos os tipos dirigiram-se para lá, tentados pelas enormes somas de dinheiro oferecidas pelos fugitivos, e muitos que nadaram até essas embarcações foram repelidos com croques e se afogaram. Por volta da uma, os restos de uma nuvem de gás preto surgiram entre os arcos da ponte Blackfriars. Nesse momento, a *Pool* tornou-se um cenário de louca confusão, lutas e colisões; uma multidão de barcos e barcaças se aglomerou no arco norte da Tower Bridge, e os marinheiros e barqueiros tiveram de rechaçar com violência a multidão que os cercava vinda da beira do rio. Muitos chegaram a se agarrar aos pilares da ponte para descer até os barcos.

Quando, uma hora depois, um marciano surgiu por trás da Torre do Relógio e desceu pelo rio, apenas escombros flutuavam acima de Limehouse.

Em breve descreverei a queda do quinto cilindro. A sexta estrela caiu em Wimbledon. Meu irmão, que montava guarda ao lado das mulheres numa campina, viu o clarão verde na distância além dos montes. Na terça-feira o pequeno grupo, ainda decidido a cruzar o mar, atravessou a conturbada zona rural em direção a Colchester. A notícia de que os marcianos haviam se apossado de toda Londres foi confirmada. Foram vistos em Highgate e até mesmo em Neasden. Mas meu irmão só os avistou no dia seguinte.

Naquele dia, as multidões em trânsito começaram a compreender a necessidade urgente de provisões. Famintas, ignoraram os direitos de propriedade. Fazendeiros saíram com armas nas mãos para defender seus rebanhos, celeiros e lavouras. Várias pessoas, como meu irmão, rumavam para leste, e alguns desesperados até voltavam para

Londres em busca de alimento. Eram principalmente moradores dos subúrbios do norte, que conheciam a fumaça negra apenas de ouvir falar. Ele soube que metade dos membros do governo se reuniu em Birmingham, e que enormes quantidades de altos explosivos eram preparadas para serem usadas em minas automáticas nos condados do interior.

Ele também soube que a Companhia Ferroviária Central havia substituído os desertores do primeiro dia de pânico; o tráfego fora retomado, e trens partiam de St. Albans rumo ao norte para aliviar o congestionamento dos condados vizinhos. Um cartaz em Chipping Ongar anunciava que grandes depósitos de farinha estavam disponíveis nas cidades do norte, e que dentro de vinte e quatro horas haveria distribuição de pão às multidões famintas da região. Mas essas informações não o desviaram do plano de fuga que havia traçado, e os três prosseguiram para o leste o dia todo e não ouviram mais falar da distribuição de pão. Na verdade, ninguém mais ouviu falar dessa promessa. Naquela noite, a sétima estrela caiu, aterrissando no monte Primrose. Aconteceu enquanto a srta. Elphinstone montava guarda, pois ela alternava essa tarefa com meu irmão. Ela viu.

Na quarta-feira, os três fugitivos, que haviam passado a noite num campo de trigo, chegaram a Chelmsford. Lá, um grupo de moradores, autoproclamado Comitê de Abastecimento Público, confiscou o pônei como alimento e não ofereceu nada em troca, exceto a promessa de que lhes dariam uma porção do animal no dia seguinte. Eles ouviram rumores de que havia marcianos em Epping e notícias da destruição das fábricas de pólvora de Waltham Abbey durante uma vã tentativa de explodir um dos invasores.

Pessoas nas torres da igreja vigiavam o horizonte à espera dos marcianos. Meu irmão, para sua sorte, preferiu partir imediatamente para a costa em vez de esperar alimentos, embora os três estivessem famintos. Ao meio-dia, passaram por Tillingham, que estranhamente parecia silenciosa e deserta, exceto por alguns saqueadores furtivos em busca de comida. Perto de Tillingham, avistaram de repente o mar e a mais espantosa reunião de embarcações de todos os tipos que se possa imaginar.

Acontecera que, quando não puderam mais subir o Tâmisa, os marinheiros foram para a costa de Essex, para Harwich, Walton e Clacton, e mais tarde para Foulness e Shoebury, com o fim de recolher fugitivos. Os barcos estavam dispostos numa curva em forma de foice que se estendia até se dissipar em névoa na direção do cabo Naze. Perto da costa concentrava-se uma profusão de barcos de pesca — ingleses, escoceses, franceses, holandeses e suecos —, lanchas a vapor do Tâmisa, iates, barcos elétricos, e mais além havia barcos maiores, uma multidão de navios carvoeiros, lustrosos navios mercantes, barcos de gado, de passageiros, petroleiros, navios fretados, um velho navio branco de transporte, elegantes transatlânticos brancos e cinza vindos de Southampton e Hamburgo; e, ao longo da costa azul do outro lado do rio Blackwater, meu irmão avistou uma densa aglomeração de barqueiros discutindo o preço com refugiados, um enxame que se estendia pela margem do rio quase até Maldon.

A cerca de três quilômetros da praia meu irmão avistou um encouraçado meio submerso na água, quase como um navio naufragando. Era o navio de guerra *Thunder Child*, o único à vista, mas à direita, sobre a superfície lisa do mar — pois naquele dia a calmaria era total —, uma serpente de fumaça preta anunciava os próximos encouraçados da Frota do Canal que se posicionaram numa extensa linha, a todo vapor e prontos para agir, ao longo do estuário do Tâmisa, durante o período da conquista marciana, vigilantes, mas impotentes.

Ao ver o mar, a sra. Elphinstone, apesar das palavras confortadoras da cunhada, entrou em pânico. Ela nunca saíra da Inglaterra, preferia morrer a viver desprotegida numa terra estranha e assim por diante. A pobre mulher parecia imaginar que os franceses e os marcianos não eram tão diferentes; tornara-se cada vez mais histérica, medrosa e deprimida durante os dois dias de viagem. Sua brilhante ideia era voltar para Stanmore. A vida era boa e segura em Stanmore. Encontrariam George em Stanmore.

Com a maior dificuldade conseguiram levá-la até a praia, onde meu irmão logo chamou a atenção dos tripulantes de um vapor propelido a rodas que vinha do Tâmisa. Eles mandaram um barco até a praia e chegaram a um preço de trinta e seis libras para os três. O vapor estava indo para Ostend.

Eram cerca de duas horas quando meu irmão, depois de pagar o preço da passagem no passadiço, encontrou-se a salvo a bordo do vapor ao lado de suas protegidas. Havia comida a bordo, embora a preços exorbitantes, e os três acabaram conseguindo fazer uma refeição num dos assentos da frente.

Já havia uns quarenta passageiros a bordo, alguns dos quais haviam gastado seus últimos centavos com a passagem, mas o capitão permaneceu na costa do Blackwater até as cinco da tarde, apanhando passageiros até que o convés estivesse perigosamente abarrotado. Provavelmente teria ficado ainda mais, se detonações não começassem a ser ouvidas ao sul. Como se em resposta, o encouraçado virado para o mar disparou um pequeno canhão e içou uma fileira de bandeiras. Um jato de fumaça saiu de suas chaminés.

Alguns passageiros opinaram que as detonações vinham de Shoeburyness até notarem que ficavam mais altas. Ao mesmo tempo, ao longe a sudeste, os mastros e as superestruturas de três encouraçados emergiram um após o outro, sob nuvens de fumaça preta. Mas meu irmão logo voltou a atenção para os disparos remotos ao sul. Pensou ver uma coluna de fumaça elevando-se da distante névoa cinza.

O pequeno vapor já se dirigia para o leste do grande meio círculo de navios, e a baixa costa de Essex tornava-se azul e nebulosa, quando um marciano apareceu, pequeno e indistinto ao longe, avançando pela costa lamacenta vindo de Foulness. Ao vê-lo, o comandante, no passadiço, praguejou a plenos pulmões, com medo e raiva do seu próprio atraso, e as pás do barco pareceram contagiar-se pelo seu pavor. Todos a bordo aproximaram-se das amuradas ou subiram nos assentos e olharam para a distante forma, mais alta do que as árvores ou as torres da igreja, avançando com uma vagarosa paródia do andar humano.

Era o primeiro marciano que meu irmão via. Mais atônito do que aterrorizado, assistiu a esse Titã avançar deliberadamente para as embarcações, adentrando a água cada vez mais e deixando a costa para trás. Então, bem longe, além do rio Crouch, veio outro invasor, pisando em algumas árvores mirradas, e outro ainda mais distante, cruzando um luminoso alagadiço que parecia estar suspenso entre o céu e o mar. Os três rumavam para o mar, como se quisessem interceptar a fuga das numerosas embarcações espalhadas entre Foulness e o cabo Naze. Apesar dos pulsantes esforços dos motores e da abundante espuma que as rodas deixavam para trás, o pequeno vapor afastava-se com aterrorizante lentidão do perigo que se aproximava.

Olhando para noroeste, meu irmão viu o grande semicírculo de embarcações contraindo-se diante da ameaça; um navio passava atrás do outro, outros giravam para a frente, outros apitavam e soltavam grandes nuvens de vapor, velas eram abertas, lanchas corriam de um lado para outro. Ele estava tão fascinado por essa cena e pelo perigo que se aproximava à esquerda que não tinha olhos para mais nada no mar. Mas então um brusco movimento do vapor, que mudou de direção subitamente para não ser afundado, derrubou-o do assento sobre o qual ele se erguera. Ouviu gritos por toda parte, passos apressados, um viva a que poucos responderam. O vapor deu um arranco, fazendo-o rolar.

Ele se ergueu de um salto e viu a boreste, a menos de cem metros do barco que adernava e arfava, uma vasta forma de ferro como a lâmina de um arado cortando a água, lançando-a para os lados em imensas ondas de espuma que investiram contra o vapor indefeso, erguendo-o para o alto e depois tragando o convés quase até o nível da água.

Uma ducha de água cegou meu irmão por um instante. Quando conseguiu enxergar de novo, viu que o monstro havia passado e se dirigia para a costa. Grandes componentes de ferro projetavam-se da estrutura alongada, de onde chaminés duplas cuspiam fumaça misturada a fogo. Era o torpedeiro *Thunder Child*, avançando a todo vapor para salvar as embarcações ameaçadas.

Agarrando-se à amurada para manter o equilíbrio no convés oscilante, meu irmão desviou os olhos desse impetuoso leviatã para os marcianos e viu que os três haviam se reunido depois de avançar tanto mar adentro que seus tripés estavam quase totalmente cobertos. Submersos e vistos de longe, eles pareciam bem menos formidáveis do que o colosso de ferro que ao passar fizera o vapor adernar tão violentamente. Parecia que eles olhavam para o novo antagonista com assombro. Para os marcianos, quem sabe, o gigante se parecia com eles próprios. O *Thunder Child* não disparou arma alguma, mas simplesmente investiu a toda velocidade contra eles. Foi provavelmente por não disparar que conseguiu chegar tão perto do inimigo. Eles pareciam não saber o que fazer com ele. Um único disparo e o teriam afundado com o raio de calor.

O torpedeiro avançava tão velozmente que logo estava a meio caminho entre o vapor e os marcianos — uma forma escura diminuindo contra a vastidão horizontal da costa de Essex.

De repente, o marciano que estava à frente baixou o tubo que segurava e lançou uma lata do gás preto sobre o encouraçado. Resvalou ao atingi-lo a bombordo, e um jato que parecia tinta preta espalhou-se em direção ao mar, uma torrente de fumaça negra da qual o encouraçado se desviou. Para os passageiros do vapor, que observavam de um nível mais baixo e com o sol nos olhos, parecia que ele já alcançara os marcianos.

Então viram as delgadas silhuetas marcianas se separando e recuando para a costa. Um deles ergueu o caixote gerador do raio de calor, apontando-o obliquamente para baixo, e uma parede de vapor ergueu-se da água ao ser atingida. Deve ter penetrado o metal da lateral do barco como uma haste de ferro incandescente penetra uma folha de papel.

Uma centelha de fogo brilhou através do vapor, e então o marciano balançou e cambaleou. Quando ele tombou, um grande volume de água e vapor elevou-se no ar. Os canhões do *Thunder Child* ressoavam através da névoa — disparavam um depois do outro, e um tiro ergueu a água bem perto do vapor de meu irmão, ricocheteou em direção aos outros barcos em fuga ao norte e despedaçou um veleiro.

Mas ninguém deu muita atenção a isso. Ao ver o marciano cair, o comandante no passadiço deu um grito inarticulado, e todos os passageiros espremidos na popa do vapor gritaram juntos. E depois gritaram de novo, pois, elevando-se além do turbilhão branco, avançava uma silhueta longa e escura, com chamas escapando de seu centro, vertendo fogo pelas chaminés e ventiladores.

O *Thunder Child* continuava vivo; ao que parecia, o mecanismo de direção estava intacto, e os motores funcionavam. Ele partiu direto para cima do segundo marciano, e estava a cem metros dele quando o raio de calor entrou em ação. E então, com um choque violento e um clarão ofuscante, seu convés e chaminés voaram para o alto. O marciano titubeou com a violência da explosão e, no momento seguinte, os escombros em chamas do encouraçado, ainda avançando com o ímpeto da investida, atingiram-no e derrubaram-no como se fosse feito de papelão. Meu irmão deu um grito involuntário. Uma nuvem revolta de vapor escondeu a cena de novo.

— Dois! — bradou o comandante.

Todos gritavam. Uma febre de entusiasmo tomou conta do vapor de uma ponta a outra, espalhando-se para um e depois para todos os inúmeros barcos e navios lotados que avançavam para o mar.

A névoa pairou sobre a água durante muitos minutos, ocultando totalmente a costa e o terceiro marciano. Durante esse tempo, o barco continuou avançando mar adentro, afastando-se do conflito. Quando finalmente a névoa se dissipou, a massa deslizante da fumaça preta encobria a paisagem, ocultando o *Thunder Child* e também o terceiro marciano. Mas os encouraçados que rumavam para o mar estavam agora bem próximos e passaram pelo barco do meu irmão em direção à costa.

A pequena embarcação continuou seguindo em direção ao mar enquanto os encouraçados recuavam lentamente para a costa, que continuava oculta por uma nuvem espessa, um turbilhão de vapor e gás negro que se combinavam de forma muito estranha. A frota de refugiados dispersava-se no sentido nordeste; vários veleiros deslizavam entre os encouraçados e o barco a vapor. Após algum tempo, antes de atingirem a nuvem de fumaça que baixava, os navios de guerra viraram para o norte e, depois, deram a volta abruptamente e mergulharam na espessa névoa noturna ao sul. A costa se tornou indistinta e por fim invisível entre as nuvens baixas que se acumulavam em torno do sol poente.

Então, de repente, em meio à névoa dourada do pôr do sol, eles escutaram estampidos de armas e viram sombras negras se movendo. Todos correram para a amurada do vapor e olharam para o ofuscante horizonte crepuscular, mas nada puderam discernir com clareza. Uma nuvem de fumaça subiu obliquamente e ocultou o sol. O barco a vapor continuou em frente, sob um suspense interminável.

O sol se pôs entre nuvens cinzentas, o céu flamejou e depois escureceu, a estrela noturna cintilou no céu. Já era quase noite quando o comandante gritou e apontou ao longe. Meu irmão forçou os olhos. Algo se projetou do horizonte cinzento em direção ao céu e subiu oblíqua e velozmente na claridade luminosa sobre as nuvens do poente; algo chato, largo e muito grande, que traçou uma ampla curva, diminuiu, desceu lentamente e desapareceu no mistério cinzento da noite. E, durante seu voo, a escuridão choveu sobre a Terra.

LIVRO 2

A Terra sob o domínio dos marcianos

1

SOTERRADOS

No primeiro livro, deixei de lado minhas próprias aventuras para contar as experiências de meu irmão. Mas, durante os dois últimos capítulos, o padre e eu permanecemos escondidos na casa vazia de Halliford, onde nos refugiamos da fumaça negra. Retomarei minha narrativa a partir daí. Passamos toda a noite de domingo e toda a segunda-feira — o dia do pânico — numa pequena ilha de luz, isolados do resto do mundo pela fumaça negra. Nesses dois tediosos dias, nada pudemos fazer além de esperar numa inércia angustiante.

Eu não conseguia parar de pensar em minha mulher. Imaginava-a em Leatherhead, aterrorizada, correndo perigo, já de luto pela minha morte. Eu vagava pela casa, chorando ao pensar em como fora afastado dela e em tudo que lhe podia acontecer durante minha ausência. Eu sabia que meu primo tinha coragem bastante para enfrentar qualquer emergência, mas não era do tipo que percebia o perigo rapidamente, que reagia com prontidão. O que a situação pedia não era bravura, mas prudência. Meu único consolo era acreditar que os marcianos rumavam para Londres e para longe dela. Tais preocupações tornam a mente sensível e aflita. As lamentações perpétuas do padre me irritavam, seu desespero egoísta me cansava. Depois de algumas críticas ineficazes, afastei-me dele e fechei-me num cômodo — nitidamente a sala de estudos de uma criança — que continha globos, bancos e cadernos. Quando ele me seguiu até lá, fui até uma despensa no andar de cima e, para conseguir ficar a sós com minha angústia, tranquei a porta.

Ficamos irremediavelmente presos pela fumaça negra durante todo aquele dia e a manhã do seguinte. Na noite de domingo percebemos sinais de habitantes na casa vizinha — um rosto na janela, luzes movendo-se e, mais tarde, uma porta batendo. Mas não sei quem eram nem o que lhes aconteceu. Não vimos indícios deles no dia seguinte. A fumaça negra deslizou lentamente na direção do rio durante toda a manhã de segunda-feira, chegando cada vez mais perto de nós, enfim arrastando-se pela avenida em frente ao nosso esconderijo.

Um marciano percorreu os campos por volta do meio-dia, assentando a fumaça com um jato de vapor superaquecido que passou assobiando pelas paredes, estilhaçou todas as janelas e queimou a mão do padre enquanto ele fugia da sala da frente. Quando finalmente rastejamos pelos cômodos molhados e olhamos para fora, as terras ao norte pareciam ter sido cobertas por uma nevasca negra. Olhamos para o rio e ficamos perplexos ao ver uma inexplicável vermelhidão misturando-se ao preto das campinas queimadas.

Durante algum tempo não entendemos como aquela mudança afetava nossa situação, salvo não precisarmos mais temer a fumaça negra.

Mais tarde percebi que não estávamos mais presos, que podíamos sair. Assim que percebi que a via de fuga estava aberta, minha vontade de agir retornou. Mas o padre estava letárgico, irracional.

— Estamos a salvo aqui — repetia. — A salvo.

Resolvi partir sem ele — antes tivesse partido! Tendo aprendido a lição do artilheiro, procurei comida e bebida. Já encontrara óleo e trapos para minhas queimaduras, e também peguei um chapéu e uma camisa de flanela que encontrei num dos quartos. Quando ele viu que eu realmente iria sozinho — que estava decidido —, subitamente obrigou-se a vir. E como a tarde transcorrera tranquila, partimos por volta das cinco pela estrada enegrecida que levava a Sunbury.

Em Sunbury, e aqui e ali ao longo da estrada, vimos cadáveres em posições contorcidas, tanto de homens como de cavalos, carroças viradas e bagagens espalhadas, tudo coberto por uma grossa camada de pó preto. Essa mortalha de cinzas me fez lembrar o que eu lera sobre a destruição de Pompeia. Chegamos a Hampton Court sem percalços, a mente cheia de visões estranhas e sinistras, e lá ficamos aliviados ao encontrar uma área verde que escapara da névoa sufocante. Cruzamos Bushey Park, com seus cervos perambulando sob os castanheiros, alguns homens e mulheres correndo ao longe em direção a Hampton, e assim chegamos a Twickenham. Eram as primeiras pessoas que víamos.

Do outro lado da estrada, a floresta depois de Ham e Petersham ainda ardia. Twickenham não sofrera nem com o raio de calor, nem com a fumaça negra. Mais pessoas circulavam por lá, embora nenhuma tivesse notícias a dar. A maioria, como nós, aproveitava a trégua para mudar de lugar. Tive a impressão de que muitas casas ainda estavam ocupadas por moradores assustados demais até para tentar fugir. Lá também vimos abundantes indícios de uma fuga precipitada. Lembro-me vividamente de três bicicletas esmagadas e empilhadas, trituradas pelas rodas de carroças subsequentes. Cruzamos a ponte de Richmond por volta das oito e meia. Atravessamos às pressas a ponte desprotegida, mas notei várias formas vermelhas deslizando pelo rio, algumas com vários metros de largura. Não sabia o que eram — não havia tempo para exames minuciosos —, e lhes atribuí um sentido mais terrível do que mereciam. Também no lado de Surrey encontramos uma poeira preta que antes fora fumaça, e uma pilha de cadáveres perto da estação, mas não vimos sinal dos marcianos até pegarmos a estrada para Barnes.

Na distância escura, vimos um grupo de três pessoas correndo por uma rua lateral em direção ao rio, mas fora isso o local parecia deserto. Na encosta do monte, a cidade de Richmond ardia intensamente; nos arredores da cidade, não havia sinal da fumaça negra.

De repente, quando chegamos a Kew, vimos várias pessoas correndo, e a parte superior de uma máquina bélica marciana assomou sobre os telhados a menos de cem metros de nós. Paramos, horrorizados. Se o marciano tivesse olhado para baixo, teríamos perecido imediatamente. Estávamos tão aterrorizados que não ousamos prosseguir; em vez disso, corremos até um barracão e nos escondemos. O padre se agachou, chorando em silêncio, e se recusou a sair dali.

Mas minha ideia fixa de chegar a Leatherhead não me deixava descansar, e ao pôr do sol aventurei-me a sair outra vez. Passando por uma moita de arbustos e por uma passagem ao lado de um casarão, consegui chegar à estrada para Kew. Deixara o padre no barracão, mas ele saiu correndo atrás de mim.

A segunda partida foi a coisa mais temerária que já fiz, pois era evidente que os marcianos estavam ao nosso redor. Assim que o padre me alcançou, avistamos a máquina que víramos antes ou alguma outra, ao longe sobre as campinas, na direção de Kew Lodge. Quatro ou cinco pequenos vultos corriam na frente dela pelo campo cinza-esverdeado, e logo vimos que o marciano os perseguia. Em três passos ele os alcançou, e eles correram entre os pés da máquina em todas as direções. O marciano não usou o raio de calor para destruí-los, mas os apanhou um por um. Em seguida, jogou-os na grande caixa metálica que trazia atrás de si, como a cesta que um trabalhador leva no ombro.

Foi então que percebi que os marcianos tinham outro propósito além de destruir a humanidade derrotada. Por um momento, ficamos petrificados. Depois viramos e passamos pelo portão de um jardim murado onde encontramos, ou melhor, caímos numa providencial vala onde ficamos, mal ousando sussurrar, até que as estrelas surgissem no céu.

Suponho que eram quase onze horas quando reunimos coragem para sair de novo, dessa vez sem nos arriscar pela estrada, mas esgueirando-nos por entre cercas vivas e plantações. Perscrutávamos a escuridão, ele do lado direito e eu do esquerdo, temendo ver os marcianos, que pareciam estar por toda parte. A certa altura demos com uma área incendiada e escurecida, coberta de cinzas e de cadáveres de seres humanos espalhados, com cabeças e troncos horrivelmente queimados, mas pernas e botas intactas, e também de cavalos mortos, a cinquenta metros de uma linha com quatro canhões destruídos e algumas carretas esmagadas.

Parecia que Sheen escapara da destruição, mas a cidade estava silenciosa e deserta. Não encontramos mortos, embora a noite estivesse escura demais para que enxergássemos as ruas laterais. Lá meu companheiro queixou-se de súbito de sede e fraqueza, e decidimos entrar numa das casas.

A primeira que adentramos, depois de um pouco de dificuldade com a janela, era um casarão semigeminado. Não encontrei nada comestível exceto um queijo mofado, mas havia água potável. Peguei uma machadinha, que poderia ser útil em nossa próxima invasão de domicílio.

Seguimos então até o local em que a estrada vira em direção a Mortlake e onde havia uma casa branca com um jardim murado. Na copa dessa casa encontramos uma fartura de comida — duas bisnagas de pão, um filé cru e metade de um presunto. Descrevo esses alimentos com tanta precisão porque estávamos destinados a sobreviver graças a eles durante quinze dias. Havia cerveja em garrafa sob uma prateleira, dois sacos de feijão branco e algumas alfaces murchas. A copa dava para uma espécie de área de serviço onde encontramos lenha. Havia também um armário, dentro do qual achamos quase uma dúzia de garrafas de vinho da Borgonha, sopa e salmão enlatados e duas latas de biscoitos.

Sentamo-nos na cozinha adjacente às escuras — pois não ousávamos acender uma luz sequer — e comemos pão com presunto e bebemos cerveja da mesma garrafa. O padre, que continuava temeroso e inquieto, agora estranhamente queria prosseguir, e eu lhe pedia que comesse para se fortalecer quando sucedeu aquilo que nos manteria prisioneiros.

— Ainda não deve ser meia-noite — disse eu, e nesse instante um ofuscante clarão de luz verde nos envolveu.

Todos os objetos na cozinha tornaram-se visíveis em tons de preto e verde, e depois voltaram a desaparecer. Seguiu-se um choque violento como eu jamais ouvira. Quase ao mesmo tempo, ouvi um estrondo atrás de mim, vidros estilhaçando, paredes caindo ruidosamente ao nosso redor, o teto desabando, quebrando-se em dezenas de fragmentos sobre nós; fui atirado ao chão, bati a cabeça contra o forno e desmaiei. Estive inconsciente durante muito tempo, contou-me o padre, e quando voltei a mim estávamos às escuras de novo, e ele, com o rosto molhado de sangue devido a um corte na testa, tentava me reanimar com um pano úmido.

Durante algum tempo não consegui lembrar o que acontecera. Depois as lembranças voltaram aos poucos. Senti um machucado na têmpora.

— Está melhor? — sussurrou o padre.

Finalmente consegui responder, sentando-me.

— Não se mexa — disse ele. — O chão está coberto com a louça quebrada que estava no armário. Se você se mexer vai fazer barulho, e acho que *eles* estão lá fora.

Ficamos sentados em silêncio, de modo que mal ouvíamos a respiração um do outro. Tudo parecia assustadoramente calmo, mas a certa altura um pedaço de reboco ou de parede quebrada deslizou e caiu com estrondo. Do lado de fora, muito perto de nós, ouvimos um ruído intermitente e metálico.

— Ali! — disse o padre quando o ruído recomeçou.

— Sim — disse eu. — Mas o que pode ser?

— Um marciano!

Prestei atenção.

— Não parecia o raio de calor — disse eu, e por um momento pensei que uma das máquinas marcianas tropeçara na casa, como eu vira uma delas tropeçar contra a torre da igreja de Shepperton.

Nossa situação era tão estranha e incompreensível que, durante três ou quatro horas até o amanhecer, nós praticamente não nos movemos. Então a luz filtrou-se na cozinha, não através da janela, que continuava escura, mas por uma abertura triangular entre uma viga e um monte de tijolos quebrados na parede atrás de nós. Pela primeira vez vimos o interior cinzento da cozinha.

A janela fora arrebentada por um monte de terra do jardim, que se espalhara sobre a mesa onde comêramos e se derramara aos nossos pés. No lado de fora a terra formara um barranco contra a casa. No alto do batente da janela vimos um cano de drenagem arrancado. O chão estava coberto por utensílios quebrados; a parede da cozinha que dava para o resto da casa fora parcialmente derrubada e, já que a luz do dia brilhava ali, era óbvio que parte da casa fora demolida. O elegante guarda-louça verde-claro contendo vários recipientes de cobre e estanho na parte inferior, o papel de parede que imitava azulejos brancos e azuis, e alguns suplementos coloridos pendurados na parte superior das paredes contrastavam vivamente com as ruínas.

Quando a manhã ficou mais clara, vimos através da abertura na parede o corpo de um marciano, que provavelmente montava guarda sobre um cilindro ainda incandescente. Ao vermos aquilo, rastejamos o mais discretamente possível, trocando a meia-luz da cozinha pela escuridão da área de serviço.

De repente, o verdadeiro significado brilhou em minha mente.

— O quinto cilindro — sussurrei —, o quinto projétil vindo de Marte atingiu esta casa e nos enterrou em suas ruínas!

O padre ficou em silêncio, e depois sussurrou:

— Que Deus tenha piedade de nós.

Em seguida ouvi-o choramingar.

Fora isso, permanecemos totalmente silenciosos na copa. Eu, de minha parte, mal ousava respirar, e mantinha os olhos fixos na luz fraca que vinha da porta da cozinha. Via vagamente o rosto do padre, uma forma oval e indistinta, e o colarinho e os punhos de sua roupa. Do lado de fora teve início um martelar metálico, depois uma sirene estridente, e ainda, depois de uma pausa, um silvo como o de uma locomotiva. Esses ruídos perturbadores continuaram de forma intermitente, parecendo aumentar em número com o passar do tempo. Logo pancadas uniformes, e uma vibração que fez tudo ao nosso redor tremer e a louça na copa retinir e deslizar, começaram e não cessaram mais. Em seguida a luz foi eclipsada, mergulhando a fantasmagórica porta da cozinha numa total escuridão. Durante muitas horas permanecemos acocorados, silenciosos, trêmulos, até que nossos sentidos cansados nos abandonaram...

Finalmente acordei, faminto. Creio que passamos a maior parte do dia inconscientes. Minha fome era tão aguda que me obrigou a agir. Disse ao padre que iria procurar comida e comecei a tatear, tentando chegar à copa. Ele não respondeu, mas assim que comecei a comer ouvi-o rastejando em minha direção.

2
O QUE VIMOS A PARTIR DA CASA ARRUINADA

Depois de comer, rastejamos de volta para a área de serviço, e devo ter dormido de novo, pois quando voltei a olhar ao redor estava sozinho. O barulho vibrante continuava com monótona persistência. Sussurrei chamando o padre várias vezes, e finalmente fui tateando até a porta da cozinha. Ainda era dia, e o vi do outro lado do cômodo, deitado contra o buraco triangular de onde se viam os marcianos. Seus ombros estavam arqueados, e eu não via sua cabeça.

Ouvi uma série de ruídos como os de um galpão de ferrovia, e as ruínas balançavam com aquelas pancadas pulsantes. Através da abertura na parede vi a copa de uma árvore dourada pelo sol e o azul cálido do céu poente. Durante um minuto fiquei observando o padre e depois avancei, abaixado, abrindo caminho com extremo cuidado entre os cacos de louça que cobriam o chão.

Toquei a perna do padre, e tamanho foi seu sobressalto que um pedaço de reboco deslizou pelo lado de fora e caiu com impacto ruidoso. Agarrei seu braço, temendo que gritasse, e durante muito tempo permanecemos imóveis. Depois me virei para ver quanto de nossa fortaleza restara. O reboco que se desprendera abrira uma fenda vertical nos escombros, e, elevando-me cuidadosamente sobre uma viga, pude ver através da fresta o que antes fora uma tranquila avenida suburbana. A transformação diante de nossos olhos era de fato imensa.

O quinto cilindro deve ter caído bem no meio da primeira casa que visitamos. A construção desaparecera, totalmente esmagada e pulverizada pelo choque violento. O cilindro encontrava-se bem abaixo dos alicerces originais, no fundo de um buraco muito maior do que o fosso que eu vira em Woking. A terra ao redor derramara-se para todos os lados com o impacto tremendo — "derramar" é o termo certo —, formando montes que escondiam as casas vizinhas, tal como lama sob o impacto de um martelo. Nossa casa desmoronara para trás; a parte da frente, mesmo no térreo, fora totalmente destruída; por um acaso a cozinha e a área de serviço haviam escapado, mas foram soterradas pelos escombros e cercadas por toneladas de terra por todos os lados, menos o que dava para o cilindro. Sendo assim, estávamos suspensos bem na borda do grande fosso circular que os marcianos estavam empenhados em cavar. O forte barulho pulsante estava evidentemente atrás de nós, e de vez em quando uma brilhante névoa verde passava como um véu por nosso observatório.

O cilindro já estava aberto no centro do fosso em cuja borda mais distante, entre os arbustos esmagados e cobertos de cascalho, uma das grandes máquinas de guerra marcianas abandonada por seu ocupante erguia-se rígida e alta contra o céu noturno. No começo, mal notei o

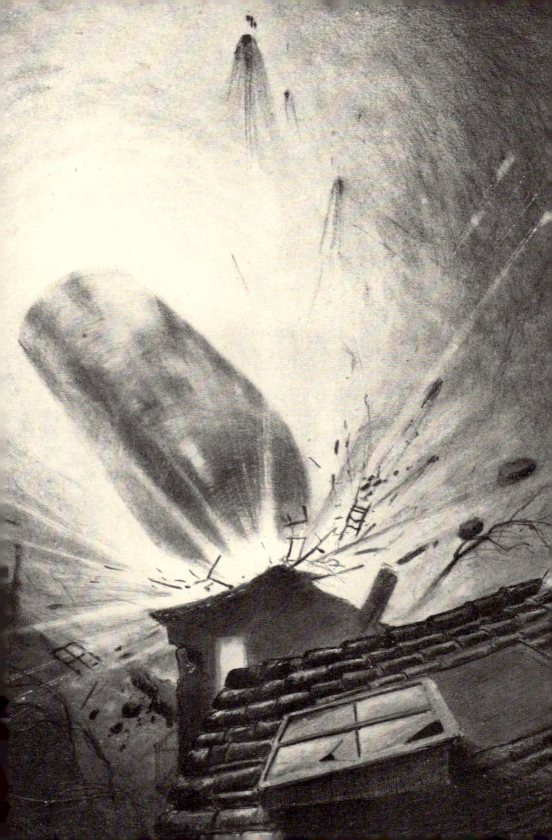

fosso e o cilindro, embora tenha sido conveniente descrevê-los; primeiro em virtude do extraordinário mecanismo reluzente que se movia na escavação e das estranhas criaturas que rastejavam lenta e penosamente sobre o monte de terra próximo a ele.

O mecanismo foi o que primeiro chamou minha atenção. Era uma dessas complicadas engrenagens que passaram a ser chamadas de máquinas de montagem, cujo estudo já proporcionou um enorme impulso às invenções terráqueas. A primeira impressão que me deu foi a de um tipo de aranha metálica que tinha ao redor do corpo cinco pernas ágeis e articuladas, um número extraordinário de alavancas articuladas, barras e tentáculos que se estendiam e agarravam objetos. A maioria de seus braços estava retraída, mas com três longos tentáculos ele removia uma série de hastes, placas e barras que revestiam a superfície e aparentemente fortaleciam as paredes do cilindro. Enquanto extraía essas peças, ele as depositava numa superfície de terra plana atrás de si.

Seus movimentos eram tão rápidos, complexos e perfeitos que no começo não achei que fosse uma máquina, apesar de seu brilho metálico. As máquinas de guerra eram extraordinariamente coordenadas e animadas, mas não se comparavam àquela. Quem nunca viu essas estruturas e conta apenas com os trabalhos de artistas de imaginação pobre ou com as descrições imperfeitas de testemunhas oculares como eu não consegue captar essa impressão de algo vivo.

Lembro-me em especial da ilustração de um dos primeiros livretos que apresentaram um relato sequencial da guerra. O artista evidentemente fizera um estudo apressado de uma das máquinas bélicas marcianas, e seu conhecimento não passara disso. Apresentou-as como tripés rígidos e inclinados, sem flexibilidade nem sutileza, e com um efeito estático totalmente enganador. O livreto que continha esses desenhos gozou de um sucesso considerável, e o menciono apenas para alertar o leitor contra a impressão que pode ter criado. Pareciam-se

com os marcianos que vi em ação tanto quanto uma boneca holandesa se parece com um ser humano. Na minha opinião, o livreto teria sido bem melhor sem eles.

Como já disse, no começo a máquina de montagem não me pareceu uma máquina, mas um tipo de crustáceo gigantesco com um invólucro reluzente, e o marciano que comandava seus movimentos com tentáculos delicados parecia-me apenas o equivalente ao cérebro do crustáceo. Então percebi a semelhança de seu invólucro marrom-acinzentado, brilhante e coriáceo, com o de outros corpos estendidos mais adiante, e compreendi a verdadeira natureza desse hábil operário. Com essa descoberta desviei a atenção para aquelas outras criaturas, os verdadeiros marcianos. Eu já os observara antes, de maneira fugaz, e aquela náusea inicial não mais obscurecia minha observação. Além disso, eu estava escondido e imóvel, sem a menor urgência de fugir.

Via agora que eram as criaturas mais extraterrenas que se podia conceber. Tinham enormes corpos arredondados — ou melhor, cabeças — com cerca de um metro de diâmetro e um rosto na frente. O rosto não tinha narinas — de fato, parece que os marcianos não possuíam qualquer olfato —, mas apresentava um par de olhos muito grandes e escuros, e logo abaixo uma espécie de bico carnudo. Atrás dessa cabeça ou corpo — não sei bem como classificar — ficava a única e estreita superfície timpânica, anatomicamente um ouvido, embora deva ter sido quase inútil em nossa atmosfera mais densa. Ao redor da boca brotavam dezesseis tentáculos finos quase como chicotes, divididos em dois grupos de oito de cada lado. Esses grupos depois foram apropriadamente classificados pelo destacado anatomista, professor Howes, como *mãos*. Quando os vi pela primeira vez, os marcianos pareciam tentar elevar-se sobre essas mãos, o que era impossível devido a seu peso maior nas condições terrestres. Há razões para supor que em Marte eles se deslocavam sobre elas com facilidade.

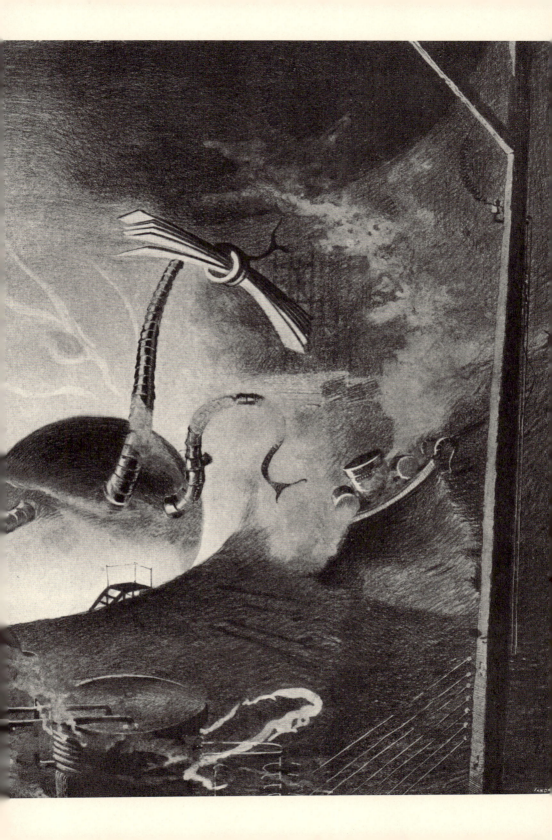

Sua anatomia interna, como dissecações depois mostraram, era quase igualmente simples. A maior parte da estrutura era composta pelo cérebro, de onde enormes nervos se estendiam para os olhos, ouvido e os tentáculos táteis. Depois vinham os volumosos pulmões, na altura dos quais estava a boca, e o coração e seus vasos sanguíneos. A tensão pulmonar causada pela atmosfera mais densa e a maior atração gravitacional era evidenciada pelos movimentos convulsivos da pele.

E isso totalizava os órgãos marcianos. Por mais estranho que pareça aos seres humanos, todo o complexo aparato digestivo, que constitui boa parte de nosso organismo, não existia nos marcianos. Eles eram cabeças — meramente cabeças. Não possuíam entranhas. Não comiam, e muito menos digeriam. Em vez disso, extraíam o sangue fresco de outras criaturas e *injetavam-no* em suas próprias veias. Eu mesmo os vi fazendo isso, como mencionarei no momento oportuno. Mas, ao risco de parecer melindroso, não consigo forçar-me a descrever o que não suportava sequer assistir. Digamos apenas que o sangue obtido de um animal ainda vivo, na maioria dos casos um ser humano, era transferido diretamente, por meio de uma pequena pipeta, no canal do receptor...

Por mais que essa ideia seja terrivelmente repulsiva para nós, devemos ter em mente como nossos hábitos carnívoros pareceriam repugnantes a um coelho inteligente.

As vantagens fisiológicas da injeção são inegáveis, se pensarmos no tremendo desperdício de tempo e energia humanos causado pelo ato de comer e pelo processo digestivo. Metade de nosso organismo é composto de glândulas, tubos e órgãos cuja função é transformar alimentos heterogêneos em sangue. Os processos digestivos e sua reação sobre o sistema nervoso minam nossa energia e influenciam nossa mente. Os homens ficam felizes ou infelizes dependendo da saúde do fígado ou das glândulas gástricas. Mas os marcianos estavam acima de todas essas flutuações orgânicas de humores e emoções.

Sua preferência inegável pelo sangue humano como fonte nutricional explica-se em parte pela natureza dos restos das vítimas que eles haviam trazido de Marte como provisões. Essas criaturas, a julgar pelos restos ressequidos que caíram em mãos humanas, eram bípedes com esqueletos frágeis e silicosos (semelhantes ao das esponjas) e musculatura fraca, com cerca de um metro e oitenta de altura, cabeça redonda e ereta e olhos grandes em órbitas rígidas. Aparentemente, cada cilindro trouxe dois ou três desses seres, e todos foram mortos antes que chegassem à Terra. Tanto melhor para eles, pois a simples tentativa de erguer-se em nosso planeta lhes teria quebrado todos os ossos do corpo.

Enquanto desenvolvo essa descrição, devo acrescentar certos detalhes que, embora não fossem nada evidentes à época, permitirão ao leitor que não as conhece formar uma imagem mais clara dessas criaturas repulsivas.

Em três outros aspectos a fisiologia dos marcianos diferia estranhamente da nossa. O organismo deles não dormia, assim como o coração do homem não dorme. Como não tinham um extenso mecanismo muscular para recuperar, desconheciam esse apagamento periódico. Pareciam desconhecer o cansaço. Na Terra, nunca se moviam sem esforço; no entanto, até o final eles se mantiveram em ação. Trabalhavam vinte e quatro horas por dia, como talvez seja o caso das formigas em nosso planeta.

Além disso, por mais incrível que pareça a nós, seres sexuados, os marcianos eram totalmente desprovidos de sexo, e, portanto, das emoções turbulentas suscitadas por essa condição humana. Hoje não restam mais dúvidas de que um jovem marciano nasceu na Terra durante a guerra; foi encontrado preso a seu progenitor, em parte *brotando* dele tal como brotam os bulbos de lírio, ou como o fazem os pólipos de água doce.

Nos seres humanos e em todos os animais terrestres superiores tal método de procriação se extinguiu, mas mesmo na Terra certamente foi o método primitivo. Entre os animais inferiores e até entre os primeiros parentes dos animais vertebrados, os tunicados, os dois processos coexistem, mas o método sexual acabou suplantando o concorrente. No entanto, em Marte parece que o contrário sucedera.

Vale a pena notar que um certo escritor dado a especulações quase científicas, escrevendo muito antes da invasão marciana, previu que a estrutura final do homem não seria muito diferente da apresentada pelos marcianos. Lembro que sua profecia apareceu em novembro ou dezembro de 1893 numa publicação há muito extinta, a *Pall Mall Budget*, e lembro-me de uma caricatura baseada nela num periódico pré-marciano chamado *Punch*. Ele observou em tom leve e brincalhão que dispositivos mecânicos mais perfeitos acabariam por substituir os membros humanos, que artifícios químicos mais eficientes suplantariam a digestão, que elementos como cabelos, nariz, dentes, orelhas e queixo não eram mais partes essenciais do ser humano, e que no futuro a seleção natural trataria de reduzi-los cada vez mais. Apenas o cérebro continuaria uma necessidade cardinal. Somente outra parte do corpo tinha um bom argumento para sobreviver — a mão, "mestre e agente do cérebro". Enquanto o resto do corpo definharia, as mãos aumentariam.

Muitas verdades são escritas como brincadeira, e no caso dos marcianos não restam dúvidas de que a inteligência superou o lado animal do organismo. Para mim é perfeitamente plausível que os marcianos tenham descendido de seres parecidos com os humanos, pelo gradual desenvolvimento do cérebro e das mãos (que teriam sido a origem dos dois grupos de tentáculos delicados) à custa do restante do corpo. Sem o corpo, o cérebro tornar-se-ia uma simples inteligência egoísta, sem nada do substrato emocional do ser humano.

O último aspecto notável em que o organismo dessas criaturas diferia do nosso poderia ser considerado trivial. Os micro-organismos que causam tantas doenças e sofrimentos na Terra nunca existiram em Marte, ou a ciência sanitária dos marcianos os eliminou há muito tempo. As centenas de doenças — febres e males contagiosos, tuberculoses, cânceres, tumores — que atormentam a humanidade nunca fizeram parte da vida marciana. E, falando das diferenças entre a vida em Marte e na Terra, posso aludir às curiosas implicações da erva vermelha.

Aparentemente, o reino vegetal em Marte, em vez do verde, possui um vívido e sanguíneo vermelho como cor dominante. De qualquer modo, as sementes que os marcianos (fosse ou não de forma intencional) trouxeram com eles invariavelmente produziram uma vegetação vermelha. No entanto, apenas aquela que ficou conhecida como erva vermelha conseguiu competir com as espécies terráqueas. A trepadeira vermelha foi uma planta efêmera, e poucos a viram crescendo. Todavia, durante algum tempo a erva vermelha cresceu com incrível vigor e abundância. Começou a se espalhar pelas laterais do fosso no terceiro ou quarto dia de nosso confinamento, e seus ramos parecidos aos do cacto formaram uma franja carmim nas bordas de nossa fresta triangular. Depois soube que se propagou por toda a região, especialmente onde houvesse cursos d'água.

Os marcianos tinham o que parecia ser um órgão auditivo, um único tímpano redondo atrás do corpo-cabeça, e olhos com um alcance visual não muito diferente do nosso, exceto que, segundo Philips, o azul e o violeta para eles eram preto. Supõe-se que se comunicavam por meio de sons e gestos tentaculares; é o que afirma, por exemplo, o livreto engenhoso mas coligido às pressas a que já me referi (e que evidentemente não foi escrito por uma testemunha ocular dos marcianos) e que até hoje tem sido a principal fonte de informações sobre esses seres. Mas nenhum sobrevivente viu tanto os marcianos em ação como eu. Não me vanglorio por um fato acidental, mas a verdade é essa. Afirmo que os observei de perto repetidas vezes, e que vi quatro, cinco e (uma vez) seis deles realizando juntos as mais complexas operações sem esboçar som ou gesto. A peculiar sirene dos marcianos invariavelmente precedia a alimentação; não tinha modulação e creio que não era um sinal, mas apenas o ar sendo exalado como preparativo para a sucção. Tenho no mínimo um conhecimento elementar de psicologia, e estou firmemente convencido de que os marcianos trocavam pensamentos sem qualquer intermediação física. E adquiri essa convicção apesar de fortes opiniões prévias contrárias. Antes da invasão marciana, como algum leitor deve lembrar, eu escrevera com alguma veemência contra a teoria telepática.

Os marcianos não usavam roupas. Tinham conceitos de ornamento e decoro necessariamente diferentes dos nossos; e não só eram bem menos sensíveis do que nós às mudanças de temperatura como mudanças de pressão não pareciam afetar-lhes a saúde. Mas, embora não usassem roupas, era em outros acréscimos artificiais a seus recursos físicos que residia sua grande superioridade sobre os homens. Nós, homens, com nossas bicicletas e patins, nossas máquinas voadoras de Lilienthal, nossos canhões e pistolas, estamos apenas no começo da evolução que os marcianos já conquistaram. Eles se tornaram apenas cérebros, usando diferentes corpos segundo a necessidade, do mesmo modo que os homens vestem trajes e usam bicicletas quando estão com pressa ou guarda-chuva quando chove. E talvez o que mais nos surpreenda seja o curioso fato de que o componente dominante em quase todos os dispositivos humanos esteja ausente nos marcianos — a *roda*. Em todos os mecanismos que trouxeram para a Terra, não foi encontrado nenhum indício de rodas. Era de esperar que as usassem pelo menos para se locomover. Em relação a isso é curioso observar que mesmo na Terra a natureza nunca concebeu a roda, ou preferiu outros expedientes a desenvolvê-la. E não só os marcianos a desconheciam (o que é incrível), ou se abstinham de usá-la, como seus aparelhos quase não empregavam o eixo fixo ou relativamente fixo, e os movimentos circulares se limitavam a um plano. Quase todas as juntas de suas máquinas apresentavam um sistema complexo de peças que deslizavam sobre rolamentos pequenos, mas com curvas elegantes. Em relação a esse detalhe, é notável que a longa ação de alavanca de suas máquinas fosse obtida por um tipo de falsa musculatura formada por discos num revestimento elástico; esses discos se polarizavam e se uniam poderosa e estreitamente quando atravessados por uma corrente elétrica. Isso produzia a curiosa semelhança com movimentos animais, tão impressionante e perturbadora para o observador humano. Esses quase músculos eram numerosos na máquina parecida com um crustáceo que vi descarregando o cilindro na primeira vez que espiei pela fenda. Ela parecia infinitamente mais viva do que os marcianos estendidos atrás dela sob a luz do poente, ofegando, agitando os tentáculos inúteis, movendo-se debilmente depois da vasta jornada através do espaço.

Enquanto eu ainda observava à luz do sol os movimentos vagarosos dos marcianos e notava cada estranho detalhe desses seres, o padre lembrou-me de sua presença puxando meu braço violentamente. Voltei-me e vi sua cara fechada, seus lábios silenciosos e eloquentes. Ele também queria espiar pela fenda, mas só havia lugar para um, e tive de interromper minha observação por algum tempo e conceder-lhe o privilégio.

Quando voltei a olhar, a máquina já havia montado várias peças que tirara do cilindro e produzido um aparelho cuja forma era muito semelhante à dela própria; à esquerda, uma pequena escavadora entrara no campo de visão, emitindo jatos de vapor verde enquanto escavava e formava uma barragem ao redor do fosso de modo metódico e judicioso. Era aquilo que causara o barulho regular e pulsante e os choques rítmicos que haviam balançado nosso refúgio em ruínas. A máquina apitava e assobiava, e, até onde eu podia ver, nenhum marciano a operava.

3

OS DIAS DE APRISIONAMENTO

A chegada de uma segunda máquina de guerra expulsou-nos da fenda. Voltamos para a área de serviço, pois temíamos que, da altura onde estava, o marciano nos flagrasse atrás de nossa barreira. Mais tarde, passamos a sentir menos medo de sermos vistos, já que os marcianos, sob a claridade do dia, deviam olhar para nosso refúgio e ver apenas formas negras e indefinidas. Mas no começo, ao menor sinal de aproximação, corríamos para a área de serviço com o coração aos saltos. No entanto, por maior que fosse o perigo, espiar era uma atração irresistível para nós. Lembro hoje com espanto que, apesar do enorme risco que corríamos, entre a morte por inanição e outra bem mais terrível, ainda assim disputávamos ferozmente o sinistro privilégio de observar. Éramos grotescos correndo através da cozinha, com impaciência e ao mesmo tempo temendo fazer barulho, trocando empurrões e chutes a poucos centímetros da barreira.

O fato era que tínhamos temperamento, raciocínio e hábitos de ação totalmente inconciliáveis, e o perigo e o isolamento apenas pioravam a incompatibilidade. Em Halliford eu já começara a detestar os desamparados lamentos do padre, sua estúpida rigidez mental. Seus infindáveis monólogos murmurantes minavam todos os meus esforços para elaborar um plano e às vezes me levavam quase à beira da loucura. Faltava-lhe tanto autocontrole como a uma mulher tola. Chorava por horas a fio, e acredito que até o fim esse menino mimado achou que suas lágrimas surtiriam algum efeito. Eu me sentava no escuro, incapaz de ignorar suas importunações. Ele comia mais que eu, e em vão eu o lembrava de que nossa única chance de sobrevivência era permanecer na casa até que os marcianos deixassem o fosso, de que nessa longa espera poderia chegar a hora em que faltaria comida. Ele comia e bebia impulsivamente, fazendo refeições pesadas a grandes intervalos. Dormia pouco.

Com o passar dos dias, sua total falta de cuidado e consideração intensificou nosso perigo e angústia a tal ponto que eu, por mais que detestasse fazê-lo, tive de recorrer a ameaças e por fim a socos. Isso o fazia cair em si por algum tempo. Mas ele era uma alma fraca, vazia de orgulho, temerosa, anêmica, odiosa, cheia de artimanhas, incapaz de encarar Deus ou os homens, incapaz de encarar até a si mesma.

É desagradável para mim recordar e escrever sobre essas coisas, mas escrevo-as para que nada falte à minha história. Aqueles que foram poupados dos aspectos funestos e terríveis da vida poderão censurar minha brutalidade, meu acesso de ira nos momentos finais de nossa tragédia, pois sabem o que é errado, mas não do que é capaz um homem torturado. Mas aqueles que conhecem as sombras, que desceram até o elementar da existência, serão mais indulgentes.

E, enquanto do lado de dentro travávamos nossa mórbida batalha aos sussurros, disputando alimento e bebida e trocando empurrões e socos, do lado de fora, na feroz luminosidade daquele terrível mês de junho, prosseguia a estranha e espantosa rotina dos marcianos no fosso. Deixem-me retomar aquelas primeiras experiências. Depois de muito tempo, arrisquei voltar à fresta e descobri que os recém-chegados haviam recebido o reforço dos ocupantes de nada menos que três máquinas de guerra. Estes últimos haviam trazido novos instrumentos, dispostos de maneira ordenada ao redor do cilindro. A segunda máquina de montagem estava concluída e passara a operar um desses novos dispositivos. Tratava-se de uma armação semelhante a uma lata de leite, sobre a qual oscilava um receptáculo em forma de pera, que vertia um pó branco até uma bacia circular abaixo.

Um tentáculo da máquina de montagem transmitia o movimento oscilante ao receptáculo. Com duas espátulas, a máquina de montagem cavava e jogava porções de argila para dentro do receptáculo em forma de pera, enquanto outro braço abria periodicamente uma porta e removia detritos enferrujados e enegrecidos da parte central da máquina. Outro tentáculo de aço direcionava o pó que estava na bacia através de um canal estriado para um outro receptáculo, que o monte de poeira azulada ocultava dos meus olhos. Desse receptáculo invisível, um fio de fumaça verde subia verticalmente no ar parado. Enquanto eu observava, a máquina de montagem, com um tinido fraco e melódico, estendeu, como um telescópio, um tentáculo que pouco antes não passava de uma pequena protuberância, até que sua extremidade fosse oculta pelo monte de argila. No instante seguinte ele ergueu uma barra de alumínio branco, ainda imaculada e de um brilho intenso, e depositou-a sobre uma pilha de barras ao lado do fosso. Entre o pôr do sol e o nascer das estrelas, a ágil máquina produziu mais de cem barras semelhantes da argila bruta, e o monte de pó azulado cresceu gradualmente até cobrir a lateral do fosso.

O contraste entre os movimentos ágeis e complexos desses mecanismos com a inércia e ofegante morosidade de seus mestres era tão agudo que levei dias para me convencer de que os últimos eram de fato os seres animados, não os primeiros.

O padre estava em posse da fenda quando os primeiros homens foram levados ao fosso. Eu estava sentado abaixo, encolhido, ouvindo com todas as forças. De repente ele recuou bruscamente, e eu, temendo que eles nos tivessem visto, encolhi-me ainda mais num espasmo de terror. Ele deslizou pelo entulho e sentou-se a meu lado na escuridão, gesticulando sem fala, e por um momento compartilhei seu pânico. Seus gestos sugeriam que havia desistido da fenda, e em pouco tempo minha curiosidade me deu coragem, e eu passei por cima dele e escalei até a abertura. No começo não vi motivo para a conduta frenética do padre. A noite chegara, as estrelas ainda estavam pequenas e pálidas, mas o fosso era iluminado pelo bruxuleante fogo verde proveniente da fabricação do alumínio. A cena toda era uma mistura de luzes verdes e sombras pretas e cambiantes, curiosamente irritantes para os olhos. Por cima e através da cena voavam morcegos, sem dar-lhe a menor atenção. Os marcianos não estavam mais visíveis — o monte de pó verde-azulado escondera-os —, e uma máquina de guerra, com as pernas contraídas e dobradas, encontrava-se do outro lado do fosso. Então, entre o estrépito das máquinas, pensei ouvir vagos ecos de vozes humanas, mas logo descartei essa ideia.

Continuei agachado, observando atentamente a máquina de guerra, confirmando pela primeira vez que o capuz de fato continha um marciano. À luz das chamas verdes eu via o brilho oleoso de seu invólucro e o fulgor de seus olhos. E de repente ouvi um grito e vi um longo tentáculo passando por cima do ombro da máquina e entrando na pequena jaula presa atrás. Então algo — algo que se debatia violentamente — foi erguido contra o céu, um vago e obscuro enigma contra

a luminosidade noturna; e quando o objeto desceu de novo, vi sob o clarão verde que se tratava de um homem. Por um momento, pude vê-lo claramente. Era um homem de meia-idade robusto e corado, e estava bem vestido; três dias antes ele ocupava seu lugar no mundo, um lugar de considerável importância. Vi seus olhos arregalados e a luz refletindo em suas abotoaduras e na corrente de seu relógio. Ele desapareceu atrás do monte, e fez-se um momento de silêncio. Então vieram os gritos e o som prolongado e satisfeito da sirene dos marcianos.

Escorreguei pelo entulho, levantei-me, tapei os ouvidos com as mãos e me refugiei na área de serviço. O padre, que estivera acocorado em silêncio com os braços sobre a cabeça, levantou os olhos quando passei, reclamou bem alto por eu tê-lo abandonado e correu atrás de mim.

Naquela noite na área de serviço, enquanto nos debatíamos entre o terror e o fascínio que a fenda exerce, tentei em vão elaborar um plano de fuga, embora sentisse uma necessidade urgente de ação; mas depois, durante o segundo dia, consegui analisar nossa situação com mais clareza. O padre era totalmente incapaz de refletir; a última e culminante atrocidade roubara-lhe todos os vestígios de razão e prudência. Ele praticamente descera ao nível de um animal. Mas, como dizem, eu me segurei. Quando consegui encarar os fatos, convenci-me de que, por mais terrível que fosse nossa situação, ainda não havia motivo para total desespero. Nossa principal chance residia na possibilidade de que os marcianos não tornassem o fosso mais do que um acampamento provisório. Ou, mesmo que o tornassem permanente, poderiam considerar desnecessário vigiá-lo o tempo todo, talvez permitindo nossa fuga em algum momento. Também pesei cuidadosamente a possibilidade de cavar uma saída na direção contrária ao fosso, mas a chance de emergirmos no campo de visão de uma sentinela marciana pareceu-me a princípio grande demais. Além disso, eu teria de cavar sozinho, pois o padre certamente não me ajudaria.

Foi no terceiro dia, se não me falha a memória, que vi um rapaz ser morto. Foi a única ocasião em que vi os marcianos se alimentarem. Depois dessa experiência, evitei o buraco na parede durante a maior parte do dia. Entrei na área de serviço, retirei a porta e passei algumas horas cavando com a machadinha o mais silenciosamente possível. Mas, quando eu já havia feito um buraco de meio metro, a terra solta desabou com um ruído alto, e não me atrevi a continuar. Perdi a coragem e deitei-me no chão durante muito tempo, sem ânimo até para me mexer. Depois disso, abandonei totalmente a ideia de escapar por um túnel.

A impressão que os marcianos me haviam causado era tal que no começo tive pouca ou nenhuma esperança de que a salvação viesse por meio de qualquer ação humana. Mas, na quarta ou quinta noite, ouvi o barulho de canhões pesados.

Era tarde da noite, e a lua brilhava no céu. Os marcianos haviam guardado a escavadeira e, afora uma máquina de guerra na margem extrema do fosso e uma máquina de montagem que trabalhava num canto logo abaixo de meu observatório, onde eu não podia vê-la, o lugar estava deserto. Exceto pelo brilho pálido dessa máquina e pelas manchas do branco luar, o fosso estava escuro e, não fosse pelo tinido da máquina, silencioso. A noite era bela e serena, e a lua parecia ter o céu só para ela, não fosse por um planeta. Ouvi o uivo de um cachorro, e foi esse som familiar que me fez apurar os ouvidos. Então escutei distintamente um ribombar como o de um grande canhão. Contei seis estampidos e, depois de um longo intervalo, mais seis. E foi tudo.

4

A MORTE DO PADRE

Foi no sexto dia de nosso confinamento que espiei para fora pela última vez e logo percebi que estava sozinho. Em vez de estar colado em mim e tentando me afastar da fenda, o padre voltara para a área de serviço. Veio-me um súbito pressentimento. Voltei às pressas e em silêncio para a área e, na escuridão, ouvi o padre bebendo. Estendi a mão no escuro e agarrei a garrafa de vinho.

Durante alguns minutos houve uma disputa e nos atracamos. A garrafa caiu no chão e se quebrou, e eu desisti. Levantamos, arquejando e trocando ameaças. No final, eu me plantei entre ele e nossas provisões e anunciei que instauraria uma disciplina. Dividi o alimento em rações para dez dias e lhe disse que não o deixaria comer mais naquele dia. À tarde ele fez uma débil tentativa de alcançar a comida. Eu cochilava, mas despertei imediatamente. Durante todo o dia e toda a noite nos sentamos um diante do outro, eu exausto mas resoluto, ele chorando e reclamando de fome. Foram apenas uma noite e um dia, mas a mim pareceram, e ainda parecem, um tempo interminável.

Por fim, nossa incompatibilidade terminou em conflito aberto. Durante dois longos dias discutimos em voz baixa e nos atracamos. Algumas vezes eu o estapeava e chutava ensandecido; outras, eu o bajulava e persuadia, e uma vez tentei suborná-lo com a última garrafa de vinho, pois havia um cano pluvial por onde eu podia beber água. Mas nem a força nem a gentileza resolveram — ele estava além do bom senso. Não desistia nem dos ataques à comida nem de suas barulhentas lamentações. Não obedecia às precauções rudimentares para tornar nossa prisão suportável. Aos poucos comecei a observar a derrocada de sua inteligência, a compreender que minha única companhia naquela asfixiante e doentia escuridão era um homem enlouquecido.

Vagas lembranças me levam a crer que minha própria razão vacilava às vezes. Tinha sonhos estranhos e medonhos sempre que dormia. Pode parecer paradoxal, mas às vezes acho que a fraqueza e a insanidade do padre me alertaram, fortaleceram e conservaram minha própria sanidade.

No oitavo dia, ele começou a falar alto em vez de sussurrar, e nada que eu fizesse conseguia moderar seu tom.

— É justo, Senhor! — exclamava. — É justo que sobre mim e os meus o castigo caia! Nós pecamos, nós não estivemos à altura do chamado. Havia pobreza, havia dor... Os pobres eram pisoteados na poeira, e eu não reagi. Preguei a loucura aceitável... meu Deus, que loucura!... quando devia ter me levantado, mesmo que morresse, e clamado para que se arrependessem!... Opressores dos pobres e necessitados!... O grande lagar da ira de Deus!

Então ele voltava de súbito à questão da comida que eu controlava, pedindo, suplicando, chorando e, finalmente, ameaçando. Começou a erguer a voz; supliquei que não o fizesse. Percebendo que tinha um trunfo sobre mim, ameaçou gritar até atrair a atenção dos marcianos. Fiquei assustado, mas qualquer concessão teria reduzido ainda mais nossas chances de fuga. Desafiei-o, mesmo sem a menor segurança de que ele não cumpriria a ameaça. De qualquer forma, naquele dia ele não cumpriu. Continuou a falar, elevando cada vez mais a voz durante o oitavo e o nono dias — eram ameaças e súplicas, intermeadas com uma torrente de palavras vãs e ensandecidas de arrependimento por ter falhado com Deus, a ponto de despertar minha pena. Depois dormiu um pouco e recomeçou com força renovada, tão alto que tive de interferir.

— Fique quieto! — implorei.

Até então ele estava sentado na escuridão, perto da caldeira, mas se pôs de joelhos.

— Já fiquei quieto tempo demais! — disse ele, num tom de voz que deve ter chegado ao fosso. — Mas agora devo prestar testemunho. Ai da cidade infiel! Ai! Ai! Ai dos habitantes da Terra pelas vozes da trombeta...

— Cale-se! — disse eu erguendo-me, com pavor de que os marcianos nos ouvissem. — Pelo amor de Deus...

— Não! — gritou o padre a plenos pulmões, também erguendo-se e estendendo os braços. — Devo falar! A palavra do Senhor está comigo!

Em três passos ele chegara à porta da cozinha.

— Devo prestar testemunho! Irei até lá! Já adiei demais esse momento!

Estendi a mão e senti o cutelo pendurado na parede. Num instante fui atrás dele, enlouquecido de medo. Antes que ele saísse da cozinha eu o alcancei e, com um último gesto de compaixão, virei a faca e o atingi com o cabo. Ele caiu de frente e ficou estendido no chão. Debrucei-me sobre ele e esperei, arquejante. Ele não se movia.

De repente, ouvi um barulho do lado de fora — era o reboco que se quebrava, e seus pedaços caíam no chão, escurecendo a abertura triangular na parede. Levantei os olhos e vi a superfície inferior de uma máquina de montagem entrando lentamente pelo orifício. Um de seus membros avançou de modo ondeante entre os escombros; outro membro apareceu e começou a tatear as vigas caídas. Eu olhava, petrificado. Então, através de uma placa de vidro na frente da máquina, vi o rosto, se é que se pode chamar assim, e os grandes olhos escuros de um marciano espreitando, e então um longo tentáculo metálico avançou lentamente pelo buraco, tateando.

Virei-me com esforço, passei por cima do padre e parei na porta da área de serviço. O tentáculo já havia avançado dois metros ou mais para dentro da cozinha; girava e se retorcia, com estranhos movimentos bruscos, de um lado para outro. Por um instante parei, fascinado com aquele avanço espasmódico. Então, com um grito rouco e baixo, obriguei-me a cruzar a área de serviço. Tremia violentamente e mal conseguia ficar de pé. Entrei no depósito de carvão e me escondi na escuridão, os olhos fixos na porta mal iluminada que dava para a cozinha, os ouvidos atentos. Será que o marciano me vira? O que ele fazia agora?

Algo se movia de um lado para outro lá, sorrateiramente; de vez em quando encostava na parede ou começava a movimentar-se com um fraco tilintar metálico, como chaves numa argola. Então um volume pesado — eu sabia muito bem o que era — foi arrastado pelo chão da cozinha em direção à abertura. Sentindo uma atração irresistível, rastejei até a porta e espiei para dentro da cozinha. À luz do sol que entrava pelo triângulo vi o marciano dentro de seu gigante Briareu, examinando a cabeça do padre. Pensei na hora que ele deduziria minha presença pela marca da pancada.

Rastejei de volta para o depósito de carvão, fechei a porta e me escondi como pude, com o máximo de silêncio, na escuridão entre a lenha e o carvão. Rígido, eu tentava ouvir se o marciano voltara a introduzir o tentáculo através da abertura.

Então o fraco tilintar metálico recomeçou. Percebi que ele se arrastava pelo chão da cozinha, procurando. Depois o ouvi mais perto — na área de serviço, ao que parecia. Imaginei que seu comprimento fosse insuficiente para me alcançar. Eu rezava copiosamente. Ele passou, roçando na porta do depósito. Um intervalo de suspense quase intolerável se seguiu. Depois o ouvi mexendo no trinco. Ele encontrara a porta. Os marcianos sabiam o que eram portas!

Atrapalhou-se com o ferrolho durante cerca de um minuto, e depois a porta abriu.

Mesmo na escuridão consegui ver a coisa — mais parecia uma tromba de elefante — ondulando em minha direção, tocando e examinando a parede, o carvão, o teto. Era como uma minhoca preta, movendo a cabeça cega de um lado para outro.

Chegou a tocar o calcanhar da minha bota. Eu estava a ponto de gritar e mordi minha mão. Por um instante, o tentáculo ficou silencioso. Rezei para que tivesse retrocedido. Mas então, com um clique brusco, ele agarrou algo — achei que fosse eu! — e pareceu sair do depósito. Durante um minuto não tive certeza. Aparentemente, pegara um pedaço de carvão para examinar.

Aproveitei a oportunidade para mudar levemente de posição, pois estava com cãibras, e voltei a escutar. Aos sussurros, rezei intensamente por segurança.

Então voltei a ouvir o lento e deliberado rastejar. Ele se aproximava de mim vagarosamente, raspando nas paredes e batendo nos móveis.

Enquanto eu permanecia em dúvida, o tentáculo bateu com força na porta do depósito e a fechou. Ouvi-o entrar na copa. As latas de biscoito chacoalharam e uma garrafa quebrou, e depois houve uma batida forte na porta do depósito. Depois, silêncio, que se prolongou num infinito suspense.

Teria ido embora?

Finalmente decidi que sim.

Ele não entrou mais na área de serviço, mas passei todo o décimo dia na escuridão asfixiante, enterrado sob carvão e lenha, não ousando sequer rastejar para matar a sede que me atormentava. Só no décimo primeiro dia aventurei-me para fora do meu esconderijo.

5

O SILÊNCIO

A PRIMEIRA COISA QUE FIZ QUANDO ENTREI NA COPA FOI TRANCAR a porta entre a cozinha e a área de serviço. Mas a copa estava vazia — não restara uma migalha de comida. O marciano aparentemente levara tudo no dia anterior. Com essa descoberta, entrei em desespero pela primeira vez. Não bebi nem comi nada no décimo primeiro e no décimo segundo dias.

Minha boca e minha garganta ficaram ressecadas, e minha força diminuiu bastante. Deixei-me ficar no escuro da área de serviço, num estado de profundo desânimo. Não parava de pensar em comida. Achei que tivesse ficado surdo, pois os ruídos do fosso que eu me acostumara a ouvir haviam cessado completamente. Não tinha forças para rastejar em silêncio até o observatório, ou teria ido até lá.

No décimo segundo dia, minha garganta doía tanto que, mesmo correndo o risco de alertar os marcianos, avancei para a bomba de água pluvial ao lado da pia e consegui dois copos de água escura e poluída. Senti-me renovado depois disso e encorajado pelo fato de que nenhum tentáculo curioso aparecera depois do barulho da bomba.

Durante esses dias, de modo confuso e hesitante, pensei muito no padre e em como morrera.

No décimo terceiro dia, bebi um pouco mais de água, cochilei e pensei em comida e em vagos e impossíveis planos de fuga. Sempre que dormia, sonhava com fantasmas horríveis, com a morte do padre ou com jantares suntuosos. Mas, dormindo ou acordado, eu sentia uma dor aguda que me obrigava a beber mais e mais água. A luz que entrava na área de serviço não mais era cinzenta, e sim vermelha. Para a minha confusa imaginação, parecia a cor do sangue.

No décimo quarto dia, entrei na cozinha e vi, surpreso, que as folhas da erva vermelha haviam crescido bem na frente do buraco na parede, transformando a meia-luz do ambiente numa rubra obscuridade.

Foi na manhã do décimo quinto dia que ouvi uma curiosa e familiar sequência de sons na cozinha. Prestando atenção, percebi que era um cachorro farejando e arranhando algo. Entrei na cozinha e vi o focinho do cão através dos ramos avermelhados. Fiquei muito surpreso. Ao sentir meu cheiro, ele deu alguns latidos breves.

Pensei que, se conseguisse atraí-lo silenciosamente para dentro, talvez conseguisse matá-lo e comê-lo. De qualquer modo, era aconselhável matá-lo, pois seus movimentos poderiam atrair a atenção dos marcianos.

Rastejei para perto dele murmurando "Muito bem, cachorrinho", mas ele de repente encolheu a cabeça e desapareceu.

Apurei os ouvidos — não estava surdo —, mas o fosso estava silencioso. Ouvi um som como a vibração das asas de um pássaro e um grasnado rouco, mas foi tudo.

Durante muito tempo fiquei deitado ao lado do observatório, mas sem ousar afastar as plantas vermelhas que o obscureciam. Uma ou duas vezes ouvi os passos rápidos do cachorro indo de um lado para outro na areia muito abaixo de mim, e mais sons de pássaros. Fora isso, nada. Finalmente, encorajado pelo silêncio, espiei para fora.

Exceto num canto onde uma multidão de corvos saltitava e competia pelos esqueletos dos humanos que os marcianos haviam consumido, não havia um único ser vivo no fosso.

Olhei ao redor, mal acreditando em meus olhos. Todas as máquinas haviam partido. Salvo o grande monte de pó cinza-azulado num canto, algumas barras de alumínio em outro, os pássaros pretos e os esqueletos, o lugar não passava de um fosso circular e vazio na areia.

Saí lentamente, rastejando através da erva vermelha até o monte de escombros. Podia enxergar em todas as direções exceto atrás de mim, ao norte, e não vi nem marcianos nem sinal de marcianos. Diante de mim estava o fosso íngreme e profundo, mas um estreito caminho sobre o entulho levava ao topo das ruínas. Minha chance de escapar chegara. Comecei a tremer.

Hesitei por algum tempo e então, num ímpeto desesperado, com o coração batendo violentamente, subi até o topo do monte em que ficara soterrado tanto tempo.

Olhei ao redor outra vez. Ao norte também não havia nenhum marciano à vista.

Na última vez que eu vira aquela parte de Sheen à luz do dia, encontrara uma rua ampla, com casas brancas e vermelhas confortáveis entremeadas a abundantes árvores frondosas. Agora eu estava sobre um monte de tijolos quebrados, argila e cascalho, sobre o qual crescia

uma multidão de plantas vermelhas em forma de cacto que alcançavam meus joelhos, sem a concorrência de uma única planta terráquea. As árvores próximas a mim estavam mortas e escuras, e mais além uma rede de filamentos vermelhos escalava os troncos ainda vivos.

    Todas as casas vizinhas haviam sido destruídas, mas nenhuma queimada; as paredes permaneciam, às vezes subindo até o segundo andar, com portas quebradas e janelas estilhaçadas. A erva vermelha crescia caoticamente nos cômodos destelhados. Abaixo de mim estava o grande fosso, onde os corvos lutavam pelos restos dos mortos. Outros pássaros saltitavam entre as ruínas. Ao longe vi um gato esquelético andando encolhido contra uma parede, mas não havia sinais de seres humanos.

    Em contraste com meu recente confinamento, o dia parecia de um absoluto esplendor, o céu de um azul cintilante. Uma brisa suave agitava levemente as ervas vermelhas que cresciam por toda parte. E como era doce o ar!

6

A AÇÃO DE QUINZE DIAS

Permaneci algum tempo cambaleando sobre o monte, sem me preocupar com minha segurança. No covil insalubre de onde emergira, eu pensara exclusivamente em nossa segurança imediata. Não me dera conta do que acontecera ao mundo, não previra aquele cenário estranho e assustador. Esperava ver Sheen em ruínas, mas encontrei a paisagem lúrida e sobrenatural de um outro planeta.

Naquele momento senti uma emoção incomum à experiência humana, mas que as pobres criaturas que dominamos conhecem muito bem. Senti-me como um coelho que, ao voltar para sua toca, encontra uma dúzia de operários cavando os alicerces de uma casa. Percebi a primeira insinuação de algo que logo se tornou claro em minha mente, e que me oprimiu durante muitos dias — uma sensação de destronamento, a convicção de que já não era o mestre, mas um animal entre outros, sob a tirania dos marcianos. Daí em diante, como os animais, nós espreitaríamos, fugiríamos, buscaríamos esconderijos. O terrível império humano caíra.

Mas, tão logo percebi essa estranheza, ela passou, e minha preocupação dominante se tornou a fome, depois do meu longo e deprimente jejum. Na direção contrária à do fosso, atrás de uma parede coberta de vermelho, avistei uma horta revolvida. Resolvi ir até lá, mergulhando até os joelhos nas ervas, às vezes até o pescoço. A densidade da vegetação me deu a tranquilizadora sensação de esconderijo. O muro tinha uns dois metros de altura, e, quando tentei escalá-lo, não consegui. Andei ao longo dele até chegar a uma pedra que me permitiu subir e saltar sobre a horta que eu cobiçava. Lá encontrei cebolas não maduras, alguns gladíolos, uma porção de cenouras verdes. Depois de comer tudo, pulei um muro em ruínas e avancei entre árvores vermelhas e escarlates em direção a Kew — era como atravessar uma avenida de gigantescas poças de sangue —, com apenas duas metas em mente: conseguir mais comida e sair, o quanto antes minhas forças permitissem, daquela maldita e espectral região do fosso.

Mais adiante, num campo gramado, encontrei um grupo de cogumelos que também devorei. Depois cheguei a um amplo lençol de água rasa e corrente onde antes havia campinas. Aquelas migalhas de alimento haviam apenas aguçado minha fome. De início fiquei surpreso com aquela cheia num verão tão quente e seco, mas depois descobri que a causa era a exuberância tropical da erva vermelha. Quando essas extraordinárias plantas encontravam água, logo se tornavam gigantes e extremamente férteis. Suas sementes foram simplesmente lançadas nas águas do Wey e do Tâmisa, e suas folhagens titânicas cresceram com velocidade, sufocando os dois rios.

Em Putney, como vi depois, a ponte estava quase submersa por um emaranhado dessas plantas daninhas, e também em Richmond as águas do Tâmisa esparramavam-se numa torrente ampla e rasa sobre as campinas de Hampton e Twickenham. As ervas acompanharam o espraiar das águas até que as casas arruinadas do vale do Tâmisa, bem como boa parte da destruição causada pelos marcianos, fossem ocultas por esse pântano vermelho cuja margem eu percorria.

Por fim a erva vermelha sucumbiu com a mesma velocidade com que se havia espalhado, vítima de uma infecção causada pela ação imediata de certas bactérias. Por obra da seleção natural, todas as plantas terrestres adquiriram resistência contra doenças bacterianas — nunca sucumbem sem uma luta severa —, mas a erva vermelha apodreceu como se já estivesse morta. As folhagens desbotaram, depois se tornaram murchas e frágeis. Quebravam-se ao menor contato, e as águas que haviam estimulado seu crescimento carregavam seus últimos vestígios para o mar.

A primeira coisa que fiz ao ver a água foi, é claro, saciar a sede. Bebi uma grande quantidade e, movido por um impulso, mordi algumas folhas da erva vermelha, mas eram aguadas e tinham um sabor repugnante e metálico. A água estava rasa o suficiente para que eu andasse por ela sem perigo, embora a erva vermelha enroscasse em meus pés; mas a profundidade foi aumentando em direção ao rio, e recuei no sentido de Mortlake. Consegui distinguir a estrada graças a ocasionais ruínas de casarões, cercas e postes, e logo consegui sair daquela enchente. Caminhei para o monte que vai para Roehampton e cheguei ao campo de Putney.

Lá o cenário mudou de estranho e anormal para a familiar destruição: alguns trechos exibiam a devastação de um ciclone, mas algumas dezenas de metros adiante eu encontrava locais totalmente intactos, casas com portas e venezianas cuidadosamente fechadas, como se os moradores tivessem saído por um dia ou estivessem dormindo. A erva vermelha era menos abundante, e as altas árvores que margeavam a alameda estavam livres da praga alienígena. Procurei comida entre as árvores sem nada encontrar, e também invadi algumas casas silenciosas, mas elas já haviam sido arrombadas e saqueadas. Descansei durante o resto do dia entre alguns arbustos, pois estava fraco e cansado demais para prosseguir.

Durante todo esse tempo não vi nenhum ser humano e nenhum sinal dos marcianos. Encontrei dois cães esfomeados, mas ambos saíram correndo quando me aproximei. Perto de Roehampton, vi dois esqueletos humanos — não corpos, mas esqueletos descarnados —, e no bosque ao lado encontrei ossos esmagados e dispersos de vários gatos e coelhos, e o crânio de uma ovelha. Tentei roer alguns ossos, mas nada mais restara neles.

Após o pôr do sol, prossegui penosamente pela estrada para Putney, onde acredito que o raio de calor fora usado por algum motivo. Numa horta depois de Roehampton encontrei várias batatas não maduras, suficientes para aplacar minha fome. Dessa horta via-se Putney e o rio. O aspecto da região ao anoitecer era singularmente melancólico: árvores enegrecidas, ruínas escuras e desoladas e, na base do monte, as águas do rio que transbordara, tingidas de vermelho pela erva. E, pairando acima de tudo — o silêncio. Senti um terror indescritível ao pensar na rapidez com que aquela mudança desoladora ocorrera.

Por algum tempo achei que a humanidade fora varrida da Terra, e que eu estava só, o último homem que restara. Quase no topo do monte Putney encontrei outro esqueleto, com os braços removidos e situados a vários metros do corpo. Enquanto seguia em frente, fiquei cada vez mais convencido de que o extermínio da humanidade, salvo por seres errantes como eu, já fora concluído naquela parte do mundo. Os marcianos, pensei, haviam abandonado o país devastado e partido em busca de alimento em outro lugar. Talvez naquele momento estivessem destruindo Berlim ou Paris, ou talvez tivessem ido para o norte.

7

O HOMEM DO MONTE PUTNEY

Passei a noite numa estalagem no alto do monte Putney e dormi numa cama pela primeira vez desde minha fuga para Leatherhead. Não contarei o esforço desnecessário que fiz para invadi-la — mais tarde descobri que a porta da frente estava fechada só com o ferrolho — nem como vasculhei cada cômodo em busca de comida até que, quando estava à beira do desespero, no que parecia o quarto de um criado encontrei um pedaço de pão roído por ratos e duas latas de abacaxi. A estalagem já fora revistada e saqueada. Mais tarde, no bar, encontrei alguns biscoitos e sanduíches que haviam sido ignorados. Os últimos não consegui comer, estavam podres demais, mas os primeiros não só mataram minha fome como encheram meus bolsos. Não acendi nenhuma luz, temendo que algum marciano estivesse buscando alimento naquela parte de Londres. Antes de me deitar, senti-me agitado e fui de janela em janela procurando algum sinal dos monstros. Dormi pouco. Deitado na cama, comecei a pensar linearmente — algo que eu não fazia desde minha última discussão com o padre. De lá até então, meu estado mental fora uma sucessão precipitada de emoções vagas ou uma espécie de receptividade confusa. Mas, naquela noite, minha mente, reforçada pela comida, voltou a se aclarar, e pensei.

Três temas competiam pela minha atenção: a morte do padre, o paradeiro dos marcianos e a possível sina de minha mulher. O primeiro não me deu a menor sensação de horror ou remorso; para mim era assunto encerrado, uma lembrança extremamente desagradável mas desprovida de arrependimento. Via o meu papel como o vejo agora; eu fora levado inevitavelmente, passo a passo, até aquele golpe, resultado de uma sequência de acidentes. Eu não me condenava. No entanto, a memória, estática, retroativa, perseguia-me. No silêncio da noite, com a sensação da proximidade de Deus que às vezes vem com a escuridão e a quietude, enfrentei meu julgamento, meu único julgamento por aquele momento de medo e fúria. Reconstituí cada passo de nossas conversas desde o momento em que o encontrei acocorado ao meu lado, indiferente à minha sede, apontando para o fogo e a fumaça que subiam das ruínas de Weybridge. Fomos incapazes de cooperar um com o outro, mas o acaso ignorou esta circunstância. Se eu tivesse previsto o futuro, tê-lo-ia deixado em Halliford. Mas não previ, e crime é prever e fazer. Relato isso como tenho relatado toda essa história — como aconteceu. Não houve testemunhas, e eu poderia muito bem ocultar o que se passou. Mas não oculto, e o leitor que me julgue como quiser.

Quando consegui com esforço deixar de lado aquela imagem do corpo prostrado, encarei o problema dos marcianos e do destino de minha mulher. Em relação ao primeiro, eu não tinha nenhum dado e só podia imaginar centenas de coisas. Infelizmente, assim também era em relação ao segundo. De repente, a noite se tornou insuportável. Sentei-me na cama, olhando para a escuridão. Peguei-me rezando para que o raio de calor a tivesse fulminado de modo súbito e indolor. Eu não rezava desde a noite em que retornara de Leatherhead. Eu murmurara orações como quem usa um talismã, como pagãos murmuram encantos diante do perigo extremo. Mas agora eu rezava de fato, suplicando com firmeza e lucidez, face a face com a escuridão de Deus. Estranha noite! Mais estranha ainda porque eu, que falara com Deus, mal nasceu o dia rastejei para fora da casa como um rato deixando o esconderijo — mais um entre os animais inferiores, bastando um capricho da raça superior para ser caçado e morto. Talvez eles também rezassem confiantemente a Deus. Se aprendemos alguma coisa com essa guerra, decerto foi a piedade — piedade pelas almas ingênuas que sofrem nosso domínio.

A manhã estava bela e luminosa, o céu róseo do nascente salpicado de nuvenzinhas douradas. Na estrada que vai do alto do monte Putney para Wimbledon, encontrei alguns patéticos vestígios da multidão em pânico que fugira para Londres na noite de domingo depois que a guerra começou — uma pequena carroça de duas rodas com a inscrição "Thomas Lobb, verdureiro, New Malden", com uma roda quebrada e um baú de estanho abandonado; um chapéu de palha pisoteado na lama que endurecera; e, no alto do monte West, cacos de vidro ensanguentados em torno de um bebedouro caído. Meus movimentos eram lânguidos; meus planos, vagos. Pensava em seguir para Leatherhead, embora soubesse que a chance de lá encontrar minha esposa fosse muito remota. Com certeza, a menos que a morte os tivesse surpreendido, ela e meus primos já haveriam saído de lá. Mesmo assim, achava que poderia descobrir para onde os moradores de Surrey haviam fugido. Queria encontrar minha mulher; meu coração ansiava por ela e por outros seres humanos, mas não sabia por onde começar a procurar. Tinha uma consciência aguda da minha intensa solidão. Segui em frente a partir da esquina, abrigando-me sob uma mata de árvores e arbustos até o amplo e extenso campo de Wimbledon.

O campo estava escuro, iluminado aqui e ali por arbustos de tojo e giesta amarelos; não avistei nenhuma erva vermelha. Enquanto eu vagava titubeante pela beira do campo, o sol ergueu-se, inundando a paisagem com luz e vitalidade. Deparei-me com uma diligente multidão de sapinhos num pântano entre as árvores. Parei para observá-los, extraindo uma lição daquela inflexível vontade de viver. Em seguida, virei-me bruscamente, com a estranha sensação de ser observado, e vi algo encolhido atrás de uma moita. Continuei a olhar e, quando avancei um passo, a forma se ergueu e se revelou um homem, armado com um sabre. Aproximei-me lentamente. Ele continuou parado e silencioso, olhando para mim.

Quando cheguei mais perto vi que usava roupas tão sujas e empoeiradas como as minhas; de fato, parecia que fora arrastado por um bueiro. Mais de perto, distingui o lodo verde de fossas misturado a argila seca e parda e a manchas lustrosas de carvão. O cabelo preto caía sobre os olhos, e o rosto estava tão sujo e encovado que no começo não o reconheci. Tinha um corte vermelho na parte inferior do rosto.

— Pare! — gritou quando cheguei a dez metros dele, e eu parei. Sua voz era rouca. — De onde você vem?

Examinei-o, pensando no que responder.

— Venho de Mortlake — falei. — Fui soterrado perto do fosso que os marcianos fizeram ao redor do cilindro. Abri caminho e escapei.

— Não tem comida aqui — disse ele. — Este território é meu. Desde este monte até o rio, lá atrás até Clapham e até a beira do campo. Só tem comida para um. Para onde você vai?

Respondi lentamente.

— Não sei. Fiquei soterrado pelas ruínas de uma casa durante treze ou catorze dias. Não sei o que aconteceu nesse tempo.

Ele pareceu desconfiado, depois teve um sobressalto e me olhou com expressão diferente.

— Não tenho a menor intenção de ficar por aqui — continuei. — Acho que vou para Leatherhead, porque deixei minha mulher lá.

Ele apontou o dedo para mim.

— É você — disse ele. — O homem de Woking. Você não morreu em Weybridge?

Reconheci-o na mesma hora.

— E você é o artilheiro que entrou no meu jardim.

— Que sorte! — exclamou ele. — Que sorte temos! Não acredito, *você*! — Ele estendeu a mão e eu a apertei. — Eu escapei por um cano de esgoto. Mas eles não mataram todo mundo. Depois que foram embora, parti para Walton pelos campos. Mas... não faz nem dezesseis dias, e seu cabelo está grisalho. — Ele lançou um olhar súbito para trás. — É só uma gralha. Prestamos atenção até na sombra dos pássaros ultimamente. Aqui estamos muito expostos. Vamos nos esconder naquelas moitas e conversar.

— Você viu algum marciano? — perguntei. — Desde que consegui sair...

— Estão do outro lado de Londres — disse ele. — Acho que há um acampamento maior lá. De noite, lá para os lados de Hampstead, o céu fica todo aceso com suas luzes. Parece uma cidade grande, e no clarão dá para vê-los movendo-se. De dia não. Mas eu não vejo nenhum de perto... — (ele contou nos dedos) — faz cinco dias. Depois vi dois do outro lado de Hammersmith, carregando um negócio grande. E na noite retrasada... — fez uma pausa solene — vi só algumas luzes, mas era alguma coisa no céu. Acho que construíram uma máquina voadora e estão aprendendo a voar.

Paramos agachados, pois chegáramos aos arbustos.

— Voar!

— Sim, voar — ele disse.

Fui até um pequeno caramanchão e me sentei.

— É o fim da humanidade — disse eu. — Se conseguem fazer isso, vão dominar o mundo inteiro.

Ele assentiu com a cabeça.

— Vão, sim. Mas... isso vai aliviar um pouco as coisas por aqui. Além disso... — Ele me olhou. — Você não está feliz porque a humanidade *foi* derrotada? Eu estou. Nós perdemos.

Olhei para ele. Por estranho que fosse, eu ainda não atinara com esse fato — um fato que se tornou óbvio assim que ele falou. Eu ainda mantinha uma vaga esperança; ou melhor, eu mantinha um antigo hábito mental. Ele repetiu as palavras, "Nós perdemos", e elas continham uma absoluta convicção.

— Está tudo acabado — disse ele. — Eles perderam *um*. Só *um*. E conquistaram uma posição forte aniquilando a maior potência do mundo. Eles nos massacraram. A morte daquele marciano em Weybridge foi um acidente. E esses são apenas os pioneiros. Eles continuam chegando. São essas estrelas verdes. Não vi nenhuma nos últimos cinco ou seis dias, mas devem estar caindo em algum lugar todas as noites. Não há nada a fazer. Estamos acabados! Fomos vencidos!

Não respondi. Continuei olhando fixamente adiante, tentando em vão pensar num contra-argumento.

— Isto não é uma guerra — prosseguiu o artilheiro. — Nunca foi uma guerra, assim como nunca houve uma guerra entre o homem e as formigas.

De repente eu me lembrei da noite que passei no observatório.

— Depois do décimo disparo eles não atiraram mais. Pelo menos até a chegada do primeiro cilindro.

— Como você sabe? — perguntou o artilheiro, e eu lhe expliquei. Ele pensou um pouco. — Acho que o canhão deles teve algum problema. Mas, e se foi isso? Vão consertá-lo. E mesmo que haja um atraso, acha que isso modificará o resultado? É como os homens e as formigas. As formigas constroem cidades, vivem suas vidas, passam por guerras, revoluções, até que os homens decidem que elas têm de sair do caminho, e elas saem. É isso que somos agora. Formigas. Com a diferença...

— Sim? — disse eu.

— Que somos formigas comestíveis.

Nós nos entreolhamos por algum tempo.

— E o que farão conosco? — perguntei.

— É o que eu tenho pensado — disse ele. — É o que tenho pensado. Depois de Weybridge fui para o sul, pensando. Vi o que enfrentávamos. A maioria das pessoas ficou desesperada, gritando, arrancando os cabelos. Mas não sou muito de me desesperar. Já vi a morte uma ou duas vezes. Não sou um soldado decorativo, e, no pior e no melhor dos casos, a morte... é só a morte. São aqueles que raciocinam que conseguem salvar a pele. Vi que todo mundo ia para o sul. Pensei, "A comida não vai durar muito tempo lá", e fiz meia-volta. Fiquei perto dos marcianos como um pardal fica perto dos homens. Em toda parte — ele fez um gesto abarcando o horizonte — as pessoas morrem de fome aos montes, correm assustadas, pisando umas nas outras...

Ele viu minha expressão e se calou, constrangido.

— Mas quem tinha dinheiro com certeza fugiu para a França — disse ele. Parecia achar que me devia desculpas. Encarou-me nos olhos e continuou. — Tem comida por toda parte aqui. Enlatados, vinhos, destilados, águas minerais, e os canos de água e esgoto estão vazios. Bom, eu estava dizendo o que pensei: "Eles são seres inteligentes e parecem querer-nos como alimento. Primeiro vão destruir o que temos — navios, canhões, máquinas, cidades, toda nossa ordem e organização. Se fôssemos do tamanho de formigas, poderíamos escapar. Mas não somos. Tudo ocupa espaço demais". Essa foi minha primeira certeza. Não é?

Assenti.

— É sim, eu pensei em tudo. Muito bem, continuando. No momento, estamos do jeito que eles queriam. Um marciano só precisa andar alguns quilômetros para encontrar um grupo de gente fugindo. Um dia vi um deles, perto de Wandsworth, despedaçando casas e vasculhando os escombros. Mas não vão continuar fazendo isso. Logo que tiverem destruído todos os nossos canhões e navios, e acabado com nossas ferrovias, e terminado tudo que estão fazendo lá, vão começar a nos pegar sistematicamente, escolhendo os melhores e armazenando-nos em jaulas. É isso que vão começar a fazer em breve. Meu Deus, eles estão só começando! Você não percebe isso?

— Só começando! — exclamei.

— Só começando. Tudo que aconteceu até agora foi porque não tivemos o bom senso de ficar quietos. Atazanamos os marcianos com canhões e outras bobagens. Perdemos a cabeça, correndo em bandos para lugares tão pouco seguros quanto onde estávamos antes. Eles ainda não querem lidar conosco. Estão construindo aparelhos, tudo que não conseguiram trazer, aprontando tudo para o resto do seu povo. Deve ser por isso que os cilindros pararam um pouco de cair. Por medo de atingir os que já estão aqui. E em vez de correr por aí cegamente, aos berros, ou de procurar dinamite na esperança de explodir os marcianos, temos de nos organizar de acordo com o novo estado de coisas. Foi a conclusão a que cheguei. Não é exatamente o que o homem queria para a espécie, mas é o que os fatos exigem. E foi a partir desse princípio que eu agi. Cidades, nações, progresso, civilizações... nada disso existe mais. Esse jogo acabou. Fomos derrotados.

— Mas, se for assim, para que viver?

O artilheiro me olhou por um momento.

— Não haverá mais belos concertos durante um milhão de anos. Nada de Real Academia de Artes e nem de jantarezinhos saborosos em restaurantes. Se é diversão que você quer, acho que o jogo acabou. Se você tem boas maneiras, se não come ervilhas com faca e nem corta o "s" das palavras, pode jogá-las fora. Não servem mais para nada.

— Está dizendo...

— Estou dizendo que são homens como eu que continuarão vivendo: pelo bem da raça. Eu lhe digo, estou decidido a viver. E, se eu não estiver enganado, *você* também vai mostrar do que é capaz, e não vai demorar. Nós não seremos exterminados. E também não seremos presos nem domados, e nem postos para engordar e procriar como um rebanho de bois. Ugh! Pense naquelas coisas marrons e rastejantes!

— Você não está dizendo...

— Estou. Eu vou continuar vivendo. Debaixo dos pés deles. Já planejei, já pensei em tudo. Nós fomos derrotados. Não sabemos tudo que eles sabem. Temos de aprender o quanto antes. E temos de sobreviver e continuar independentes enquanto aprendemos. Viu? É isso que precisa ser feito.

Eu o olhava, atônito, profundamente tocado por sua decisão.

— Santo Deus! — exclamei. — Estou vendo que você é mesmo um homem! — E de repente apertei-lhe a mão.

— E então? — disse ele, com os olhos brilhando. — Pensei ou não pensei em tudo?

— Continue — disse eu.

— Bom, quem não quiser ser capturado vai ter de se preparar. Eu estou me preparando. O problema é que nem todos servem para viver como animais selvagens, mas é assim que vai ter de ser. Por isso observei você. Tive minhas dúvidas. Você não parece forte. Eu não sabia que era você e nem como tinha sido soterrado. Toda essa... essa gente que morava nessas casas, e todos aqueles malditos funcionariozinhos que moravam lá embaixo... eles não serviriam. Eles não têm energia, nenhum sonho ou desejo nobre, e um homem que não tem nem um nem outro... vive apenas às voltas com medos e precauções! A única coisa que faziam na vida era correr para o trabalho. Vi centenas deles, ainda comendo o pão do café da manhã, correndo feito loucos para pegar o trem para o trabalho, com medo de serem despedidos se chegassem atrasados, trabalhando em firmas que tinham medo de tentar entender, correndo de volta com medo de se atrasarem para o jantar, ficando em casa depois do jantar com medo das ruas e dormindo com as mulheres com quem se casaram não por amor, mas porque tinham um pouco de dinheiro para tornar mais segura essa miserável correria. Fazendo seguros de vida e investindo um pouco por medo de acidentes. E, nos domingos, medo do além. Como se o inferno fosse feito para coelhos! Bom, para eles os marcianos são enviados dos céus. Terão jaulas amplas e confortáveis, comida para engordar, reprodução cuidadosa, nenhuma preocupação. Depois de uma semana vagando pelos campos de barriga vazia, eles darão graças a Deus quando forem presos. Mais tarde, ficarão felizes. Perguntarão o que as pessoas faziam antes de chegarem os marcianos para tomar conta delas. E os boêmios, os janotas, os cantores... imagine como ficarão. Imagine como ficarão... — disse ele, com certa satisfação sombria. — A religião correrá solta entre eles. Vi coisas com meus próprios olhos que só comecei a entender nos últimos dias. Muitos aceitarão a situação e pronto, os gordos e estúpidos, mas outros terão a incômoda sensação de que está tudo errado e que deveriam fazer alguma coisa. Mas sempre que há uma situação em que muita gente acha que deveria fazer alguma coisa, os fracos, ou os que enfraquecem quando precisam pensar, sempre inventam uma religião comodista, muito virtuosa e superior, submetendo-se à perseguição e à vontade de Deus. Você já deve ter visto isso. É a energia criada por uma tempestade de medo, virada do avesso. Essas jaulas serão cheias de salmos, hinos e devoção. E os menos simplórios se voltarão para... o erotismo.

Ele fez uma pausa.

— É provável que os marcianos transformem alguns em mascotes, que os ensinem a fazer truques, que fiquem tristes quando o menino de estimação crescer e precisar ser abatido. Quem sabe? Talvez treinem alguns para nos caçar...

— Não! — gritei. — Impossível! Nenhum ser humano...

— De que adianta continuar acreditando nessas mentiras? — disse o artilheiro. — Muitos fariam isso com o maior prazer. É absurdo fingir que não!

Eu sucumbi à convicção do meu companheiro.

— Se vierem atrás de mim — disse ele. — Deus, se vierem atrás de mim... — e se calou, mergulhando em amargas reflexões.

Pensei em tudo que ouvira e não encontrei nenhum argumento para contestar os do artilheiro. Antes da invasão ninguém teria questionado minha superioridade intelectual em relação a ele — eu, um reconhecido autor de ensaios filosóficos, e ele, um soldado comum. No entanto, ele explicitara uma situação da qual eu mal me dera conta ainda.

— O que pretende fazer? — perguntei após algum tempo. — Quais são seus planos?

Ele hesitou.

— Bom — disse ele. — O que precisamos fazer? Precisamos inventar um tipo de existência em que a humanidade possa viver e procriar e em que as crianças possam crescer com alguma segurança. Espere, já deixarei claro o que acho que deve ser feito. Os mansos viverão como todos os animais mansos. Em poucas gerações serão grandes, bonitos, rosados, estúpidos... Não valerão nada! O risco é que nós, rebeldes, viremos selvagens... que degeneremos numa espécie de rato grande e selvagem. Pois acho que teremos de viver nos subterrâneos. Tenho pensado nos esgotos. Claro, quem não conhece os esgotos pensa coisas horríveis. Mas sob Londres existem quilômetros de esgotos, centenas de quilômetros, e, com a cidade vazia e alguns dias de chuva, eles ficarão limpos e frescos. Os esgotos centrais são grandes e arejados para qualquer um. E tem também os porões, adegas, depósitos, onde podemos fazer passagens para os esgotos. E há os túneis e os metrôs. Está começando a entender? Formaremos um bando de homens lúcidos e fortes. Não aceitaremos qualquer porcaria que aparecer. Colocaremos os fracotes para fora.

— Como você quis fazer comigo?

— Bom... voltei atrás, não foi?

— Não vamos discutir por causa disso. Continue.

— Quem ficar terá de obedecer a ordens. Também vamos querer mulheres fortes e lúcidas, mães e professoras. Nada de donzelas sonhadoras, de suspiros e fricotes. Não queremos saber de gente fraca e tola. A vida voltou a ser real, e as pessoas inúteis, incômodas e prejudiciais precisam morrer. Devem morrer. Devem estar dispostas a morrer. Afinal, é um tipo de traição continuar vivo e manchar a raça. Não conseguiriam ser felizes. Além disso, morrer não é tão horrível assim; é o medo que torna a morte ruim. Vamos nos reunir em todos esses lugares. Londres será nosso distrito. E talvez possamos até montar guarda e correr ao ar livre quando os marcianos não estiverem por perto. Jogar críquete, quem sabe? É assim que vamos salvar a raça. O que acha? Não é possível? Mas salvar a raça não é nada. Como eu disse, até ratos fazem isso. Preservar e ampliar nosso conhecimento é o que interessa. É aí que homens como você entram. Para isso existem livros e modelos. Precisamos criar grandes depósitos seguros nas profundezas e guardar todos os livros que pudermos — não romances e poesias

açucaradas, mas filosofias, livros de ciência. É aí que entram homens como você. Precisamos ir ao British Museum e pegar os melhores livros. Acima de tudo, precisamos conservar nossa ciência e aprender mais. Temos de vigiar os marcianos. Alguns precisarão se aproximar deles como espiões. Quem sabe, quando tudo estiver funcionando, eu irei. Quer dizer, para ser pego. E a melhor parte é que vamos deixar os marcianos em paz. Não vamos nem roubar. Se entrarmos no caminho deles, sairemos. Precisamos mostrar que não temos más intenções. É, eu sei. Mas eles são seres inteligentes e não nos perseguirão se tiverem tudo que desejam e pensarem que não passamos de insetos inofensivos.

O artilheiro parou de falar e apoiou a mão suja no meu braço.

— Afinal, talvez não seja preciso aprender muito antes de... Imagine uma situação: quatro ou cinco máquinas de guerra marcianas atacam de repente, lançando raios de calor para todos os lados, mas sem marcianos dentro delas. Não, homens. Homens que aprenderam a usá-las. Pode ser até que eu esteja entre eles. Imagine dirigir uma dessas máquinas incríveis, com o raio de calor livre e solto! Imagine controlar essas máquinas! E daí se você for feito em pedacinhos no final, depois de uma farra dessas! Acho que isso faria os marcianos arregalarem os olhos. Imagine só, amigo. Imagine-os bufando e tocando as sirenes, correndo até as outras máquinas. Toda vez encontram algum defeito. E, enquanto eles se afobam tentando consertar, *zum!*, o raio de calor acaba com eles. E, vejam só, o homem está de volta!

Por um instante, a ousada imaginação do artilheiro e a segurança e a coragem em sua voz dominaram minha mente. Acreditei sem hesitar na sua previsão do destino humano e na viabilidade de seu plano fantástico, e o leitor que me achar tolo e suscetível deve contrastar a posição dele, apresentando sua tese com toda a concentração, e a minha, encolhido entre os arbustos, amedrontado e apreensivo. Conversamos dessa maneira durante boa parte da manhã. Depois saímos sorrateiramente do mato e, conferindo se não havia marcianos ao redor, corremos até a casa no monte Putney onde ele se instalara. Fomos ao depósito de carvão da casa, e quando vi seu trabalho de uma semana — uma cova que não chegava a dez metros de comprimento, que ele pretendia que alcançasse o esgoto central do monte Putney — compreendi o abismo entre seus sonhos e sua capacidade. Eu teria cavado aquele buraco em um dia. Mas acreditei nele o suficiente para cavar a seu lado até depois do meio-dia. Com um carrinho de mão, jogávamos a terra que removíamos no fogão da cozinha. Depois nos alimentamos com uma lata de sopa e com vinho que encontramos na copa vizinha. Esse trabalho regular me trouxe um curioso alívio da estranheza dolorosa que assumira o mundo. Enquanto trabalhávamos, eu pensava no projeto do artilheiro, e logo dúvidas e objeções começaram a me assaltar. Mesmo assim continuei cavando a manhã toda, tão feliz estava por ter novamente um propósito. Depois de trabalhar durante uma hora, comecei a me perguntar a que distância estava o esgoto e se não erraríamos totalmente nosso alvo. Minha pergunta mais imediata era por que tínhamos de cavar aquele longo túnel quando podíamos entrar no esgoto imediatamente por um dos bueiros e abrir caminho de volta à casa. Também me parecia que a casa fora mal escolhida, pois exigia um túnel desnecessariamente longo. Quando eu começava a pensar nessas questões, o artilheiro parou de cavar e olhou para mim.

— Estamos trabalhando bem — disse ele, e largou a pá. — Vamos parar um pouco. Acho que é hora de subir para o telhado e fazer um reconhecimento.

Eu opinei que devíamos continuar e, depois de uma breve hesitação, ele retomou a pá. De repente um pensamento me ocorreu. Parei de cavar, e ele também, no mesmo instante.

— Por que você andava pelo campo em vez de estar aqui? — perguntei.

— Estava tomando ar — disse ele. — Já ia voltar. Lá é mais seguro à noite.

— Mas e o trabalho?

— Ninguém consegue trabalhar o tempo todo — disse ele, e de repente eu o vi pelo que era. Ele hesitou, segurando a pá. — Temos de fazer o reconhecimento agora porque, se um deles chegar perto, poderá ouvir as pás e nos pegar desprevenidos.

Eu não estava mais disposto a objetar. Fomos até o telhado, subimos uma escada e espiamos pela porta do telhado. Como não havia marcianos à vista, arriscamos pisar nas telhas e nos abrigamos sob o parapeito.

Da posição em que estávamos, o mato ocultava a maior parte de Putney, mas dava para ver o rio abaixo, uma massa borbulhante de ervas vermelhas, e a região baixa de Lambeth, inundada e rubra. As trepadeiras vermelhas subiam pelas árvores em torno do palácio velho, e os galhos de folhas murchas se estendiam, mortos e desolados, por entre suas ramagens. Era estranho que essas duas espécies dependessem inteiramente da água corrente para se propagar. Onde estávamos, nenhuma conseguira vingar. Arbustos de laburno, flores silvestres, roseiras e sempre-vivas brotavam em meio a loureiros e hortênsias, coloridos e brilhantes à luz do sol. Além de Kensington, uma fumaça densa se elevava no céu em meio a uma névoa azulada, escondendo os montes ao norte.

O artilheiro começou a me contar que tipo de gente continuava em Londres.

— Uma noite da semana passada — disse ele —, alguns idiotas consertaram a luz elétrica e toda a rua Regent e o Circus ficaram claros como o dia, cheios de bêbados pintados e esfarrapados, homens e mulheres dançando e gritando até o amanhecer. Um homem que estava lá me contou. E, quando o dia nasceu, eles notaram uma máquina de guerra perto do Langham, olhando para eles. Só Deus sabe por quanto tempo ela estivera lá. Deve ter virado o estômago de alguns. O marciano desceu a avenida em direção aos boêmios e pegou quase cem, bêbados ou assustados demais para fugir.

Era um vislumbre grotesco de uma época que nenhum historiador jamais descreverá integralmente.

Depois, respondendo perguntas minhas, ele voltou a seus planos grandiosos. Entusiasmou-se. Falou com tanta eloquência da possibilidade de capturar uma máquina de guerra que quase me convenceu outra vez. Mas agora que eu começava a entender um pouco de seu caráter, notei a ênfase que ele dava em não fazer nada precipitadamente. E notei que já estava fora de questão que ele capturasse e manejasse pessoalmente a grande máquina.

Depois de algum tempo descemos para o porão. Nem ele nem eu estávamos dispostos a recomeçar a cavar, e, quando ele sugeriu uma refeição, concordei de bom grado. De repente ele se mostrou muito generoso, e quando acabamos de comer ele se retirou e voltou com alguns charutos excelentes. Enquanto fumávamos, seu otimismo aumentou. Parecia ver minha chegada como uma grande ocasião.

— Tem champanhe no porão — disse ele.

— Cavaremos melhor se bebermos vinho feito deste lado do Tâmisa — disse eu.

— Não, hoje eu sou o anfitrião — disse ele. — Champanhe! Ora essa! Temos uma tarefa bem pesada à nossa frente! Vamos descansar e reunir forças enquanto podemos. Veja as bolhas nas minhas mãos!

E, em consonância com essa ideia de feriado, insistiu que jogássemos cartas depois da refeição. Ensinou-me a jogar *euchre*, e, depois de dividirmos Londres entre nós — eu fiquei com o norte, ele com o sul —, jogamos apostando as paróquias da cidade. Por mais grotesco e tolo que isso pareça ao sóbrio leitor, foi exatamente o que aconteceu, e ainda mais notável foi que achei esse jogo e vários outros que jogamos extremamente interessantes.

Como é estranha a mente humana! Com a espécie à beira do extermínio ou da horrenda degradação, com nenhuma perspectiva diante de nós além de uma morte terrível, fomos capazes de nos entregar ao acaso daquelas cartas e de jogar com grande deleite. Depois ele me ensinou pôquer, e eu o venci em três disputados jogos de xadrez. Quando escureceu, decidimos arriscar e acender um lampião.

Depois de uma interminável série de jogos, jantamos, e o artilheiro terminou o champanhe. Continuamos fumando os charutos. Ele não era mais o enérgico regenerador da espécie que eu encontrara de manhã. Continuava otimista, mas era um otimismo menos ativo, mais pensativo. Lembro que brindou à minha saúde, com um discurso de pouca variedade e considerável intermitência. Eu peguei um charuto e subi para ver as luzes das quais ele falara, que brilhavam com tanta intensidade nos montes de Highgate.

No começo, nada vi quando contemplei o vale de Londres. Os montes ao norte estavam envoltos em sombras; os incêndios perto de Kensington cintilavam avermelhados, e de vez em quando uma labareda alaranjada fulgurava e se extinguia na noite profunda. O restante de Londres estava às escuras. Então, mais perto, notei uma estranha luz, um brilho fluorescente, pálido e violeta, oscilando na brisa noturna. Durante algum tempo não entendi o que era, mas depois percebi que a tênue irradiação devia proceder da erva vermelha. Com essa constatação, meu espanto adormecido e minha percepção da realidade voltaram a despertar. Olhei então para Marte, que cintilava a oeste nítido e vermelho, e depois contemplei longamente a escuridão de Hampstead e Highgate.

Permaneci muito tempo no telhado, pensando nas mudanças grotescas daquele dia. Recordei meus estados mentais desde as preces à meia-noite até a tola jogatina. Senti uma repulsa violenta. Lembro que atirei o charuto para longe num gesto simbólico e perdulário. Minha insensatez saltou aos meus olhos com exagerada nitidez. Senti-me um traidor da minha mulher e da minha espécie. Enchi-me de remorsos. Decidi deixar aquele estranho e indisciplinado sonhador com sua gula e suas bebedeiras e seguir para Londres. Lá eu teria mais chances de saber o que os marcianos e a humanidade estavam fazendo. Eu ainda estava no telhado quando a lua tardia nasceu.

8

LONDRES MORTA

Depois que me separei do artilheiro, desci o monte e cruzei a ponte para Fulham pela rua High. A erva vermelha ainda se alastrava, quase obstruindo a ponte; mas suas folhagens já começavam a manchar-se de branco, atingidas pela doença que logo a exterminaria com rapidez.

Na esquina da alameda que vai para a estação da ponte de Putney, encontrei um homem deitado. Parecia um limpador de chaminés, tão sujo estava de poeira preta. Estava vivo, mas embriagado a ponto de mal conseguir falar. Não obtive nada dele, fora maldições e arremetidas contra minha cabeça. Acho que teria ficado a seu lado não fosse a expressão brutal de seu rosto.

Poeira preta cobria a estrada a partir da ponte, tornando-se mais espessa em Fulham. As ruas estavam terrivelmente silenciosas. Numa padaria, consegui alimentos azedos, duros e mofados, mas comestíveis. Perto de Walham Green as ruas ficaram livres da poeira; passei por um conjunto de casas brancas em chamas, e o barulho do fogo foi um alívio para mim. Ao me aproximar de Brompton, as ruas voltaram a ficar silenciosas.

Lá reencontrei a poeira preta sobre as ruas e cadáveres. Vi cerca de doze ao longo da avenida Fulham. Estavam mortos havia muitos dias, e passei correndo por eles. A poeira preta os cobria e suavizava seus contornos. Um ou dois haviam sido revirados por cães.

Onde não havia poeira preta, o cenário era curiosamente dominical — as lojas fechadas, as casas trancadas, as venezianas baixadas, o abandono, o silêncio. Em alguns lugares haviam ocorrido saques, principalmente em lojas de alimentos e vinhos. A vitrine de uma joalheria fora quebrada, mas aparentemente o ladrão havia sido surpreendido, e várias correntes de ouro e um relógio estavam espalhados na calçada. Não me dei ao trabalho de apanhá-los. Mais adiante vi uma mulher esfarrapada na soleira de uma porta; a mão, pousada sobre o joelho, estava cortada e sangrava sobre o encardido vestido marrom, e uma grande garrafa de champanhe quebrada formava uma poça na calçada. Parecia dormir, mas estava morta.

Quanto mais eu entrava em Londres, mais profundo era o silêncio. Mas não era tanto o silêncio da morte — era o silêncio do suspense, da expectativa. A qualquer momento, a destruição que já varrera a fronteira noroeste da metrópole e aniquilara Ealing e Kilburn poderia se abater sobre essas casas e transformá-las em ruínas fumegantes. Era uma cidade condenada, desamparada...

Em South Kensington, as ruas estavam livres de mortos e da poeira preta. Foi perto de South Kensington que ouvi pela primeira vez os clamores uivantes. Infiltraram-se quase imperceptivelmente em meus sentidos. Eram duas notas que se alternavam e se prolongavam sem fim: "Uó, uó, uó, uó". Quando passei pelas ruas que seguiam para o norte eles aumentaram de volume, mas as casas e prédios os abafavam e interrompiam. Depois chegaram a mim com força total na avenida Exhibition. Parei, olhando na direção de Kensington Gardens, espantado com esse lamento estranho e remoto. Era como se aquele vasto deserto de casas tivesse encontrado uma voz para expressar seu medo e solidão.

"Uó, uó, uó, uó", prosseguia o grito sobre-humano — eram grandes ondas sonoras varrendo a larga e iluminada avenida, entre os prédios altos que a ladeavam. Virei para o norte, intrigado, em direção aos portões de ferro do Hyde Park. Pensei em invadir o Museu de História Natural e subir até o alto das torres para obter uma vista do parque. Mas decidi continuar no chão, onde podia me esconder rapidamente, e segui até a avenida Exhibition. Todas as grandes mansões de cada lado da avenida estavam vazias e quietas, e meus passos ecoavam na calçada. No fim, próximo ao portão do parque, deparei-me com uma estranha visão — um ônibus virado, e o esqueleto descarnado de um cavalo. Contemplei a cena por algum tempo e depois segui para a ponte sobre o lago Serpentine. A voz se tornava cada vez mais alta, embora eu não visse nada acima dos telhados das casas ao norte do parque, salvo uma névoa de fumaça a noroeste.

"Uó, uó, uó, uó", gritava a voz, que parecia vir da região em torno do Regent's Park. Aqueles gritos fantasmagóricos me perturbavam. A força que me sustentava vacilou. Os uivos tomaram conta da minha mente. Percebi que estava exausto, com dor nos pés e mais uma vez com sede e fome.

Já passava do meio-dia. Por que eu vagava sozinho por aquela cidade dos mortos? Por que só eu, quando toda Londres era um caixão velado, envolto num manto negro? Senti-me insuportavelmente só. Lembrei-me de velhos amigos, havia muito esquecidos. Pensei nos venenos ocultos nas farmácias, nas bebidas que as adegas guardavam; lembrei-me das duas criaturas ébrias e desesperadas que, até onde eu sabia, eram minhas únicas companheiras na cidade...

Entrei na rua Oxford pelo Marble Arch e voltei a encontrar a poeira preta e vários corpos; um odor nefasto e pernicioso saía das grades dos porões de algumas casas. Eu estava sedento depois da longa caminhada. A duras penas consegui arrombar uma taberna e obter comida e bebida. Senti-me exausto depois de comer e, no salão atrás do bar, dormi num sofá preto de pelo de cavalo que encontrei.

Despertei com os lúgubres uivos ainda em meus ouvidos, "Uó, uó, uó, uó". Era quase noite, e, depois de encontrar alguns biscoitos e queijo no bar — havia um refrigerador para carnes, mas continha apenas vermes —, percorri as silenciosas quadras residenciais até a rua Baker — só consigo me lembrar da Portman Square — e finalmente cheguei ao Regent's Park. Quando alcancei o fim da rua Baker vi ao longe, acima das árvores e à luz do crepúsculo, a cabeça do gigante marciano que emitia os uivos. Não fiquei aterrorizado. Encontrá-lo pareceu-me algo natural. Observei-o durante algum tempo, mas ele não se mexeu. Ficou parado, uivando, por nenhum motivo aparente.

Tentei formular um plano de ação. A incessante sirene perturbava meu raciocínio. Talvez eu estivesse cansado demais para me apavorar. Certamente estava mais curioso para saber o motivo daqueles clamores monótonos do que com medo. Tomei a avenida Park, com a intenção de contornar o parque, e, abrigando-me sob o terraço das casas, consegui uma visão melhor daquele marciano estático e ululante na direção de St. John's Wood. A uns duzentos metros da rua Baker, ouvi um coro de ganidos e primeiro vi um cachorro correndo em minha direção com um pedaço de carne pútrida na boca, e depois um bando

de vira-latas famintos perseguindo-o. Ele fez uma larga curva para desviar de mim, como se temesse que eu fosse um novo concorrente. Quando os ganidos morreram na rua silenciosa, os uivos da máquina voltaram a se fazer ouvir.

Encontrei a máquina de montagem destruída a meio caminho da estação de St. John's Wood. No começo, pensei que uma casa desmoronara no meio da rua. Só quando escalei as ruínas vi aquele Sansão mecânico deitado, com os tentáculos dobrados, rompidos e retorcidos entre as ruínas que produzira. A parte da frente estava destruída. Parecia que havia se chocado de frente com a casa e tombado ao derrubá-la. Supus que a máquina escapara do controle do marciano que a dirigia. Não consegui andar entre as ruínas para verificar, e a noite estava agora tão avançada que tampouco vi o sangue que manchava o assento e a cartilagem do marciano roída pelos cães.

Ainda perplexo com tudo que eu vira, prossegui em direção ao monte Primrose. Ao longe, através de um intervalo entre as árvores, vi um segundo marciano tão imóvel como o primeiro, mas silencioso, parado no parque perto dos Jardins Zoológicos. Um pouco além das ruínas da máquina de montagem reencontrei a erva vermelha, e vi que o canal Regent's se tornara uma massa esponjosa de vegetação vermelho-escura.

Enquanto cruzava a ponte, a sirene marciana cessou. Parecia ter sido desligada. E o silêncio caiu como um trovão.

À luz do crepúsculo as casas ao meu redor estavam sombrias e indistintas, e as árvores perto do parque escureciam. Em toda parte a erva vermelha escalava as ruínas, contorcendo-se na escuridão. A noite, mãe do medo e do mistério, descia sobre mim. Mas, enquanto aquela voz soara, a solidão e a desolação haviam sido suportáveis; fizera com que Londres ainda parecesse viva, e aquela sensação me dera forças. Então houve uma mudança súbita, o fim de algo — eu não sabia o quê —, e depois uma quietude palpável. Nada, salvo aquele silêncio lúgubre.

Londres me contemplava com um olhar espectral. As janelas das casas brancas eram como órbitas oculares de crânios. Minha imaginação criava milhares de inimigos silenciosos ao meu redor. O terror me dominou, o horror da minha temeridade. Diante de mim a rua tornou-se escura como se coberta de piche, e vi uma forma contorcida estendida no caminho. Não pude mais prosseguir. Virei na avenida St. John's e pus-me a correr daquela insuportável quietude em direção a Kilburn. Escondi-me da noite e do silêncio até bem depois da meia-noite num abrigo para cocheiros na avenida Harrow. Mas antes do amanhecer minha coragem retornou, e, enquanto as estrelas ainda brilhavam, segui mais uma vez para o Regent's Park. Perdi-me em meio às ruas, mas logo vi, no final de uma longa avenida, na meia-luz do amanhecer, a curva do monte Primrose. No topo, contra as estrelas pálidas, erguia-se um terceiro marciano, ereto e imóvel como os demais.

Um propósito insano me dominou. Eu morreria e acabaria com aquilo. E ainda me pouparia do trabalho de me matar. Caminhei impulsivamente em direção ao Titã, e então, quando cheguei mais perto e a claridade aumentou, vi que uma multidão de pássaros negros voava em torno de sua cabeça. Meu coração deu um salto, e comecei a correr pela avenida.

Atravessei a erva vermelha que obstruía St. Edmund's Terrace, enfrentando, com água até o peito, uma torrente que irrompia do reservatório de água da avenida Albert, e alcancei o gramado antes que o sol nascesse. Grandes barreiras de terra haviam sido erguidas em torno do monte, formando um enorme reduto — era a maior e a última fortaleza que os marcianos haviam construído —, e por trás dessas barreiras uma fina fumaça subia em direção ao céu. Contra o

horizonte, um cachorro magro correu e desapareceu. O pensamento que cruzara minha mente tornou-se mais real, mais possível. Não sentia medo, apenas uma intensa e trêmula exultação ao correr monte acima em direção ao monstro imóvel. De sua cabeça pendiam frouxas tiras marrons, que as aves famintas bicavam e rasgavam.

Logo cheguei ao topo do baluarte de terra e, de pé sobre a borda, contemplei o interior do reduto. Era um espaço imenso que continha máquinas gigantes, enormes montes de material e estranhos abrigos. E, espalhados por toda parte, alguns nas máquinas de guerra tombadas, outros nas agora rígidas máquinas de montagem, inertes, silenciosos, enfileirados, jaziam os marcianos — *mortos!* —, mortos pelas bactérias nefastas contra as quais seus organismos não estavam preparados; mortos como a erva vermelha estava sendo morta; mortos, depois do fracasso de todos os recursos humanos, pelos mais humildes seres que Deus, em sua sabedoria, havia posto sobre a Terra.

Acontecera o que eu e muitos poderiam ter previsto, se o medo e a catástrofe não tivessem cegado nossa inteligência. As bactérias portadoras de doenças haviam castigado a humanidade e nossos ancestrais pré-humanos desde o começo dos tempos, desde que a vida começou no planeta. Mas, por virtude da seleção natural, nossa espécie desenvolveu resistência contra elas; a nenhum micróbio sucumbimos sem nos defender, e a muitos — àqueles que putrefazem a matéria morta, por exemplo — nosso organismo vivo é totalmente imune. Mas não há bactérias em Marte e, assim que os invasores chegaram, assim que começaram a beber e a comer, nossos microscópicos aliados começaram a preparar sua queda. Enquanto eu os observava, eles já estavam irremediavelmente condenados, morrendo e apodrecendo mesmo enquanto se moviam de um lugar para outro. Era inevitável. Pelo preço de um bilhão de vidas, o homem comprara seu lugar de direito na Terra, que lhe pertence em detrimento de

todos os invasores e que continuaria a pertencer-lhe ainda que os marcianos fossem dez vezes mais fortes do que eram. Pois o homem não vive nem morre em vão.

Os marcianos estavam espalhados, quase cinquenta ao todo, no grande abismo que haviam construído, surpreendidos por uma morte que deve ter-lhes parecido totalmente incompreensível. No começo também foi incompreensível para mim. Tudo que sabia era que aqueles seres, que havia pouco estavam vivos e causavam tanta destruição, agora estavam mortos. Por um momento pensei que a destruição de Senaqueribe se repetira, que Deus se arrependera e que o Anjo da Morte os aniquilara durante a noite.

Enquanto eu olhava para o reduto, senti meu coração gloriosamente leve, enquanto o sol nascente incendiava o mundo com seus raios. O fosso continuava escuro; as poderosas máquinas, tão maravilhosas e complexas, de formas tão sobrenaturais e tortuosas, emergiam estranhas e vagas das sombras em direção à luz. Eu ouvia uma multidão de cães disputando os corpos ocultos nas profundezas do fosso. Na outra margem estava a grande máquina voadora, plana, vasta e estranha, que testavam em nossa atmosfera mais densa quando a morte os ceifou. E a morte não chegara nem um minuto antes da hora. Ao ouvir um grasnado olhei para cima, para a imensa máquina de guerra que nunca mais atacaria, para os frangalhos de carne vermelha que pendiam dos assentos virados no topo do monte Primrose.

Virei-me e olhei para baixo do morro onde, cercados agora por pássaros, estavam os outros dois marcianos que eu vira na noite anterior, exatamente como estavam quando a morte os alcançou. Um deles morreu enquanto gritava para seus companheiros; talvez tenha sido o último a morrer, e sua voz perdurou insistentemente até que a força da máquina se exaurisse. Agora cintilavam, torres inofensivas sobre tripés de metal que brilhavam à luz do sol nascente.

Ao redor do fosso, e salva como por milagre da destruição eterna, estendia-se a Mãe de Todas as Cidades. Aqueles que só conhecem Londres coberta por sombrios véus de neblina não imaginam a beleza e a claridade daquela vastidão silenciosa de casas.

A leste, sobre as ruínas escuras do Albert Terrace e da torre danificada da igreja, o sol resplandecia no céu claro, e aqui e ali facetas de vidro na imensidão dos telhados refletiam a luz e brilhavam com branca intensidade, emprestando até mesmo ao distante depósito circular de vinhos da estação Chalk Farm e aos amplos pátios das ferrovias, riscados por trilhos antes negros e agora cobertos pela ferrugem vermelha resultante de uma quinzena de abandono, algo do mistério da beleza.

Ao norte estendiam-se Kilburn e Hampstead, azulados e repletos de casas; a oeste, a grande cidade estava encoberta; e ao sul, além dos marcianos, os gramados inundados do Regent's Park, o Hotel Langham, o domo do Albert Hall, o Instituto Imperial e as grandes mansões da avenida Brompton surgiam claros e diminutos à primeira luz do sol, tendo como pano de fundo as ruínas irregulares e nebulosas de Westminster. Mais adiante erguiam-se os azulados morros de Surrey, e as torres do Palácio de Cristal cintilavam como hastes de prata. A cúpula da catedral de São Paulo desenhava-se escura contra a aurora, danificada, como eu via pela primeira vez, por uma grande cavidade no lado oeste.

Enquanto eu contemplava aquela grande extensão de casas, fábricas e igrejas silenciosas e abandonadas; enquanto pensava nos incontáveis esforços e esperanças, nas inúmeras vidas consumidas na construção daquela fortaleza humana, e na destruição veloz e implacável que se abatera sobre ela; quando compreendi que a sombra fora afastada, que os homens poderiam voltar a ocupar as ruas e que aquela minha querida e vasta cidade, agora morta, poderia novamente erguer-se viva e poderosa, senti uma onda de emoção que quase me levou às lágrimas.

O tormento acabara. Naquele dia mesmo a cura começaria. Os sobreviventes se espalhariam pelo país — sem líder, sem lei, sem comida, como um rebanho sem pastor —, os milhares que haviam fugido por mar começariam a retornar; o coração da vida, pulsando cada vez mais forte, voltaria a bater nas ruas e praças vazias. A destruição fora imensa, mas a mão do destruidor fora detida. As lúgubres ruínas, os esqueletos enegrecidos das casas que olhavam tão tristemente para a grama ensolarada do monte logo ressoariam com os martelos e as ferramentas dos restauradores. Ao pensar nisso, ergui as mãos ao céu e agradeci a Deus. Daqui a um ano, pensei — daqui a um ano...

Esmagado pela emoção, pensei em mim mesmo, em minha mulher e na antiga vida de esperança, ternura e cuidados mútuos que terminara para sempre.

9

DEVASTAÇÃO

E AGORA VEM A PARTE MAIS ESTRANHA DA MINHA HISTÓRIA. Por outro lado, talvez não seja assim tão estranha. Lembro-me com frieza e nitidez de tudo que fiz naquele dia até o momento em que chorei e agradeci a Deus no alto do monte Primrose. Depois, veio o esquecimento.

Dos três dias seguintes, nada me lembro. Depois soube que eu não fora o primeiro a descobrir a queda dos marcianos — vários outros seres errantes como eu já haviam descoberto o fato na noite anterior. Um homem — o primeiro — fora até St. Martin's-le-Grand e, enquanto eu me escondia no abrigo dos cocheiros, conseguira telegrafar para Paris. Rapidamente a boa notícia se espalhou pelo mundo. Milhares de cidades, tomadas por tenebrosos temores, de repente explodiram em frenéticas comemorações. Dublin, Edimburgo, Manchester e Birmingham já sabiam do ocorrido quando eu chegava à beira do fosso. Muitos já construíam trens para voltar a Londres, mesmo em locais próximos como Grewe, interrompendo o trabalho para chorar e gritar de alegria e apertar a mão dos companheiros. Os sinos da igreja, calados havia duas semanas, de repente captaram a notícia, até que toda a Inglaterra vibrava com suas badaladas. Homens de bicicleta, magros e desgrenhados, percorriam as alamedas do interior do país, anunciando a inesperada libertação para rostos pálidos e desesperançados. E a comida! Através do canal da Mancha, do mar da Irlanda, do Atlântico, milho, pão e carne chegavam para nos socorrer. Todos os navios cargueiros do mundo pareciam rumar para Londres naqueles dias. Mas disso nada me lembro. Perambulei como um demente. Acabei numa casa de pessoas bondosas, que me encontraram no terceiro dia de errância, chorando e delirando pelas ruas de St. John's Wood. Disseram-me depois que eu cantava um refrão absurdo sobre "O último homem vivo! Urra! O último homem vivo!". Por mais ocupadas que estivessem com seus próprios problemas, essas pessoas, cujos nomes, por mais que eu deseje expressar minha gratidão, não consigo lembrar nem para mencionar aqui, cuidaram de mim, abrigaram-me e protegeram-me de mim mesmo. Aparentemente, ficaram sabendo parte da minha história durante meus delírios.

Quando voltei a mim, eles me revelaram com delicadeza o que sabiam do destino de Leatherhead. Dois dias após meu confinamento, um marciano a destruíra com todos os seus moradores. Ele a varrera da face da Terra sem o menor motivo, como um menino esmaga um formigueiro pelo puro prazer de sentir-se poderoso.

Eu estava sozinho no mundo, e eles foram muito bondosos comigo. Estava sozinho e triste, e eles tiveram paciência comigo. Continuei com eles por mais quatro dias depois de me recuperar. Durante todo esse tempo eu senti uma crescente ânsia de rever o que restara da minha vida, que fora tão feliz e luminosa no passado. Na verdade, era um desejo desesperado de refestelar-me em minha própria dor. Eles me dissuadiram. Fizeram tudo que podiam para me desviar dessa vontade mórbida. Mas finalmente não pude mais resistir ao impulso, e depois de prometer voltar para meus amigos e de me separar deles, confesso, com lágrimas nos olhos, saí de novo para as ruas antes tão escuras, estranhas e vazias.

Agora já estavam agitadas com os moradores que voltavam; algumas lojas até já estavam abertas e um chafariz público funcionava.

Lembro-me de como o dia ensolarado parecia zombar da minha dor durante minha melancólica peregrinação até a casinha de Woking, de como as ruas estavam movimentadas e cheias de vida. Tanta gente estava fora de casa por toda parte, ocupada com milhares de atividades, que parecia incrível que uma grande proporção da população tivesse sido dizimada. Mas então notei que as pessoas que eu encontrava estavam amareladas, que seus cabelos estavam despenteados e seus olhos, dilatados e brilhantes, e que algumas ainda vestiam seus andrajos imundos. Tinham no rosto ou uma expressão de júbilo e energia ou de firme resolução. Mas, afora a expressão nos rostos, Londres parecia uma cidade de mendigos. As sacristias distribuíam indiscriminadamente o pão enviado pelo governo francês. As costelas dos poucos cavalos estavam à mostra. Guardas especialmente recrutados, com distintivos brancos, vigiavam cada esquina. Vi poucos dos estragos causados pelos marcianos até chegar à rua Wellington, onde a erva vermelha subia pelos pilares da ponte Waterloo.

No canto da ponte vi também um dos contrastes comuns naqueles tempos grotescos — uma folha de jornal exposta contra um emaranhado de ervas vermelhas, presa por uma vareta. Era o cartaz do primeiro jornal que voltou a ser publicado, o *Daily Mail*. Comprei um exemplar com uma moeda escurecida que encontrei no bolso. Estava quase todo em branco, mas o tipógrafo solitário que o diagramara divertira-se fazendo uma grotesca distribuição de clichês na última página. O material que publicara era emocional, a organização das notícias ainda não voltara a ser o que era. Não soube nada de novo, exceto que numa semana o exame dos mecanismos marcianos já havia produzido resultados assombrosos. Entre outras coisas, o artigo me garantiu algo em que eu não acreditara à época — que o "Segredo do Voo" fora descoberto. Em Waterloo encontrei alguns trens gratuitos que levavam pessoas para seus lares. A primeira onda de passageiros já se fora. Havia poucos no trem, e eu não tinha ânimo para conversas casuais. Sentei-me sozinho num compartimento com os braços cruzados, olhando tristemente para a devastação que passava pela janela. Ao sair do terminal, o trem sacolejou sobre trilhos temporários; às margens da ferrovia, as casas eram ruínas enegrecidas. No percurso até o entroncamento de Clapham, a face de Londres continuava coberta com o pó da fumaça negra, apesar de dois dias de tempestades, e no entroncamento os trilhos estavam destruídos novamente; centenas de funcionários e lojistas desempregados ajudavam os trabalhadores habituais, e passamos sacudindo por remendos feitos às pressas.

A partir de lá e ao longo da ferrovia, a paisagem tinha um aspecto desolado e estranho. Wimbledon em particular sofrera. Walton, graças a seus pinheiros intactos, parecia o lugar menos afetado ao longo dos trilhos. O Wandle, o Mole, cada pequeno riacho era um acúmulo caótico de ervas vermelhas cuja aparência estava entre carne moída e repolho em conserva. Os pinheiros de Surrey, no entanto, estavam secos demais, sugados pela trepadeira vermelha. Depois de Wimbledon, visíveis da ferrovia em alguns canteiros, montes de terra cercavam o

sexto cilindro. Um grupo de pessoas estava ao redor, e alguns sapadores trabalhavam no centro. No alto, uma bandeira do Reino Unido tremulava alegremente na brisa da manhã. Os canteiros estavam todos tingidos com o vermelho da erva — um amplo espaço rubro entremeado com sombras roxas e doloroso para os olhos. O olhar passava com grande alívio do primeiro plano, com os tons cinzentos e vermelhos da destruição, para os montes verdes e serenos a leste.

Os trilhos da estação de Woking no sentido de Londres ainda estavam sendo consertados, e assim desci na estação de Byfleet e peguei a estrada para Maybury, passando pelo local onde eu e o artilheiro havíamos encontrado os hussardos e pelo lugar onde o marciano surgira diante de mim na tempestade. Lá, movido pela curiosidade, saí da estrada e encontrei, no meio de um emaranhado de folhagens vermelhas, o cabriolé quebrado e os ossos espalhados e roídos do cavalo. Contemplei por algum tempo aqueles vestígios.

Atravessei o pinheiral, em alguns pontos mergulhado na erva vermelha até o pescoço, vi que o dono do Spotted Dog já fora enterrado e segui para casa passando pela College Arms. Um homem na porta de uma casa saudou-me pelo nome quando passei.

Ao chegar à minha casa, olhei-a com uma centelha de esperança que logo se extinguiu. A porta fora arrombada. Abriu-se lentamente quando me aproximei.

Bateu e se fechou novamente. As cortinas do meu gabinete balançavam para fora da janela em que eu e o artilheiro havíamos assistido ao amanhecer. Ninguém a fechara desde então. Os arbustos esmagados estavam exatamente como eu os deixara havia quase quatro semanas. Quando pisei no vestíbulo, senti a casa vazia. O carpete da escada estava franzido e desbotado onde me sentara, ensopado pela tempestade na noite da catástrofe. Nossas pegadas enlameadas ainda marcavam os degraus da escada.

Segui o rastro delas até meu gabinete e encontrei sobre a escrivaninha, sob o peso de papel, o artigo que eu escrevia na tarde em que o cilindro se abriu. Peguei-o e li meus argumentos abandonados. Tratava da provável evolução das Ideias Morais com o desenvolvimento do processo civilizatório; a última frase parecia o início de uma profecia: "Em cerca de duzentos anos, podemos esperar..." — a frase terminava abruptamente. Recordei minha incapacidade de me concentrar naquela manhã, menos de um mês antes, e que interrompera o trabalho para comprar o *Daily Chronicle* do jornaleiro que passava. Lembrei que fora até o portão do jardim e que ele me contara a estranha história sobre os "Marcianos".

Desci e entrei na sala de jantar. Lá estavam o carneiro e o pão, ambos em avançado processo de deterioração, e uma garrafa de cerveja virada, tudo exatamente como eu e o artilheiro havíamos deixado. Meu lar estava desolado. Percebi a insensatez de ter nutrido esperança durante tanto tempo. Então algo estranho aconteceu.

— Não adianta — disse uma voz. — A casa está abandonada. Ninguém entrou nela nos últimos dez dias. Não fique aqui se atormentando. Ninguém escapou, a não ser você.

Levei um susto. Teria eu pensado em voz alta? Virei-me e vi a janela francesa aberta. Andei até ela e olhei para fora.

E lá estavam, atônitos e receosos, assim como eu, meu primo e minha mulher — minha mulher, pálida, os olhos vermelhos. Ela gritou ao me ver.

— Eu vim... — disse ela. — Eu sabia... sabia...

Ela levou a mão ao pescoço e cambaleou, enquanto eu avançava e a amparava em meus braços.

10
EPÍLOGO

Ao concluir minha história, não posso deixar de lamentar minha incapacidade de contribuir para a discussão das várias questões ainda pendentes. Certamente receberei críticas quanto a um aspecto. Minha área é a filosofia especulativa. Meu conhecimento de fisiologia comparativa limita-se a um ou dois livros; no entanto, parece-me que a explicação de Carver para a morte rápida dos marcianos é tão provável que pode ser vista quase como uma conclusão provada. E foi o que presumi ao longo da narrativa.

De qualquer forma, em todos os corpos dos marcianos que foram examinados depois da guerra não foi encontrada nenhuma bactéria além das já identificadas como espécies terrestres. O fato de não enterrarem seus mortos e a matança indiscriminada que perpetraram também indicam uma total ignorância do processo de putrefação. No entanto, por mais provável que pareça, não é de modo algum uma conclusão comprovada.

Tampouco se conhece a composição da fumaça negra, que os marcianos usaram com efeito tão mortal, e o gerador de raio de calor permanece um enigma. Os terríveis desastres nos laboratórios de Ealing e South Kensington desencorajaram os analistas a continuar investigando. Espectometrias do pó preto indicam claramente a presença de um elemento desconhecido com um grupo brilhante de três linhas na região verde, e é possível que combine com argônio de modo a formar um composto de efeito letal e instantâneo sobre algum constituinte do sangue. Mas essas cogitações ainda não comprovadas não interessarão ao leitor comum, a quem esta história é dirigida. A espuma marrom que deslizou pelo Tâmisa depois da destruição de Shepperton não foi examinada à época, e agora ela não existe mais.

Já apresentei os resultados do exame anatômico dos marcianos, ou dos restos que os cães famintos deixaram para tal exame. Mas todos conhecem o magnífico e quase completo espécime preservado no Museu de História Natural e os incontáveis desenhos que foram feitos dele; além desse âmbito, o interesse pela fisiologia e estrutura dos marcianos é puramente científico.

Uma questão mais grave e de interesse universal é a possibilidade de outro ataque dos marcianos. Não acho que atenção suficiente esteja sendo dada a esse problema. No momento, o planeta Marte está em conjunção, mas a cada oposição eu pelo menos temo que os marcianos retomem sua aventura. De qualquer modo, devemos estar preparados. Parece-me possível definir a posição da arma que disparou os cilindros e manter uma constante vigilância sobre essa parte do planeta com o fim de prever o próximo ataque.

Nesse caso, o cilindro poderia ser destruído com dinamite ou artilharia antes que esfriasse o bastante para a saída dos marcianos, ou estes poderiam ser exterminados com canhões assim que a tampa abrisse. Creio que perderam uma imensa vantagem: o elemento surpresa. Possivelmente eles pensam o mesmo.

Lessing apresentou razões excelentes para supor que os marcianos conseguiram realizar um pouso bem-sucedido no planeta Vênus. Há sete meses, Vênus e Marte estavam alinhados com o Sol — ou seja, Marte estava em oposição do ponto de vista de um observador de Vênus. Subsequentemente, um sinal peculiar, luminoso e sinuoso, surgiu na metade obscura do planeta interior e, quase ao mesmo tempo, uma leve marca escura igualmente sinuosa foi detectada numa fotografia do disco de Marte. É preciso ver os desenhos desses fenômenos para avaliar devidamente a notável semelhança entre eles.

De qualquer modo, quer esperemos ou não uma nova invasão, nossa visão do futuro humano deverá ser radicalmente modificada por esses eventos. Aprendemos que nosso planeta não está cercado por uma rede protetora, que não é uma morada segura para a humanidade; não podemos prever o bem ou o mal vindos do espaço que podem se abater subitamente sobre nós. Talvez no plano maior do universo, essa invasão marciana tenha trazido um benefício para a humanidade. Livrou-nos da serena confiança no futuro que é a mais pródiga fonte de decadência, trouxe enormes contribuições para a ciência humana e colaborou muito para promover o conceito de bem comum da humanidade. Talvez, através da imensidão do espaço, os marcianos tenham assistido ao destino desses pioneiros e aprendido a lição, e encontrado no planeta Vênus um local mais seguro para se fixar. Seja como for, por muitos anos ainda não relaxaremos nosso ansioso exame do disco de Marte, e os flamejantes dardos celestes, as estrelas cadentes, provocarão com sua queda uma inevitável apreensão a todos os filhos dos homens.

É impossível exagerar o alargamento dos horizontes humanos que resultou dessa provação. Antes da queda do cilindro, a crença geral era de que em toda a amplidão do espaço não existia vida além da superfície de nossa pequena esfera. Agora sabemos mais. Se os marcianos podem chegar a Vênus, não há razão para supor que a humanidade não consiga o mesmo feito, e, quando o lento resfriamento do Sol tornar a Terra inabitável, como há de acontecer, pode ser que o fio da vida que começou aqui já tenha estendido sua teia até o planeta vizinho.

Uma visão vaga e maravilhosa se formou em minha mente, da vida se espalhando lentamente desta pequena sementeira do sistema solar para a vastidão inanimada do espaço sideral. Mas é um sonho remoto. Por outro lado, pode ser que a destruição dos marcianos tenha sido apenas um adiamento da sentença. Talvez a eles, e não a nós, o futuro esteja reservado.

Devo confessar que a tensão e o perigo dessa experiência deixaram uma indelével sensação de dúvida e insegurança em minha mente. Enquanto escrevo em meu gabinete à luz do abajur, de repente torno a ver o vale recuperado diante de mim tomado por chamas torturadas, e sinto a casa a meu redor vazia e desolada. Saio para a avenida Byfleet, veículos passam por mim — a carroça do açougueiro, uma charrete com visitantes, um trabalhador de bicicleta, crianças indo para a escola —, e de repente eles se tornam vagos e irreais, e volto a estar com o artilheiro, correndo através do silêncio quente e obsedante. Há noites em que vejo o pó negro escurecendo as ruas silenciosas e os corpos contorcidos sob seu véu, e eles se erguem diante de mim, esfarrapados e mordidos por cães. Balbuciantes, tornam-se mais ferozes, mais pálidos, mais feios, horríveis distorções humanas por fim, e eu desperto, trêmulo e desesperado na escuridão da noite.

Vou a Londres e vejo as frenéticas multidões na rua Fleet e na Strand, e penso que são fantasmas do passado, assombrando as ruas que vi silenciosas e devastadas, vagando de um lado para outro, espectros numa cidade morta, um arremedo de vida em corpos galvanizados. Também é estranho subir o monte Primrose, como fiz um dia antes de escrever este último capítulo, e ver a grande província de casas de contornos imprecisos e azuis através da fumaça e da neblina sumindo afinal no vago horizonte; ver as pessoas caminhando entre os canteiros do monte, os turistas em torno da máquina marciana que permanece no mesmo lugar, ouvir a algazarra de crianças brincando e me lembrar do momento em que vi tudo com clareza e nitidez no inflexível silêncio do amanhecer daquele último grande dia...

E ainda mais estranho é segurar a mão da minha mulher outra vez e pensar que eu a contei e que ela me contou entre os mortos.

Entrevista de H. G. Wells e Orson Welles sobre *A guerra dos mundos*, 1940

TRADUÇÃO DE LEONARDO ALVES

CHARLES C. SHAW:

Boa noite, senhoras e senhores, aqui quem fala é Charles C. Shaw. A KTSA tem a honra de receber esta noite dois homens ilustres: o celebrado H. G. Wells, escritor e historiador inglês de renome mundial e pesquisador de assuntos internacionais; e o sr. Orson Welles, o gênio dos palcos, das telas e do rádio. Esta é a primeira vez que os senhores H. G. Wells e Orson Welles aparecem juntos. Na verdade, eles acabaram de se conhecer, ontem, aqui em San Antonio, mas esta não é a primeira vez que seus nomes se cruzam. Dois anos atrás, o sr. Orson Welles adaptou o livro *A guerra dos mundos*, de H. G. Wells, para transmissão radiofônica, e vocês conhecem o resto da história. Com uma ligeira revisão da trama, o sr. Orson Welles descreveu uma invasão dos Estados Unidos promovida por homens de Marte. Embora ele tenha explicado diversas vezes ao longo do programa que o relato era fictício, grande parte do país ficou apavorada. Homens telefonaram para estações de rádio e se ofereceram para o alistamento contra os marcianos, e outras pessoas foram tomadas de pânico. O realismo da produção, de tal modo assustadora, foi um tributo à genialidade do sr. Orson Welles. E foi assim que os nomes *Wells*, de H. G. Wells, e Orson *Welles*, se associaram. Para muitos, o sr. H. G. Wells é o homem das letras mais famoso do mundo. Ele veio a San Antonio para falar diante da Associação de Cervejarias dos Estados Unidos, e o sr. Orson Welles veio participar de uma cerimônia no Fórum Municipal, quarta-feira próxima. Neste encontro entre grandes mentes, sinto-me um tanto quanto ofuscado. E, quanto menos eu disser, mais vocês, nossos ouvintes, apreciarão. Mas, antes, eu poderia lhes oferecer, cavalheiros, uma discussão sobre a transmissão radiofônica do livro *A guerra dos mundos*, do sr. H. G. Wells, feita pelo sr. Orson Welles?

ORSON WELLES:

O senhor está transferindo a entrevista para nós?

CHARLES C. SHAW:

Estou.

H. G. WELLS:

Ele está transferindo para nós. Pois bem, eu vivi uma série de experiências maravilhosas desde que cheguei aos Estados Unidos, mas o melhor que me aconteceu até o momento foi conhecer meu jovem xará aqui, Orson. Agradabilíssimo, ele porta meu nome e um E extra que espero que ele suprima no futuro, ao constatar que não cumpre nenhum propósito. Conheço seu trabalho desde antes desse acontecimento sensacional de Halloween. Vocês têm certeza de que houve tanto pânico no país, ou será que foi uma brincadeira de Halloween?

ORSON WELLES:

Acho que esta é uma das coisas mais gentis que um homem da Inglaterra poderia dizer sobre os homens de Marte. O sr. Hitler se divertiu bastante com aquilo, sabia? Ele até falou dela no Grande Discurso de Munique. E havia balões e um desfile nazista mostrando...

H. G. WELLS:

Ele não tinha muito o que falar.

ORSON WELLES:

É verdade, [*risos*] ele não tinha muito o que falar. E é um sinal da condição corrupta e do estado de decadência das democracias o fato de que *A guerra dos mundos* teve a dimensão que teve. Acho que é muito gentil da parte do sr. Wells dizer que não só não era minha intenção, como também que não era intenção do povo americano.

H. G. WELLS:

Essa foi a nossa impressão na Inglaterra. Houve reportagens, e as pessoas diziam: "Você nunca ouviu falar do Halloween na América, quando todo mundo finge que está vendo fantasmas?".

[*Risos*]

CHARLES C. SHAW:

Houve um pouco de agitação, não posso minimizar a dimensão da agitação, mas acho que as pessoas superaram muito rápido, não?

ORSON WELLES:

Que tipo de agitação? O sr. H. G. Wells quer saber se a agitação não foi do mesmo tipo de agitação que temos quando fazemos brincadeiras, quando alguém pendura um lençol na cabeça e fala "bu". Acho que ninguém acredita que essa pessoa seja um fantasma, mas a gente grita e sai correndo pela casa. E foi mais ou menos isso o que aconteceu.

CHARLES C. SHAW:

Essa é uma descrição muito boa de tudo.

H. G. WELLS:

Vocês não são ainda muito sérios na América, a guerra e suas consequências ainda não estão debaixo de seus narizes, e vocês ainda podem brincar com ideias de terror e conflito.

ORSON WELLES:

O senhor acha que isso é bom ou ruim?

H. G. WELLS:

É uma postura natural até o momento em que vocês se virem diante de tudo.

ORSON WELLES:

E aí tudo deixa de ser brincadeira?

H. G. WELLS:

E aí tudo deixa de ser brincadeira.

CHARLES C. SHAW:

Agora eis uma ideia: alguns dos textos do sr. H. G. Wells foram rotulados de "fantásticos" há alguns anos, e é bem possível que tenham sido concebidos como tal. *The Shape of Things to Come* [O aspecto do que está por vir], que contava a história de uma guerra longa e devastadora, era uma fantasia dessas. Mas, sr. Orson Welles, você acha que é uma história fantástica diante do que estamos vendo nos dias de hoje?

ORSON WELLES:

Certamente não é fantástico. E uma questão que o senhor mencionou, não só em *The Shape of Things to Come*, mas em outras sugestões ou em previsões diretas, é que após uma guerra destruidora temos um retorno ao feudalismo, algo que o mundo verá de novo. E hoje, na apresentação do sr. Wells, ele disse algo — e não ouço nada tão interessante há muito tempo —, ele disse que, recentemente, começou a se perguntar se existe algum motivo para que a humanidade emule a fênix e saia de sua própria desgraça. Ele propôs algumas soluções, mas admitiu que elas podiam ser uma desculpa para um ponto de vista pessimista. Seria bom encarar a situação com realismo e não ignorar mais o ponto de vista pessimista. Talvez tenha chegado a hora de olharmos para a frente, para o futuro, o futuro do sr. Wells, que sempre adoramos e nunca chegamos a compreender que, de repente, se encontra diante de nós. E estamos hoje vivendo aquele famoso futuro de H. G. Wells que todos conhecemos.

H. G. WELLS:

Antes de sairmos de perto deste microfone, fale desse filme seu, o que você vem produzindo. Você é um produtor, certo? É um diretor de arte, é tudo. Como é o nome do filme?

ORSON WELLES:

É *Cidadão Kane*.

H. G. WELLS:

Cidadão Kane, não C-A-I-N?

ORSON WELLES:

Não, K-A-N-E. Esse é um gesto muito gentil, muito gracioso. O sr. Wells está permitindo que eu faça o que nós aqui chamamos de "propaganda".

H. G. WELLS:

Não entendo nada disso.

ORSON WELLES:

O senhor entende o valor. O sr. Wells quer que eu lhes diga que fiz um filme, e ele teve a gentileza de me perguntar diretamente sobre o assunto.

H. G. WELLS:

Mal posso esperar.

ORSON WELLES:

O senhor é muito gentil. É um tipo novo de filme, com um método de apresentação original e algumas experiências técnicas e métodos novos de se contar um filme, não só pelo aspecto do texto, mas das imagens.

H. G. WELLS:

Se eu não estiver completamente equivocado em minha compreensão, acho que esse filme vai fazer bastante barulho.

[*Risos*]

ORSON WELLES:

Espero que sim. O cinema hoje em dia se beneficiaria de bastante barulho. Espero que o senhor tenha razão. Espero que ele faça bastante barulho; não me ocorre nada mais desejável para um filme. Eu adoro fazer bastante barulho.

TIPOGRAFIA Adobe Caslon Pro
DIAGRAMAÇÃO acomte
PAPEL Pólen, Suzano S.A.
IMPRESSÃO Geográfica, fevereiro de 2025

A marca FSC® é a garantia de que a madeira utilizada na fabricação do papel deste livro provém de florestas que foram gerenciadas de maneira ambientalmente correta, socialmente justa e economicamente viável, além de outras fontes de origem controlada.